# LA MELODIA DEL FUOCO

## SERIE WILDSONG
### LIBRO DUE

## TRICIA O'MALLEY

Traduzione di
**SIMONA SASSO**
Edited by
**GIOVANNA CHILESE**

LOVEWRITE PUBLISHING

"Tieni acceso quel fuocherello; per quanto sia piccolo, per quanto sia nascosto."

**_Cormac McCarthy_**

# Il regno dei Fae

# PROLOGO

*I veri compagni*
*un solo incontro avranno.*
*Al cancello dell'amore*
*in matrimonio si uniranno.*
*Ignari di ciò che è stato,*
*seguiranno il loro fato.*
*Il legame sarà suggellato,*
*i cuori avranno parlato.*


DEGLI OCCHI dorati che ardevano di luce propria la fissavano attraverso le fiamme del falò. Aedine Kelly era fiera di non essere il tipo di persona che si tirava indietro di fronte alle sfide, quindi ricambiò lo sguardo intenso dello sconosciuto senza esitare, facendogli un cenno con il mento. Un sorriso incurvò leggermente le labbra dell'uomo e un'ondata improvvisa di lussuria si irradiò nel ventre di Aedine quando sollevò una mano e la invitò a raggiungerlo con un lento movimento dell'indice. La donna inarcò un sopracciglio, disgustata, e ignorò l'attrazione che aveva provato nei suoi confronti. Quell'uomo si sbagliava di grosso se credeva di convincerla ad avvicinarsi con un gesto del genere.

Aedine era la regina del proprio destino, e diede le spalle al falò seguendo il ritmo sempre più pesante delle percussioni che facevano pulsare il suo corpo. Era impossibile resistere a quella melodia, dunque attraversò l'area del festival ballando e ridendo fino a quando una donna sconosciuta l'afferrò per la mano prima di trascinarla in una serie improvvisata di complicati passi di danza irlandese. Il ballo era il linguaggio dell'amore di Aedine, e seguì le note con naturalezza, divertendosi ma senza dimenticarsi di sistemare i capelli rosso ciliegia dietro le spalle. La musica, le risate e la creatività le davano energia e il festival per artisti di quel fine settimana le riempiva l'anima.

Il Festival dell'Anello di Fuoco, pubblicizzato come il 'Burning Man irlandese', incoraggiava gli artisti di ogni genere a riunirsi per un week-end allo scopo di creare opere d'arte che avrebbero incendiato le anime dei presenti. Aedine impazziva per quel tipo di eventi: aveva caricato la propria attrezzatura su Betty Blue, il suo furgone fidato, e si era avviata verso le colline del festival. Per anni aveva lavorato nel campo delle arti performative, in modo particolare del ballo e delle acrobazie, ma al momento si stava esercitando in un nuovo settore: la danza col fuoco.

Quella tecnica era diventata sempre più popolare sia per i fotografi che per gli spettatori, che volevano integrarla nei loro eventi. Aedine, infatti, veniva ingaggiata per qualunque occasione, dai matrimoni ai servizi fotografici, e stava finalmente riuscendo ad avere delle entrate regolari. Per la prima volta dopo anni, si stava permettendo di abbracciare la propria arte e il proprio stile di vita, senza l'opprimente senso di colpa che la sua famiglia le aveva imposto.

Nata dopo sei femmine, per suo padre Aedine non era che un ripensamento in una lunga serie di delusioni. Aveva visto le sorelle cercare di essere all'altezza delle sue aspettative e si era subito resa conto che non ci sarebbe mai riuscita. Era abbastanza sicura che avrebbe potuto ottenere la sua approvazione soltanto tornando indietro nel tempo e nascendo maschio. Aveva molti talenti, tuttavia il viaggio nel passato non era uno di quelli. Appena diventata maggiorenne, aveva dunque tagliato i ponti con la famiglia e se n'era andata di casa.

Oh, quanto amava la sua vita adesso! Aedine rise quando la donna le diede un bacio sulla guancia e la ricambiò con una piccola riverenza prima di tornare da Betty Blue per riempirsi il thermos di vino. Lì si fermò, appoggiandosi al metallo freddo del furgone, e si guardò attentamente intorno.

Il sole era tramontato da un bel po', e la luce della luna piena rischiarava i falò disseminati sulle colline. Delle lanternine colorate erano appese tra un campo e l'altro, la musica e le risate si innalzavano verso il cielo stellato. Tutti i presenti avevano un interesse in comune, ossia creare, e la gioia e l'amore che li univano facevano sentire Aedine come se stesse ardendo dall'interno. Quel festival aveva un nome appropriato, rifletté bevendo un sorso di vino.

"Mi hai ignorato."

Aedine sobbalzò sputacchiando un po' di alcol, poi si voltò: l'uomo dagli occhi dorati era accanto a lei. Si prese qualche secondo per osservarlo più da vicino, per capire che tipo di persona fosse. Viaggiava in solitaria ormai da anni, e fino ad allora il suo istinto l'aveva tenuta lontano dai pericoli.

"Eh sì, non puoi credere di poter conquistare una donna muovendo un dito..."

"Oh? Preferisci essere quella che dà gli ordini?" L'uomo le rivolse un sorriso malizioso e, a giudicare dalla luce che danzava nei suoi occhi dorati, quella conversazione lo divertiva.

"Sì, preferisco essere al comando, grazie tante. Hai un nome? Oppure devo chiamarti semplicemente 'leone impertinente'?"

Lo sconosciuto inclinò la testa all'indietro e rise. Il suo tono roco fece rabbrividire Aedine, che, suo malgrado, si scoprì affascinata da lui. Al festival tutti erano stati invitati a indossare costumi, ma lei ebbe l'impressione che quell'uomo si vestisse sempre così. I pantaloni di pelle rossa, la maglietta nera aderente a maniche lunghe e i capelli di un colore tra il rosso e il dorato con striature ramate lo rendevano simile a quell'animale selvatico. Furono i suoi occhi, però, a far sì che lo guardasse una seconda volta, e poi un'altra ancora. Doveva indossare delle lenti a contatto colorate, perché quel dorato innaturale lo faceva apparire al tempo stesso inquietante e irresistibile. Aedine si avvicinò. Quell'uomo era tremendamente affascinante: zigomi affilati, mascella scolpita e un'aria sicura che pochi avrebbero potuto sfoggiare con dei pantaloni di pelle tanto vistosi.

"Sarebbe la prima volta che qualcuno mi chiama così. Il mio nome è Torin. E il tuo, mia incantatrice?" sussurrò in un tono seducente che la fece eccitare.

"Aedine." La sua gola si era fatta secca e bevve un altro

sorso di vino mentre Torin la osservava con la sua stessa intensità.

"E non è forse il nome perfetto per una donna come te? Trovo che tu sia straordinariamente bella."

Quelle parole, pronunciate con fare così tranquillo, erano talmente sincere che Aedine ne rimase colpita. Le lacrime minacciavano di cadere dai suoi occhi e si costrinse a distogliere lo sguardo per tornare a posarlo sull'area del festival. *Era una donna eccentrica?* Sì. *Interessante?* Decisamente sì. Bella? No. Aedine non aveva mai ceduto a complimenti di quel genere. Probabilmente l'aveva detto solo per convincerla ad andare a letto con lui, tuttavia ne sembrava così convinto che la cosa la sconvolse profondamente.

"I tuoi occhi sono davvero di quel colore?" Aedine si voltò di nuovo verso Torin.

Gli angoli delle sue labbra si sollevarono leggermente, e l'uomo le rivolse quel mezzo sorriso imbronciato che aveva catturato la sua attenzione davanti al falò, prima di allungare una mano.

"Vuoi ballare con me?"

"Se riesci a tenere il passo..." disse Aedine sollevando ancora una volta il mento con aria di sfida. Si scolò ancora un altro po' di vino, infilando poi il thermos dietro la ruota di Betty Blue e afferrando la mano di Torin. Una scarica di calore le attraversò il corpo, e trasalì quando lui la strinse invece di lasciarla andare. Si voltò a guardarlo sotto la luce della luna, cogliendo l'invito che ardeva nei suoi occhi.

Aedine deglutì, non era pronta a rispondere apertamente alla sua tacita domanda, invece lo condusse verso le persone che danzavano in cerchio intorno a un grande falò sulle note di una struggente melodia celtica. I suonatori di cornamusa intensificarono la melodia, aumentando il ritmo della canzone, e la donna chiuse gli occhi per iniziare a ballare a tempo. Le mani di Torin si strinsero intorno alla sua vita. Aedine danzava in modo leggiadro, lasciandosi trascinare da lui in quei movimenti fluidi, rinvigoriti dal suo tocco caldo.

Il tempo sembrò rallentare mentre si abbandonavano a un ritmo antico, un ritmo in cui la musica li spingeva a volteggiare da una parte e dall'altra, sfiorandosi, guardandosi negli occhi. Torin seguiva i suoi passi, sfidandola in ogni momento, fissandola con quei suoi occhi dorati. Man mano che la serata proseguiva, Aedine sentiva di essere caduta vittima di qualunque incantesimo quell'uomo stesse lanciando.

*Il fuoco danzerà,*
*le fiamme illumineranno il cielo.*
*All'amore via darà,*
*basta una scintilla, davvero.*

Torin cantò quei versi con la voce roca e gli occhi appannati dal desiderio e da qualcosa di molto più dolce, mentre le accarezzava le labbra con un dito. Aedine era intossicata dalla sua presenza e non ritrasse la mano quando la riportò al furgone, dove si ritrovò a tirarlo sul suo letto, a stringerlo tra le proprie braccia nello stesso modo delicato in cui avevano ballato insieme. Si godettero l'uno il corpo dell'altra come se fossero vittime di un incantesimo, con i cuori che battevano all'unisono con il ritmo dei tamburi, mentre la lussuria e il fuoco guidavano la più intima delle loro danze. La donna era quasi completamente consumata dal desiderio e le fiamme della passione scorrevano nelle sue vene quando incrociò lo sguardo attento di Torin prima che la baciasse ancora una volta. Una luce brillò all'improvviso e lei sussultò, ma l'uomo si chinò nuovamente su Aedine, riportando l'attenzione della donna sul suo tocco. Si staccarono solo poco prima dell'alba, sazi e ansimanti.

Aedine guardò il soffitto del furgone sbattendo le palpebre. Lì aveva appeso una stampa di una bellezza inquietante: raffigurava il sole che rischiarava con i suoi raggi incandescenti un mare in tempesta. Si voltò per dire a...

Nessuno.

Torin era sparito. Aedine si mise a sedere sussultando e strinse la maglia al petto nudo. Un rivolo di sudore le colava lungo la schiena. Aveva immaginato tutto? Il suo cervello cercava disperatamente di trovare un senso alle ultime ore, dato che ogni cosa dentro di lei le urlava che l'incontro con Torin non era stato affatto una fantasia.

Una sensazione di calore si diffuse nel palmo della sua mano fino a farle quasi male e Aedine la aprì: una singola fiammella, non più grande di quella di una piccola candela, si accese e rimase sospesa sopra il suo palmo. La donna chiuse gli occhi per scacciare il panico che rischiava di sopraffarla.

Aveva ballato con l'uomo sbagliato?

# CAPITOLO UNO

Il cuore di Aedine esultava ogni volta che si recava al mercato delle pulci di Mother Jones. Quando aveva tempo, adorava più di qualsiasi altra cosa trascorrere un pomeriggio a rovistare tra le bancarelle in cerca di chincaglierie particolari o capi d'abbigliamento vintage da indossare durante le esibizioni. Si rese conto che, tra i vari impegni, ultimamente riusciva ad andare a Cork solo una volta al mese, tuttavia trovava sempre il tempo di fermarsi al mercatino dell'usato. Una manciata di fiorellini dai colori vivaci incorniciava l'ingresso blu scuro, e una familiare sensazione di felicità la pervase mentre entrava. Nell'aria aleggiava un profumo di cedro, unito a quello della vaniglia proveniente da una candela che bruciava allegramente sul bancone anteriore, e Aedine sorrise a una delle commercianti che lavoravano lì da tempo.

"Ciao, Aedine. Stai lavorando a un nuovo progetto?"

"Ehi, Talia! Ho un matrimonio stasera, ma sto preparando una nuova coreografia. Non sono ancora sicura di cosa vorrei aggiungerci, forse un cerchio o un bastone da majorette..." Aedine serrò le labbra e inclinò la testa, riflettendo, poi allungò una mano distrattamente e sfiorò una sciarpa di lana avvolta intorno al collo di una pecora decorativa imbottita.

"E darai fuoco a un pezzo d'antiquariato in ottime condizioni? È questo che intendi?" Talia finse di guardarla torva.

"No, no, ti prometto che non sarà così. Non brucerei mai un articolo vintage." Aedine sollevò una mano come se stesse facendo un giuramento. "Il cerchio e il bastone riguardano l'aspetto acrobatico della coreografia. Stasera lavorerò con il fuoco e farò anche delle pose... credo dentro una coppa da Martini ad altezza d'uomo. Dovrò dare un'occhiata appena arriverò lì. Volevano un matrimonio a tema circense. A quanto pare, gli ultimi attimi che la sposa ha passato con suo padre erano al circo. Penso sia un modo di includerlo nel loro giorno speciale."

"Beh, sembra divertente, non trovi? Riesci a immaginarlo?" Talia scosse la testa. "Delle nozze a tema circense!"

"Per me va bene tutto, basta che mi paghino," ridacchiò Aedine. "Però mi piace esibirmi ai matrimoni, generalmente c'è un'atmosfera piuttosto felice."

"Ieri sono arrivati dei pacchi che ho aperto stamattina. Non li ho ancora catalogati, tuttavia alcuni dei venditori stanno già girovagando per il mercatino e allestendo i loro banchetti. Fammi sapere se trovi qualcosa di spettacolare, mi piacerebbe tantissimo sentire come vorresti usarli."

"Lo farò, sicuro e certo. Ho un buon presentimento per oggi." Aedine si strofinò le mani, trepidante. Per lei lo shopping vintage era come uno sport: l'adrenalina le scorreva costante nelle vene mentre si perdeva tra le strette file di bancarelle. Il mercatino era disposto in modo che ogni venditore avesse il proprio spazio espositivo, dando vita a un ambiente caotico ma, a suo parere, anche gioioso, colmo di ogni sorta di tesori.

"Non è possibile!" mormorò dirigendosi verso un appendiabiti. Una giacca da motociclista tempestata di paillettes era appesa a una gruccia imbottita, e Aedine si sfilò immediatamente il giubbotto e la borsa prima di gettarli a terra entrambi senza tante cerimonie. Indossò il capo vintage e si voltò verso un polveroso specchio a tutta altezza: la giacca le stava quasi a pennello, forse era leggermente larga sulle braccia. La rimboccò arrotolando le maniche, poi si girò da un lato e dall'altro per osservarsi da diverse angolazioni. Dei lustrini rosa dorato ricoprivano le maniche e il retro della giacca, e i bordi erano di una pelle grigia consumata dal tempo. La donna si ravvivò i capelli, che si era tinta da sola: erano ancora di un brillante rosso ciliegia. Era di corporatura minuta, senza nemmeno un grammo di grasso in più grazie alle lunghe giornate passate ad allenarsi nel ballo e nelle acrobazie. Se si fosse tagliata i capelli, sarebbe certamente passata per un uomo. Aedine era slanciata, con un accenno di curve all'altezza della vita, snella, tutta muscoli e sempre in movimento. Una scarica di energia sembrava attraversarla costantemente e affrontava la vita con entusiasmo e un sorriso, facendo del proprio meglio per seppellire i momenti difficili che l'avrebbero privata di quella gioia.

"Normalmente non sceglierei questo rosa con il colore dei miei capelli..." disse ad alta voce.

"Ti sta bene," commentò Talia, provando a convincere Aedine. Lanciò un'occhiata veloce al cartellino del prezzo:

vendevano la giacca a una cifra decisamente stracciata, quindi la infilò immediatamente nella borsa degli acquisti. Era elettrizzata, benché la sua intenzione non fosse stata quella di comprare un capo del genere. Raccolse le proprie cose da terra e si avviò verso il retro del mercatino, dove si trovava il magazzino: lì c'erano diverse persone che aprivano degli scatoloni e disimballavano gli oggetti al loro interno.

"*Banphrionsa*."

Aedine si voltò rabbrividendo nel sentire quella parola e il suo cuore iniziò a battere all'impazzata. Non aveva mai imparato l'irlandese, avendo saltato i corsi estivi frequentati dalle sorelle, quindi non sapeva cosa volesse dire. Un uomo era in piedi in un angolo semibuio accanto a una pila di scatole chiuse e indossava un mantello intrecciato color verde smeraldo. Il suo abbigliamento ricordava quello dei giocatori di ruolo dal vivo, e forse era uno di loro. Sembrava che stesse per partire per una missione epica, il che fece sorridere Aedine. Adorava davvero le persone strambe e si considerava con orgoglio una di loro, quindi fu più che felice di avvicinarsi a lui.

"Non ho capito cos'ha detto, signore." Inclinò la testa cercando di vedere il volto dello sconosciuto, ma il suo mantello era calato così tanto che riuscì a intravedere solo il luccichio dei suoi occhi argentei. Gli oggetti sul tavolo vicino a lui non sembravano rispecchiare il suo aspetto, e Aedine strizzò gli occhi osservando un servizio da tè con la fantasia floreale posato su un vecchio tavolino d'antiquariato.

"Un regalo."

Aedine riprese a guardarlo e spalancò la bocca nel vedere l'oggetto che l'uomo le stava porgendo. Allungò la mano in preda alla felicità per prendere il bastone... o si trattava forse di un accessorio da passeggio? No, era chiaramente un semplice bastone, di quelli che uno stregone avrebbe brandito in cima a una montagna mentre guardava il suo villaggio sottostante. Era intarsiato con un intricato e splendido nodo celtico, e nella parte superiore era incastonato un cuore d'oro battuto, grande quanto la sua mano e decorato con lo stesso incantevole disegno. La bocca di Aedine si seccò.

Aveva *bisogno* di quel bastone. Stava già pensando a tutti i modi in cui avrebbe potuto usarlo nelle proprie esibizioni e il cuore sulla sommità del bastone, in particolare, sarebbe stato perfetto per i matrimoni. Sì, era proprio l'oggetto che stava cercando quel giorno, e il suo sorriso si allargò.

"Ma è davvero fantastico! Che bel bastone! Quanto costa? Tanto, vero? Immagino di sì, data la qualità della lavorazione." Aedine serrò le labbra stringendo le dita intorno al legno e due cose accaddero contemporaneamente: le luci si spensero e un'ondata di calore attraversò il suo braccio, come se avesse toccato una recinzione elettrificata. E va bene, forse era un paragone un po' esagerato, del resto non era certo volata dall'altra parte del magazzino o qualcosa del genere. Aveva semplicemente preso una scossa forte.

"Ahi," disse Aedine prendendo il bastone con l'altra mano e agitando il palmo dolorante. "Sicuro e certo, l'aria è un po' elettrica qui." Delle voci si levarono nel locale e la donna sbatté le palpebre sorpresa quando le luci si riaccesero. L'uomo dal mantello verde era scomparso.

"Dov'è finito? Non l'ho nemmeno sentito allontanarsi."

Aedine passò in rassegna la sala alle sue spalle: alcune persone si guardavano intorno confuse prima di riprendere ad aprire le scatole. Non sapeva se rimettere a posto il bastone o portarselo via.

Appoggiò l'oggetto al tavolo, decisa a chiedere a Talia informazioni sul venditore. Tuttavia, non appena si voltò, un'opprimente ondata di terrore le serrò lo stomaco e si portò una mano alla bocca, convinta di stare per vomitare. Si girò di nuovo verso il bastone e, facendo un passo avanti, si accorse che la nausea svaniva fino a sparire del tutto quando allungava la mano e sfiorava con un dito gli intricati intarsi.

"Va bene, allora." Aedine chiuse gli occhi e cercò di respirare in modo regolare. L'ultimo uomo che era scomparso davanti a lei aveva cambiato la sua vita per sempre, aprendo la sua mente a nuovi mondi e nuove possibilità, e ora si chiedeva se quanto era appena successo fosse legato al suo incontro casuale con Torin.

Lo vedeva ancora mentre dormiva.

Anzi, con il passare del tempo, i sogni che lo riguardavano si erano fatti più intensi invece di affievolirsi, al punto che o non vedeva l'ora di coricarsi per vederlo ancora una volta o si ubriacava per sfuggire alla presa che quell'uomo aveva sul suo cuore. I suoi sogni... beh, era come se la stesse corteggiando in tempo reale. Facevano picnic, parlavano dei loro interessi, viaggiavano insieme, ballavano in locali notturni semibui. Aedine aveva l'impressione di conoscerlo, di sapere cosa lo facesse ridere, cosa gli facesse paura, cosa gli desse fastidio... Eppure *non* poteva essere reale se non riusciva a trovarlo, vero? Era per quello che alcune sere beveva un po' troppo per riuscire a eludere le visite di Torin.

Non solo l'aveva sedotta con una maestria che nessun altro dei suoi amanti aveva mai avuto, le aveva anche lasciato un potere che non riusciva ancora a spiegarsi. Persino adesso, con quel bastone in mano, Aedine riusciva a sentire quell'energia pulsante attraversare ogni cellula del suo corpo come un fiume di luce interiore. Negli ultimi due anni, aveva affinato quella capacità di far apparire delle fiamme quando lo desiderava.

Quel potere continuava a meravigliarla, rendendola anche un'artista tra le più richieste in Irlanda. Aedine non aveva parlato a nessuno del suo dono o della sua maledizione, a seconda del modo in cui la si vedeva. Tuttavia, dopo aver accettato il fatto di avere, beh, della *magia arcana* dentro di sé, aveva subito deciso di usarla a proprio vantaggio.

"È bello, vero?"

Trasalì nel sentire la voce di Talia alle sue spalle.

"Già. Il venditore è un tipo strano, non trovi? Con quel mantello e tutto il resto?" ribatté Aedine voltandosi con il bastone in mano.

"Non so di chi tu stia parlando, tesoro, però te lo segno lo stesso. Sicuramente l'abbiamo registrato da qualche parte."

"Mi ha detto che era un regalo," si sorprese a dire Aedine. Era una persona sincera fino all'inverosimile e non voleva mai approfittarsi degli altri. Sapeva che non avrebbe mai potuto permettersi quel bastone, eppure sentiva che non poteva lasciarlo lì.

"Davvero? Beh, è stato gentile da parte sua, non trovi?" Talia alzò le spalle. "Annoto tutto lo stesso e ti chiamo nel caso ci sia qualche problema, d'accordo?"

"Certo, va benissimo. Io stessa sono stupita dal suo gesto," ammise Aedine stringendolo. Appoggiò poi il bastone al bancone d'ingresso per prendere la giacca con le paillettes dalla borsa degli acquisti, accorgendosi che non le piaceva staccarsene.

"Quella giacca è pazzesca! Hai trovato degli articoli meravigliosi oggi." Talia prese un taccuino e si appuntò alcune cose prima di scrivere al computer. "Non vedo il bastone nell'elenco né il nome di un venditore, ma a volte succede quando arriva tanta merce nuova. Mi daresti il tuo numero di telefono?"

Aedine esitò. Voleva con sua grande sorpresa darle un numero falso, eppure alla fine si costrinse a dettarle quello giusto. Non era una bugiarda, e se quell'oggetto apparteneva a qualcun altro... beh, era così che andavano le cose. Avrebbe dovuto farsene una ragione. Per il momento, però, l'avrebbe portato con sé da Betty Blue.

"Cosa farai con il bastone? Lo farai roteare come una majorette?" le domandò Talia dopo averle dato il resto.

"Non ne sono ancora sicura, a essere sincera, ma è troppo adorabile. Non posso lasciarlo qui, vero? Credo proprio che dovrò vedere dei filmati di danza con i bastoni per capire se potrei usarlo nelle mie esibizioni."

"È questo che fai per trovare l'ispirazione?"

"Oh sì. Cerco tutto su YouTube. La danza e le arti performative sono così antiche... Non ci sono delle vere novità in quei settori, ricordalo, solo storie raccontate in modi diversi. Osservo il passato e ci metto un po' del mio."

"Beh, sembra fantastico. Divertiti!" Qualcuno chiamò Talia dall'altra parte del mercatino e la donna si allontanò salutando Aedine, che prese il bastone e si avviò frettolosamente verso l'uscita, elettrizzata e nervosa all'idea di averlo tra le mani.

Una parte del suo cuore, quella che tentava di ignorare, sperava che fosse un regalo da parte di Torin, un uomo che non aveva mai dimenticato davvero e che continuava a cercare.

Un giorno l'avrebbe ritrovato, e lui avrebbe dovuto spiegarle un bel po' di cose.

# CAPITOLO DUE

"Donal, non ho tempo per queste cose. Hanno bisogno di noi. I Fae del fuoco sono in rivolta e dobbiamo capire perché, prima che brucino tutta l'Irlanda."

"Sicuro e certo, abbiamo un po' di tempo per divertirci, vero?" Donal, il braccio destro di Torin, gli rivolse un sorrisetto stringendo tra le labbra un sigaro sottile. L'odore acre del fumo aleggiava nell'aria pesante. Di lì a poco avrebbe piovuto, e gli ultimi strascichi del crepuscolo proiettavano una luce calda sulla porta rossa ad arco del pub. Torin aveva trovato Donal lì mentre quest'ultimo intratteneva gli avventori con storie improbabili e lanciava occhiate maliziose a più di una bella donna. Torin divenne sempre più impaziente aspettando che il suo amico la smettesse, perché sapeva bene di aver bisogno del suo aiuto per placare l'insurrezione.

"'Divertirci'? Ti diverti da settimane ormai. Sono riuscito a malapena a passare un minuto con te negli ultimi mesi. E, come se non bastasse, non sei nemmeno stato parti-colarmente attento nello svolgere il tuo lavoro.”

Donal si portò una mano al petto come se l'avesse ferito, tuttavia il luccichio sfacciato nel suo sguardo fece capire a Torin che le sue critiche non lo toccavano più di tanto.

“Parli sempre di doveri. Quando ti rilasserai?”

“Quando il mondo smetterà di bruciare intorno a noi!” Torin sollevò le mani. “Sicuro e certo, sai che mi piace far festa quando posso, ma non adesso. Ho bisogno del tuo aiuto, Donal. I Domnua sono vicini e stanno causando dei problemi con tutti gli Elementali. Non credo sia questo il momento di rilassarci.”

“E allora? Vai pure.” Donal fece spallucce e gettò il sigaro a terra, spegnendolo con la suola del suo stivale di pelle.

“Cosa ti prende ultimamente?” gli chiese Torin. In quanto consigliere della Corte Reale per i Fae del fuoco, Torin aveva il compito di sovrintendere ogni aspetto della vita di quella fazione e controllare che seguissero le regole prefissate per gli Elementali dai Danula, assicurandosi anche che i loro bisogni venissero soddisfatti. Così facendo, i Danula riuscivano a mantenere un equilibrio sano nell'ordine naturale del mondo senza che gli umani se ne accorgessero.

Questo fino a quando i Domnua, i Fae malvagi, non avevano deciso di strisciare fuori dal loro patetico regno e creare problemi. Adesso Torin doveva impedire che i Fae del fuoco si schierassero dalla loro parte e possibilmente anche evitare che bruciassero l'Irlanda. Pur non essendo in grado di lanciare incantesimi particolarmente precisi, Donal era potente quasi quanto lui e negli anni si era dimostrato abile e utile. Ultimamente, però, era quasi sempre via, e Torin gliel'aveva permesso perché sapeva che ogni tanto tutti avevano bisogno di scaricare la tensione.

"Non ti stanchi mai di stare sempre agli ordini della regina?" gli chiese Donal cogliendolo alla sprovvista.

Torin osservò il suo amico. Percepiva qualcosa di più profondo sotto quella domanda e si prese del tempo per rispondere, appoggiando la schiena al muro di pietra del pub e sollevando lo sguardo mentre iniziava a piovere forte sulla strada davanti a lui. Si sentì subito sollevato nel vedere le nuvole grigie così basse all'orizzonte. I Fae del Fuoco, pur possedendo dei poteri arcani, non potevano infrangere le leggi degli Elementali e la pioggia torrenziale avrebbe potuto spegnere molti dei piccoli incendi che avevano appiccato proprio quella mattina. Se però avessero continuato così, Torin sarebbe stato costretto a chiamare Nolan, il leader dei Fae dell'acqua, per organizzare una controffensiva, e in un batter d'occhio sarebbe scoppiata una vera e propria guerra tra tutte le fazioni di Elementali.

Era esattamente quello che i Fae oscuri volevano, pensò Torin: creare caos, seminare distruzione e cercare di prendere il potere in mezzo alla confusione. I Danula avrebbero dovuto mettere freno a quella rivolta prima che si trasformasse in qualcosa che avrebbe addolorato il cuore delle divinità.

"È stata scelta dalla dea Danu per guidare il nostro popolo, e lo fa con mano ferma e giusta," rispose tornando al presente.

"Sorelle..." Donal fece schioccare leggermente la lingua prima di alzare lo sguardo verso il cielo. "Tutti questi conflitti solo perché due sorelle non riescono ad andare d'accordo."

Torin inarcò un sopracciglio. La complessa storia delle dee Domnu e Danu era ricca di leggende, tradimenti e maledizioni secolari forgiate all'alba dei loro mondi. Ridurla a un semplice litigio tra sorelle era... beh, era a dir poco preoccupante.

"La dea Danu ha dimostrato più volte di essere dalla parte della luce. Vuole che il nostro popolo prosperi e desidera proteggere gli umani dalle sofferenze che i Fae oscuri scatenerebbero se trovassero il modo di entrare in questo mondo. Conta su di noi per mantenere l'equilibrio naturale tra i due regni e impedirne l'uso a fini malvagi. Pensa a quante vite sono state salvate grazie a Danu e ai Fae che la seguono."

"Forse sarebbe stato più saggio lasciare che ognuno combattesse per sé e se la cavasse da solo." Donal si raddrizzò e tirò fuori un altro sigaro sottile da una piccola sacca di cuoio, guardandosi intorno prima di accenderlo con una piccola fiamma scaturita dalla punta del suo dito, poi lanciò un'occhiata maliziosa a Torin. "Sai... la legge del più forte e altre cose del genere."

Torin sospirò, rendendosi conto che Donal stava solo cercando di irritarlo un po'.

"Forse. Per quanto mi riguarda, sono grato che non sia andata così. Abbiamo una vita piacevole, relativamente libera da giorni difficili, e non direi che sarebbe lo stesso se i Fae oscuri si muovessero liberamente." Torin disegnò un cerchio nell'aria con un dito indicando la strada. "Gli umani sono incredibilmente interessanti e resilienti, ma temo che i Domnua non siano d'accordo. E in tal caso dove saresti senza la bella ragazza bionda dagli occhi tristi che ti sorrideva stasera?"

"Sicuro e certo, è un punto a nostro favore, non trovi? Possiamo venire qui quando vogliamo," sorrise Donal.

"Non tutti possono farlo. Come sai, possiamo sviluppare una certa dipendenza dagli umani. Ma ci sono sempre abbastanza Fae che passano nel loro mondo per tenere d'occhio le cose... e lo stesso vale per i Domnua. Il problema è che dobbiamo rintracciare i loro portali, e li spostano troppo spesso."

"Guarda..." Donal sollevò il mento in direzione di una fila di macchine che entravano in un parcheggio dall'altra parte della strada. Alcune persone scesero dalle auto e si affrettarono a entrare dopo aver guardato il cielo. Il vento portava le loro grida e risate fino ai due Fae. "C'è un matrimonio. La ragazza bionda dagli occhi tristi canterà lì stasera. Perché non ci andiamo? Amo le feste."

"Donal, hanno bisogno di noi..." Torin non finì la frase quando iniziò una pioggia torrenziale, che a seconda di come la si pensava avrebbe potuto essere descritta come violenta o esuberante. Torin avrebbe scelto il secondo aggettivo, perché era così che si sentiva: sicuramente quell'acqua avrebbe spento gli incendi appiccati dai Fae del fuoco in rivolta.

"Andiamo, amico, ne ho bisogno. Mi basta una notte di divertimenti, poi sarò tutto tuo. Verrò con te a calmare i Fae del fuoco. Sai che mi adorano e sono sicuro che potremo rimediare facilmente a qualsiasi cosa li turbi."

Torin ci rifletté su, era combattuto tra il senso del dovere e l'amicizia. Era passato un po' dall'ultima volta che lui e Donal si erano goduti del tempo insieme, per non parlare di una serata in cui non avevano discusso di argomenti diversi dai loro doveri reali. Erano amici da prima che lui diventasse un consigliere della Corte Reale, il che la diceva lunga sul loro legame profondo. Dal momento che ultimamente Donal era un po' assente e sembrava comportarsi in modo strano, Torin decise che quella sera la loro amicizia avrebbe avuto la meglio. Se non altro, un po' di svago li avrebbe aiutati ad assolvere meglio ai loro compiti e rafforzare il loro rapporto.

"E va bene, amico mio, ma solo stasera. Beviamo qualche pinta di birra, e forse riuscirai a convincere la ragazza dagli occhi tristi a cantare solo per te." Torin cinse le spalle di Donal con un braccio, sollevato nel vederlo sorridere sinceramente.

"Non sono io quello che ha dei problemi a far cantare le donne." Donal diede una gomitata scherzosa al fianco dell'altro uomo, che finse di piegarsi per il dolore prima di correre insieme a lui sotto la pioggia. Torin rise, poi lanciò un incantesimo Fae su entrambi mentre entravano in un ampio salone decorato con migliaia di fili di lampadine, dischi di metallo appesi al soffitto e palle da discoteca in miniatura che proiettavano la luce in tutta la stanza con un effetto quasi da capogiro.

"È fantastico ciò che gli umani riescono a fare senza la magia," disse Torin.

"Già! Il loro ingegno mi affascina. Prendiamo del whiskey, allora?" Donal guardò il bar.

"Sì." Torin lo seguì facendosi strada tra la folla di persone che si muovevano per la sala cercando i loro tavoli e servendosi dai vassoi dei camerieri. L'atmosfera era allegra, come si confaceva a un matrimonio, e diverse donne sorrisero con aria seducente a Torin, che però le ignorò. Donal avrebbe potuto spassarsela con loro quella sera; lui invece non aveva né il tempo né la voglia di andare a letto con qualcuna in quel periodo della sua vita, non quando i Fae oscuri stavano causando problemi. Tuttavia, se doveva essere sincero con se stesso, qualcosa che faceva raramente e solo a notte fonda dopo diversi bicchieri di whiskey, non riusciva a pensare che a una donna.

Aedine.

Anche solo il suo nome faceva scorrere un'ondata di desiderio nelle sue vene. Quella mattina, dopo la notte fatidica in cui avevano consolidato il loro legame, l'aveva abbandonata non perché non gli importasse di lei, ma per un semplice istinto di sopravvivenza. Non era stato affatto pronto ad affrontare ciò che era successo. La cercava da allora e spesso sentiva il suo canto chiamarlo in sogno, tuttavia non era mai riuscito a trovarla nella realtà. Torin possedeva dei poteri arcani forti e rintracciare un essere umano, in particolar modo una donna che aveva reclamato, non avrebbe dovuto essere un problema, eppure... Evidentemente, Aedine non voleva essere trovata.

Era passato molto tempo, e quell'impossibilità di rintracciarla aveva finito per convincerlo che non fosse umana come credeva. Forse anche lei apparteneva a un altro regno e riusciva facilmente a sfuggirgli grazie alle sue capacità magiche. Aveva delle domande da farle, e un giorno Aedine gli avrebbe dato delle risposte. Nel frattempo, in ogni caso, aveva smesso di essere attratto da altre donne e non aveva avuto amanti dopo di lei. Non aveva alcuna intenzione di confessare quel particolare a Donal, perché l'avrebbe preso in giro per tutta la sera.

Gli umani avevano una tendenza innata a gravitare verso i Fae, a prescindere dal fatto che sapessero della loro natura magica o no. La maggior parte non sospettava nulla, poiché i Fae non si rivelavano facilmente, ma in compenso agli umani veniva concessa una notte di passione indimenticabile. In un certo senso, secondo Torin, i Fae erano per gli umani come dell'erba gatta: la loro magia arcana li rendeva irresistibili. A essere sincero, ne aveva approfittato un paio di volte in passato.

"Uno per scaldarci, uno per socializzare..." Donal porse un bicchiere pieno di liquido del colore del miele a Torin, e lui lo fece tintinnare.

"Sláinte," disse Torin.

"Qual è la follia degli umani che brindano alla salute bevendo veleno?" chiese Donal. L'alcol aveva un effetto diverso sui Fae: pur apprezzandone i benefici, raramente causava un'ebbrezza eccessiva e i loro corpi lo smaltivano meglio.

"Credo sia la stessa di coloro che ballano mentre il mondo brucia..." Torin gli rivolse uno sguardo carico di significato, tuttavia Donal si limitò a ridere inclinando la testa all'indietro.

"Oh, amico, dobbiamo trovarti una donna stasera. Sei troppo teso. Su, uniamoci agli umani."

Torin si fece riempire nuovamente il bicchiere e sorrise al barista per ringraziarlo, poi seguì Donal. Le prime note di una canzone stavano riempiendo la sala e si levò un applauso quando gli sposi si diressero sulla pista da ballo. La sposa indossava un abito che sembrava fatto di zucchero filato e un'espressione di pura gioia illuminava il suo bel viso. Qualcosa nel modo in cui il marito la guardava strinse il cuore di Torin, che fu costretto a voltarsi per l'emozione. Quella dimostrazione di affetto lo faceva sentire a disagio. Non cercava più l'amore, ma il sollievo dai sogni che lo tormentavano. Se non poteva avere Aedine, si sarebbe accontentato di dormire bene almeno per una notte. E invece, quella donna entrava con forza nei suoi sogni ogni volta, facendolo svegliare sofferente ogni mattina e rendendolo scettico riguardo alla possibilità di trovare un nuovo amore.

Un'ora dopo, persino Torin fu costretto ad ammettere che la felicità della coppia era contagiosa. Quasi tutti gli invitati erano rimasti sulla pista da ballo e, pur non avendo voglia di portarsi a casa qualcuna quella sera, aveva ballato con quasi tutte le donne presenti. Amava danzare, come la maggior parte dei Fae, e il ritmo della musica pulsava dentro di lui in modo così naturale che non aveva quasi bisogno di pensare a come muoversi. Nel frattempo, faceva del proprio meglio per stare al passo con Donal, che continuava a dargli da bere. Le luci emanavano un bagliore caldo e le lampadine appese al soffitto brillavano sopra le persone quando la musica si interruppe all'improvviso.

"E adesso una sorpresa speciale..." La voce del frontman della band si affievolì. Il tempo si fermò e un brivido di consapevolezza attraversò tutto il corpo di Torin, che strinse gli occhi nel vedere l'unica cosa che desiderava disperatamente ma non poteva avere. Fino ad ora.

Aedine.

La donna salì sul palco con un'aria sicura, come se fosse nata per farlo, e un sorriso seducente si allargò sul suo viso splendente. Una luce parve esplodere direttamente dal suo corpo, riflettendosi sul costume ricoperto di paillettes, mentre i capelli rosso fiamma le ricadevano sulla schiena in riccioli. Sembrava una candela che si era accesa da sola. Non aveva bisogno di un uomo che le desse la luce, perché lei stessa ne era la fonte. Torin era già arrivato al centro della sala prima ancora di rendersi conto che stava camminando.

Le parole di Aedine al microfono furono coperte dal ronzio nelle sue orecchie, e l'uomo si fermò solo quando Donal gli si parò davanti con un'espressione meravigliata.

"È magnifica," disse, e Torin arricciò le labbra.

"Non la toccherai." La voce di Torin era soltanto un sussurro, e le sue parole si persero nella musica che riempiva il salone mentre Aedine avanzava e si esibiva in un passo di danza complesso con un grande cerchio per poi girare al suo interno. La folla trattenne il fiato quando cominciò a roteare sul palco in un vortice scintillante di eleganza e luce, e quando il cerchio prese fuoco un altro mormorio stupito si sollevò tra gli spettatori. La donna, però, continuava a ballare e il suo corpo flessuoso era sospeso in un ciclo infinito di fiamme e paillettes luccicanti. Torin non riusciva a toglierle gli occhi di dosso. Lei era tutto. La sua follia. Il suo futuro.

La sua compagna predestinata.

Riuscì a malapena a trattenersi dal precipitarsi sul palco e portarla via in quell'istante. Camminò lungo la pista da ballo verso una porticina laterale che portava dietro le quinte: aveva bisogno di parlarle quanto aveva bisogno di respirare, tuttavia non sapeva come avrebbe reagito nel vederlo.

Le doveva una spiegazione, e non era nemmeno sicuro di sapere come dargliela.

Aedine scostò le tende del sipario con un movimento

fluido, sorrideva ancora e il sudore le imperlava la fronte. Rimase a bocca aperta quando lo vide.

"Torin," sussultò Aedine.

"Moglie," disse Torin, scioccando entrambi. 'Moglie'? Che diavolo gli era preso? Fece per avvicinarsi, irritato con se stesso, e un'espressione confusa si dipinse sullo splendido viso della donna.

Un urlo si levò tra il pubblico e Donal irruppe dalla porta laterale.

"Domnua!" ansimò, e il suo sguardo si posò su Aedine. Un luccichio gli attraversò gli occhi. I capelli sulla nuca di Torin si rizzarono e si piazzò in modo difensivo di fronte a Aedine.

"Va'. Dobbiamo proteggere gli umani."

"E che ne sarà di questa qui?" Donal continuava a fissare Aedine oltre le spalle di Torin.

"Ci penso io." Le parole di Torin sembravano un avvertimento che Donal colse al volo prima di sparire dietro la porta da cui era entrato.

"Al fuoco!" urlò qualcun altro, e Torin si voltò per prendere la mano di Aedine e portarla via da lì.

Il suo cerchio acrobatico giaceva sul pavimento e alcune paillettes che si erano staccate dal costume brillavano sotto la luce fioca. Lo spazio dove un attimo prima c'era lei, adesso era vuoto.

# CAPITOLO TRE

Era stato solo l'istinto a spingere Aedine a voltarsi e correre appena sentì le prime urla: se avesse dato ascolto al cervello o al suo cuore, sarebbe rimasta immobile a fissare Torin.

Lo shock di rivederlo dopo tante notti passate a sognarlo e a sentire il suo sapore sulle labbra le fece quasi esplodere il cuore. Aveva talmente bisogno di lui che voleva solo raggiungerlo e gettarsi tra le sue braccia. Sembrava che un filo invisibile li legasse, ma proprio la forza di quel desiderio le impediva di andare da lui. Beh, quello e la catastrofe che era scoppiata nella sala ricevimenti.

Cosa ci faceva lì?

Invece di allontanarsi dall'edificio, Aedine si precipitò tra la folla seguendo il suo istinto naturale di aiutare gli altri. Tossì quando si imbatté in una nuvola di fumo densa e puzzolente, coprendosi la bocca con la mano. Aveva la fronte sudata e spalancò gli occhi davanti allo spettacolo che le si presentava davanti.

Il sipario, dove si era esibita pochi minuti prima, stava

andando a fuoco; un lato era già crollato, coprendo gli strumenti della band e sprigionando scintille da un cavo elettrico esposto. Gli ospiti si ammassarono verso le uscite: molti urlavano di restare calmi, altri cercavano frettolosamente di sfuggire a quell'inferno. Gli occhi di Aedine si riempirono di lacrime mentre passava in rassegna la sala nel caso fosse rimasto qualcuno che aveva bisogno di aiuto.

Avrebbero dato la colpa a lei.

Dopotutto, era stata lei a usare le fiamme sul palco, no? Era l'unica spiegazione possibile. Aedine era molto attenta quando danzava con il fuoco, ma forse una fiammella era sfuggita al controllo e aveva raggiunto il tendone del sipario. Era impossibile trovare un'altra causa per l'accaduto, e la paura si impadronì di lei quando si rese conto di due cose.

La sua carriera era finita.

Qualcosa di malvagio si stava avvicinando.

Cercava di continuare a respirare attraverso la nube di fumo malgrado il bruciore ai polmoni, tuttavia non riusciva a distogliere lo sguardo da alcuni esseri argentei che si muovevano tra la folla. Sembravano predatori: avanzavano rovesciando i tavoli, afferrando persone terrorizzate per poi lanciarle a terra come se fossero spazzatura. Aedine trasalì nel vedere una donna cadere sul pavimento e sbattere la testa contro il bancone del bar prima di perdere i sensi. Senza nemmeno pensarci, superò le sagome per raggiungerla.

"Deve alzarsi!" esclamò scuotendola per la spalla. Trasalì, aveva almeno ottant'anni e un rivolo di sangue sgorgava da un taglio sulla sua fronte. L'anziana gemette guardandola, e Aedine fece l'unica cosa che poteva fare: si accovacciò e se la issò sulla schiena con una presa da pompiere. Molti sottovalutavano la sua forza a causa della corporatura minuta, ma anni di allenamento l'avevano resa muscolosa nonostante il fisico snello, e in quel momento lo usò a proprio vantaggio, correndo verso la porta con la donna sulle spalle.

Con un colpo di fortuna uscì dalla sala ormai vuota e inspirò la meravigliosa aria fresca della sera tra la folla radunata nel parcheggio.

"Nonna!" gridò la sposa, e dopo alcuni secondi qualcuno prestò soccorso all'anziana. Aedine si raddrizzò con un sussulto e il freddo riuscì a calmare il bruciore nei suoi polmoni.

"L'hai salvata." La sposa pianse apertamente di fronte a Aedine.

"Non potevo lasciarla lì. Dovevo..." Faticava a parlare e continuava a guardare oltre le porte della sala ricevimenti, inspirando profondamente e tremando ancora per un po'. "Devo andare a vedere... per assicurarmi che..."

"Non puoi tornare lì." La sposa l'afferrò per il braccio. "È una follia."

"Devo assicurarmi che nessun altro..."

"Non puoi farlo. È pericoloso."

"Ma... E se fosse colpa..." Aedine non riusciva nemmeno a pronunciare quelle parole, tuttavia la sposa vide il dolore nel suo sguardo.

"È stato un incidente. I vigili del fuoco sono quasi arrivati. Non senti le sirene?"

"Mi dispiace, non posso restare qui. Devo sapere..." Aedine si liberò dalla stretta della sposa e tornò dentro correndo, ignorando le urla. Non si sarebbe mai data pace se qualcuno fosse morto a causa dei suoi sbagli. Aedine afferrò un tovagliolo da un tavolo accanto alla porta e lo immerse in una caraffa piena d'acqua prima di legarlo a mo' di bavaglio. Si accovacciò a terra nella sala piena di fumo per controllare se qualcuno fosse rimasto indietro, poi si trascinò sul pavimento per vedere sotto i tavoli, sperando di non trovare nessuno.

"Oh!" esclamò quando il sistema antincendio si attivò e iniziò a piovere acqua dal soffitto, bagnandola immediatamente mentre le sirene suonavano. Era passato solo qualche minuto da quando era scappata dal palco? Forse i pompieri erano in ritardo, oppure i secondi le erano sembrati ore. Aedine si raddrizzò, si asciugò l'acqua dal viso e cercò di capire cosa stesse succedendo sulla pista da ballo.

Un gruppo di uomini, gli stessi che si erano infiltrati tra la folla, circondava Torin. Gli artigli gelidi della paura affondarono nelle viscere di Aedine e la donna fece un passo avanti verso di lui quando un braccio le cinse la vita. Si voltò per divincolarsi, ma si bloccò quando la presa si fece più stretta e una mano le coprì la bocca.

"Shh, tesoro. Lo distrarrai."

Aedine guardò con la coda dell'occhio il volto accanto al suo. Era l'uomo che si era precipitato dietro il palco alcuni secondi prima che lei si rendesse conto dell'incendio. Torin gli aveva parlato come amico, no? Si rilassò un po', pensando che avesse ragione. Sapeva bene che la minima distrazione o un errore di calcolo potessero causare danni. Per questo si costringeva ad allenarsi in una stanza piena di altri atleti, abituandosi a una concentrazione che non ammetteva sbagli.

Sbagli come provocare un incendio durante un matrimonio.

Le si chiuse lo stomaco e le venne da vomitare nel vedere quegli uomini dallo strano bagliore intorno a Torin. L'alone era solo un'illusione ottica? O forse era colpa del fumo che aleggiava ancora nell'aria? Aedine si irrigidì quando uno di loro si lanciò in avanti e Torin lo colpì nel fianco con un pugnale prima di passare rapidamente a un altro nemico. Era come una danza fluida e disinvolta, o almeno così le sembrava, e Torin schivò colpo dopo colpo, girandosi e rigirandosi. Aedine non aveva mai visto ferite peggiori di quelle inflitte dalla sua arma. Quasi soffocò contro la mano dello sconosciuto, cercando di voltarsi per riuscire a respirare un po'. Le bruciavano i polmoni. Gli uomini... Il loro sangue...

Il loro sangue era argenteo.

Doveva essere un'allucinazione, una conseguenza dell'intossicazione, perché gli uomini esplodevano in pozze di liquido quando Torin li infilzava. Doveva aver inalato molto più fumo di quanto pensasse, il suo cervello le stava certamente giocando dei brutti scherzi. Era impossibile che una persona si disintegrasse immediatamente in quel modo per un singolo colpo, quindi...

Un grido di avvertimento la costrinse a spostare lo sguardo a sinistra, dove un gruppo di uomini argentati irruppe dalla porta del dietro le quinte.

"No, no, no," sussurrò Aedine, riuscendo finalmente ad allontanare la bocca dalla mano dello sconosciuto. "Lo uccideranno! Sono troppi!"

"Forse. Forse no. Ha dei poteri arcani forti, il nostro Torin."

Poteri arcani... Sentì quelle parole, tuttavia non le elaborò affatto: era come se la sua mente fosse confusa per il sonno e stesse ancora cercando di distinguere i sogni dalla realtà. Un brivido di trepidazione attraversò tutto il suo corpo quando capì di cosa parlasse e ricordò ciò che Torin aveva detto prima che si scatenasse il finimondo.

'Moglie'. L'aveva chiamata moglie. Aveva assunto un'espressione sorpresa, probabilmente proprio come lei, e ora il cervello di Aedine cercava disperatamente di capire qualcosa del pandemonio che era scoppiato davanti ai suoi occhi e alle parole appena pronunciate dall'uomo che la tratteneva. Avrebbe voluto elaborare il tutto secondo i propri tempi, perché era come se la sua mente si fosse chiusa, rifiutando di accettare, di andare avanti. Poteva soltanto fissare la battaglia che continuava davanti ai suoi occhi tra un uomo e centinaia di...

"Cosa sei?" sussurrò Aedine.

"Non lo sai? Mi sorprende, cara. Siamo dei Fae, ovviamente."

Fae.

La realtà colpì Aedine così bruscamente da farle vedere dei puntini muoversi davanti ai suoi occhi, e dovette sforzarsi di respirare piano per calmare il suo cuore che batteva all'impazzata.

"E sebbene sia piccina, è pur sempre feroce." Aedine sussurrò la sua citazione preferita di Shakespeare tra sé, una frase che aveva pensato di farsi tatuare sul polso: quelle parole la calmarono, costringendola a fare il punto della situazione. A salvarla non sarebbe stato il panico, ma il suo senso pratico. "Dobbiamo aiutarlo."

"Non credo che ne avrà bisogno. Vediamo come andrà a finire." Sembrava non importargli affatto della possibilità che il suo amico potesse essere ferito.

"Chi sei?"

"Sono Donal, un consigliere, come Torin. Facciamo parte della Corte Reale... beh, lui è il capo dei consiglieri dei Fae del fuoco."

"I Fae... del..." La voce di Aedine era poco più di un sussurro mentre abbassava lo sguardo sulle proprie mani. Fuoco. Torin le aveva donato la capacità di accenderlo magicamente durante la notte che avevano passato insieme. Non aveva mai pensato di usare quel nuovo potere per danneggiare gli altri, tuttavia forse era arrivato il momento di farlo. Strinse gli occhi quando un nuovo gruppo di uomini argentati... beh, di Fae circondò Torin e lo attaccò. Quella volta non utilizzò il pugnale, preferendo lanciare un incantesimo che fece esplodere i nemici più vicini in una pozza di sangue argenteo.

"Perché non l'ha fatto prima?" chiese Aedine.

"La magia arcana richiede uno scambio reciproco. Quando attingi energia dall'universo, devi fare attenzione a quanta ne usi e alla frequenza con cui succede, perché potrebbe stravolgere l'equilibrio delle cose."

"E se fosse necessario usarla?" Aedine serrò le labbra, preoccupata per Torin.

"Chi decide cosa è necessario? Cosa è giusto? Credi che i Fae oscuri non abbiano famiglie? Che non sappiano amare?"

"Non ne ho idea, dato che fino a un minuto fa ignoravo del tutto l'esistenza dei Fae, per non parlare delle varie fazioni."

"È sciocco da parte tua," disse Donal, e Aedine girò la testa di scatto per guardarlo negli occhi scuri.

"Come mai?"

"Sei irlandese, no? Le vostre storie non sono piene di Fae?"

"Sono solo leggende," ribatté lei, tornando a osservare Torin far fuori un'altra ondata di Fae oscuri. "O almeno così pensavo."

"C'è sempre un fondo di verità nelle leggende, tesoro."

Il modo in cui pronunciò quell'ultima parola la fece rabbrividire e cercò di scattare in avanti, ma lui continuò a stringerle la vita.

"Lasciami andare. Non sono più sconvolta come prima."

"Sei più al sicuro qui."

"Dovresti, anzi, dovremmo aiutarlo." Aedine si aggrappò al suo braccio, tuttavia era come se una morsa di ferro si fosse stretta intorno alla sua vita. Era furiosa per quella situazione e senza pensarci attinse al potere che si agitava dentro di lei: chiuse le mani intorno alle braccia dell'uomo e per la prima volta usò il proprio potere per fare del male.

"Maledizione!" Donal allontanò il braccio e Aedine scappò via. Le porte si aprirono e le sirene dei vigili del fuoco risuonarono dall'esterno, accompagnate da grida provenienti dal parcheggio.

I Fae oscuri si voltarono tutti nello stesso momento, rendendosi conto della presenza degli umani e di Aedine. La donna riuscì a percepire l'attimo in cui cambiarono bersaglio, muovendosi come una cosa sola verso di lei, e sollevò le braccia, richiamando ancora una volta le proprie capacità magiche, ma trasalì quando qualcuno l'afferrò da dietro.

"Donal! Proteggila!" gridò Torin al di sopra del baccano

e delle grida dei pompieri, mentre i Fae oscuri continuavano ad avanzare.

Donal, però, non fece nulla, lasciando che i nemici li accerchiassero. Gli uomini dal bagliore argentato diedero le spalle a Aedine nello stesso momento, voltandosi verso Torin, e una sensazione terribile la pervase quando capì cosa stava succedendo.

"Torin, *scappa*!" Aedine non sapeva se l'avesse urlato con la mente o a voce, ma Torin la sentì. Per un istante, la donna vide la dolorosa consapevolezza di essere stato tradito dipingersi sul suo volto mentre si girava a guardare Donal prima di svanire nel nulla proprio quando i Fae oscuri lanciarono un incantesimo mandando in frantumi i bicchieri e rompendo i tavoli.

"Perché?" gridò Aedine alzando le mani, e avvertì una strana sensazione di risucchio. Le vennero le vertigini, poi perse i sensi.

# CAPITOLO QUATTRO

Aedine si risvegliò tossendo, cercando di respirare. I polmoni le bruciavano per il fumo che aveva inalato durante l'incendio. Cercò subito di scattare in piedi, ma aveva le braccia e le gambe legate. Le venne di nuovo la nausea quando provò a respirare in modo regolare, e chiuse gli occhi tentando di capire dove si trovasse. In qualche modo, era stata teletrasportata dalla sala ricevimenti a una specie di grotta. Aveva la schiena premuta contro i bordi ruvidi di una parete rocciosa e umida, e l'odore di terra bagnata mescolato al fumo di un piccolo falò acceso nell'angolo aleggiava nell'aria. La caverna doveva avere un'apertura, dedusse Aedine, dato che il fumo non era soffocante, quindi avrebbe potuto scappar via... se fosse riuscita a liberarsi.

Tenne gli occhi chiusi ancora per qualche istante, sapendo che avrebbe avuto bisogno di tutte le sue forze, e si costrinse a calmare il battito del suo cuore. Non le sarebbe servito a nulla farsi prendere dal panico in quel momento. Doveva schiarirsi le idee per capire cosa fare. Il problema era che... c'erano davvero *troppe* cose da elaborare.

I Fae esistevano *davvero*.

Ce n'erano di buoni *e* cattivi.

Era stata rapita.

Torin, un uomo che sognava in continuazione, era un Fae. Era vivo. Era in questo mondo. E, in qualche modo, le aveva conferito un potere. Un potere arcano, da Fae. *Lei* possedeva un potere arcano! Quell'ultimo pensiero fece irradiare una calda sensazione di entusiasmo in tutto il suo corpo. Certo, aveva dovuto imparare a usare lo strano dono che Torin le aveva dato, tuttavia non era mai riuscita a comprendere appieno cosa fosse accaduto durante la notte bollente che avevano passato insieme. Torin le aveva dato il potere di generare il fuoco? Oppure aveva sbloccato qualcosa di sepolto dentro di lei, liberando un'abilità sconosciuta di creare delle fiamme quando lo voleva? Negli ultimi mesi, Aedine aveva cercato una risposta nei libri e condotto ricerche, senza però trovare una spiegazione definitiva.

E di certo non avrebbe svelato il proprio segreto a nessuno. Non riusciva quasi a immaginare di affrontare un argomento del genere di fronte a una pinta di birra. Una volta era stata sul punto di dire la verità a una delle sue sorelle, ma qualcosa gliel'aveva impedito all'ultimo secondo. Non sapeva come avrebbe reagito, e Aedine aveva deciso di tenere tutto per sé finché non avesse capito cosa le fosse successo.

E adesso il suo mondo era stato stravolto in una sola, incredibilmente disastrosa serata. Aedine sperava davvero che l'incendio non avesse causato feriti gravi, benché fosse certa di aver controllato un'area della stanza sufficiente da assicurarsi che nessun altro fosse rimasto intrappolato... eccetto Torin.

Le venne nuovamente da vomitare nel ricordare l'espressione che si era dipinta sul suo viso quando Donal l'aveva tradito. Quel dolore acuto e profondo gli aveva attraversato lo sguardo prima che sparisse alla sua vista grazie a qualche strano metodo magico. Le era successa la stessa cosa quando aveva percepito quella sensazione di risucchio? Era stata teletrasportata da un incantesimo bizzarro dei Fae?

"So che sei sveglia."

"Non stavo cercando di nasconderlo," sbottò Aedine tenendo gli occhi chiusi mentre inspirava ed espirava a fondo. Lo faceva per concentrarsi prima delle esibizioni, dato che l'aiutava a liberare la mente. Le distrazioni non erano ammesse, soprattutto quando si lavorava con il fuoco.

"E allora cosa stai facendo?" le chiese Donal.

"Mi bruciano i polmoni per il fumo. Sto solo cercando di riprendere fiato." Le venne un'idea, e aprì gli occhi per esaminare il punto in cui Donal si era accovacciato nell'angolo vicino al falò. Era un uomo forte, muscoloso, con capelli scuri tagliati corti e occhi del colore dell'ossidiana. Aveva gli zigomi affilati e una fossetta sul mento, la sua bocca formava una piccola V quando sorrideva. "Non sono stata io a causare l'incendio, vero?"

"No, tesoro, non sei stata tu, però era un diversivo piuttosto semplice, quindi noi ne abbiamo approfittato."

"'Noi'?" gli chiese Aedine, sollevata e felice di sapere che non era stato un suo errore a causare quel disastro. Si fidava ancora di se stessa, poteva continuare a esibirsi. Detto ciò... chi le avrebbe creduto, dopo tutto quello che era successo?

Non avrebbe mica potuto dire al mondo intero che erano stati i Fae a provocare l'incendio, le avrebbero riso in faccia.

"Io e i Domnua."

La donna si limitò a guardarlo scuotendo la testa, confusa. L'uomo sussurrò qualcosa al falò, che si ingrandì, e un'ombra di paura si insinuò nell'animo di Aedine.

"I Domnua sono i Fae oscuri... anche se non credo che dovremmo classificare le cose in quel modo, in bianco e nero. Se non altro, molti aspetti della vita sono di diverse sfumature di grigio, non trovi?" La bocca di Donal assunse quella forma a V quando le sorrise. "In ogni caso, per fartelo capire più facilmente, li chiamerò 'Fae malvagi'."

"E tu e Torin siete Fae malvagi?" Aedine non riusciva a crederci, e abbassò lo sguardo sulle sue mani legate e congiunte sul ventre coperto di paillettes, sperando di non avere dei poteri malvagi dentro di sé.

Donal rise inclinando la testa all'indietro e attizzò il fuoco con un lungo bastone dorato.

"No, Torin è un Danula, uno dei Fae buoni." Donal accompagnò le ultime parole con delle virgolette. "I Fae buoni governano gli Elementali, ossia delle fazioni separate di Fae. È un po' come avere diverse città tutte in un unico Paese, ognuna delle quali è guidata da un sovrintendente che si assicura che si seguano le regole e si vada incontro ai bisogni dei suoi abitanti. È ciò che Torin fa per i Fae del fuoco. Appartiene alla Corte Reale dei Danula. Come me, a dire il vero. Lavoro insieme a lui per fare in modo che le necessità di quella fazione vengano soddisfatte."

"E i... Fae cattivi?" Aedine non riusciva a ricordare il termine esatto.

"I Fae malvagi sono stati ingiustamente esiliati in un

altro regno e non possono vivere insieme agli altri Fae." Un'espressione risentita si dipinse sul volto severo di Donal.

"Sicuro e certo, dev'esserci stato un buon motivo, no? Non si esilia un intero popolo a meno che non sia accaduto qualcosa di brutto, vero?" Aedine allargò leggermente le caviglie, testando le corde che le legavano.

"Dipende dai punti di vista." Donal alzò una spalla. "Ho sempre pensato che siamo in questa situazione solo perché due dee hanno litigato creando un inutile divario."

"'Dee'..." Lo sguardo di Aedine si posò su Donal.

"Non leggi mai?" L'uomo fece schioccare la lingua.

"Sono stata troppo occupata a sbarcare il lunario. Perché non me lo spieghi tu? Ora sono coinvolta in questa situazione, qualunque essa sia... quindi potresti come minimo dirmi come ho fatto a finire in mezzo ai vostri problemi. Perché, sappilo, non sono affatto interessata a far parte di qualunque bisticcio tu stia portando avanti con i Fae buoni, o cattivi, o che so io."

Donal sembrò apprezzare la sua risposta e dondolò sui talloni osservandola attentamente.

"Mi piacciono le donne di carattere. Dimmi che apprezzi gli uomini seriosi con una vena malvagia..." Donal le rivolse un sorriso sornione e Aedine rabbrividì.

"Ultimamente non esco con nessuno, mi dispiace."

"Ah, beh, forse col tempo riuscirò a farti cambiare idea." Il suo ghigno si allargò quando lei lo guardò disgustata. "Non preoccuparti, tesoro. Non costringo nessuno a fare qualcosa che non vuole, non mi diverte affatto. Ciò che mi darai, me lo darai di tua spontanea volontà."

Aedine avrebbe preferito camminare sui carboni ardenti

piuttosto che concedersi a Donal, tuttavia ignorò il suo commento. "Allora, queste dee...?"

"Giusto. La dea Danu ha creato la propria fazione di Fae, i Danula, che oggi comandano il nostro piccolo mondo. Sua sorella, la dea Domnu, se n'è andata con i suoi Fae oscuri, e da secoli combattono per conquistare il potere e impossessarsi di vari tesori di magia arcana inestimabile. Questa è solo l'ultima delle loro battaglie. Sicuro e certo, non è ancora una battaglia, vero? Ma lo sarà presto. Quando succederà, spero che i Domnua avranno causato abbastanza malcontento tra gli Elementali da spingerli a unirsi a loro per spodestare i Fae buoni."

Aedine inarcò le sopracciglia e si contorse contro quel muro scomodo. Iniziavano a farle male gli arti a causa delle corde.

"Cosa vogliono i Fae cattivi? Se riuscissero nella loro insurrezione o qualcosa del genere... cosa farebbero dopo?" Doveva farlo parlare ancora, si ripeté. Inspirò a lungo e profondamente ancora una volta, sperando che il bruciore ai polmoni si alleviasse presto.

"Prenderebbero il potere, ovviamente." Donal si alzò e camminò verso di lei. La donna trasalì quando posò una mano sul suo petto, tra i seni. Non riusciva a pensare, e non poteva fare altro che sollevare lo sguardo su di lui, restando immobile. Qualcosa di simile a un'onda fresca la travolse e il dolore diminuì. Aedine sbatté le palpebre osservando Donal, confusa.

"Cosa... hai appena..."

"Sì, ho alleviato la tua sofferenza. Adesso dovresti riuscire a respirare più facilmente." Donal continuò a tenere la mano lì, premuta contro la sua pelle, lungo il vertiginoso scollo a V del suo costume di scena. Quando Aedine non reagì, la ritrasse facendole l'occhiolino. "Come ti ho detto, non costringo nessuno."

"Ti ringrazio," sussurrò Aedine. Detestava dover essere in debito con lui, tuttavia si sentiva davvero meglio... quindi non aveva intenzione di farle del male?

"Allora, come stavo dicendo... Il potere è ciò che i Fae oscuri desiderano. Vedi, ci vuole un bel po' di magia arcana per riuscire a teletrasportarsi tra i vari regni e muoversi liberamente in Irlanda. Un tempo questo Paese apparteneva a loro, sai? Quando si chiamava Innisfail. Adesso, invece, ci danno la caccia quando riusciamo a entrare nel vostro mondo."

"'Ci'?" gli domandò Aedine. Le aveva detto di essere il braccio destro di Torin solo pochi minuti prima.

"Certo, tesoro. In realtà io non faccio parte dei Fae buoni. Sono un Domnua." L'uomo le sorrise e Aedine ebbe un sussulto ripensando allo sguardo sconvolto di Torin.

"Ed è per questo che Torin sembrava..."

"Ah, già. È un vero peccato, non sei d'accordo? È un brav'uomo, quello lì. Mi piaceva bere birra con lui, non lo nego. Abbiamo passato tantissime serate in giro insieme, avevamo l'imbarazzo della scelta con le donne. Voi umane amate davvero tanto i Fae. Vi regaliamo un piacere inimmaginabile a letto, sai?"

Aedine ricordò la notte passata con Torin, le ore di estasi che sembravano non placarsi mai, le ondate di desiderio che attraversavano il suo corpo, la sua pelle che vibrava come un cavo elettrico scoperto.

"Oh, lo sai davvero. Proprio come ho pensato quando Torin ti ha rivista. Quella è stata la notte in cui è cambiato, sai?" Donal si tamburellò il dito sulla fossetta sul mento. "Ora ha molto più senso."

"Com'è cambiato?" Aedine non voleva parlare di quella notte, né con Donal né con chiunque altro. Era un momento che riviveva nei propri sogni, cristallizzato nella sua perfezione, e non avrebbe permesso a nessuno di rovinarglielo.

"Un tempo eravamo noi a decidere, vedi? Prendevamo decisioni insieme, festeggiavamo insieme, cercavamo delle donne insieme... ma è finito tutto dopo che è andato a letto con te. Qualcosa non è stato più lo stesso dentro di lui. Non mi chiedeva più consigli. Decideva senza di me. Non usciva più. Non l'ho mai visto con una donna dopo quella notte."

Quelle parole non avrebbero dovuto farle piacere, dato che conosceva a malapena Torin, eppure, in qualche modo, pensare al fatto che fosse rimasto single le scaldò il cuore. Si rese conto trasalendo che la sua situazione era stata piuttosto simile. I pochi incontri che aveva cercato di avere con altri uomini non avevano retto il confronto con quell'unica notte passata insieme a Torin, e la donna aveva preferito una vita di solitudine ad appuntamenti fallimentari.

"Dunque stai facendo tutto questo perché sei arrabbiato con Torin? Perché hai perso il tuo compagno di bevute?" Aedine lanciò un'occhiata severa a Donal.

"Ah, e già che sì, vorrei che fosse così semplice. Ahimé, non sono un tipo sentimentale, e Torin era solo un mezzo per raggiungere i miei scopi." L'uomo inclinò la testa, come se stesse ascoltando qualcosa che lei non riusciva a sentire.

"Continuo a non capire perché sono qui. Questa..." Aedine sollevò le mani legate e disegnò un piccolo cerchio nell'aria. "Questa roba dei Fae non mi riguarda davvero, giusto? Non puoi tenerla per te e lasciarmi andare? Non voglio essere coinvolta. Sai cosa ho imparato durante i miei viaggi?"

"Cosa?" Donal sembrava chiaramente divertito da lei, il che andava benissimo a Aedine. Avrebbe potuto distrarlo facendolo parlare, distogliendo la sua attenzione da qualunque cosa avesse in mente di fare dopo. Se avesse calcolato bene i tempi, sarebbe riuscita a usare il proprio potere del fuoco per bruciare quelle corde e scappare da... quel posto, qualunque esso fosse. Avrebbe dovuto fare una cosa per volta.

"Ho imparato il detto *non sono affari tuoi*." Aedine sollevò lo sguardo. "I tuoi dilemmi riguardano soltanto te, Donal, e io non mi intrometto nelle vite altrui. Non va mai a finire bene. I Fae possono risolvere i loro problemi senza coinvolgere me. Ti prego, lasciami andare."

"Se solo fosse così semplice..." Donal inclinò nuovamente il capo e rimase in silenzio per un istante, annuendo più volte come se stesse avendo un monologo interiore. "Tu, proprio come Torin, sei diventata un mezzo utile per raggiungere i miei scopi."

"Non riesco a immaginare come potrei servirti. Sono solo una ballerina, Donal. Non ho nulla che possa aiutarti in battaglia."

"È qui che ti sbagli, tesoro. Sei una distrazione... un'esca. Adesso Torin dovrà scegliere. Dovrà decidere se seguirti o reprimere la rivolta dei Fae del fuoco. Cosa pensi che farà? Sceglierà l'amore oppure la lealtà alla corona?"

Aedine spalancò la bocca, poi fece qualcosa di inaspettato.

Rise.

Rise finché le lacrime non iniziarono a rigarle le guance e si ritrovò ancora una volta a cercare di riprendere fiato. Donal inclinò la testa guardandola prima di alzarsi e accovacciarsi ancora di più vicino a lei.

"Ti diverto?"

"Oh, sicuro e certo sei un tipo melodrammatico!" Si lasciò sfuggire un'altra risata e un lampo di irritazione attraversò il volto di Donal.

"Non credo di capire cosa intendi. 'Melodrammatico'? Mi vedi forse recitare su un palco?"

"No, sto solo..." Aedine ridacchiò di nuovo, poi scosse la testa. "È che... Sei così pomposo, e il mondo sta finendo, e..."

"Il mondo non finirà. Uno nuovo sta iniziando per voi umani. Per noi Fae è una nascita, non una morte."

Aedine tornò seria nel sentire quelle parole.

"Lo credi davvero?"

"E tu credi davvero che non avremo la meglio?" Donal scosse il capo e schioccò per l'ennesima volta la lingua. "Gli umani sono così sciocchi. Puoi mostrar loro qualcosa un migliaio di volte, e loro continueranno a credere ai sogni."

"Una vita senza sogni è una vita non vissuta."

"Oh, chi è la persona melodrammatica adesso?" Donal le sfiorò la guancia con un dito.

"Torin non mi cercherà." Aedine aveva bisogno che quell'uomo lo capisse. "Ci conosciamo a malapena. Ti sbagli se mi ritieni un'esca utile per i tuoi piani, a prescindere da quali essi siano."

"Non hai idea di ciò che sei per lui, vero?" La donna intravide un luccichio divertito negli occhi di Donal. "Beh, ora sì che le cose si fanno un po' più interessanti."

"Cosa vuoi dire?" Aedine si contorse contro la parete rocciosa alle sue spalle. La frustrazione e l'irritazione le fecero venir voglia di fare qualcosa, qualsiasi cosa per sopraffare quell'uomo.

"Non c'è tempo per spiegartelo. Dobbiamo andare, il portale è pronto."

"Come, scusa?" Aedine sgranò gli occhi quando Donal si alzò e l'afferrò prendendola in braccio senza alcuno sforzo, come se fosse una piuma. "Aspetta... No... Dove mi stai portando?"

"Taci. Adesso devo concentrarmi."

"Ma..."

"Morirai se pronuncerai un'altra parola."

Spaventata, Aedine soffocò le parole che voleva dire deglutendo mentre Donal si diresse direttamente verso il fuoco. Le fiamme li circondavano con il loro calore soffocante, e la donna fu presa dal panico appena sentì la prima fitta di dolore, poi levò un grido strozzato quando Donal la portò con sé dentro il falò.

# CAPITOLO CINQUE

Il sudore colava lungo la schiena di Aedine, e le paillettes del costume di scena le graffiavano la pelle. La donna si contorse e cercò di liberarsi dalla stretta di Donal.

"Non ti muovere." Era un ordine, uno a cui obbedì immediatamente mentre apriva gli occhi: non erano nel fuoco, no. Aedine si rese conto che erano da tutt'altra parte, in un posto che non faceva parte del suo mondo. Il cuore della donna iniziò a battere più forte, e sollevò lo sguardo verso il cielo dal colore rossastro, o almeno pensava che fosse il cielo, non ne era sicura. Donal la stava portando in braccio lungo un tortuoso sentiero di pietra grigia, chiuso in parte da muri rocciosi su entrambi i lati. Fuori c'erano delle colline, ma l'erba era grigia e scura, mentre l'acqua all'orizzonte era nera. Aedine si accorse con un sussulto che si trovavano in Irlanda, tuttavia era come se avessero risucchiato i colori del paesaggio, a eccezione della strana sfumatura rossastra del cielo.

"Dove siamo?" domandò la donna quando Donal si fermò alla fine del viottolo e la fece scendere. Aedine si sorprese nel non vedere più le corde e stiracchiò subito le gambe, sentiva che la tensione di quel giorno si era accumulata nei suoi muscoli. Si strofinò distrattamente i polsi guardandosi intorno e un odore di terra bruciata arrivò alle sue narici, trasportata da una brezza gentile. "Questo è il regno oscuro di cui mi hai parlato? È qui che vive il tuo popolo?"

"Non proprio," rispose lui, lasciandosi cadere lungo la parete e incrociando le braccia sul petto mentre osservava i dintorni. "È un luogo di mezzo. Un punto di riposo tra i regni."

"Perché avete bisogno di riposare?" gli chiese Aedine, facendo cautamente un passo indietro, lontano da Donal. Forse c'era un modo per distrarlo e riuscire a correre lungo il sentiero da cui erano venuti, e attraversare… beh, il fuoco… e tornare nel suo mondo.

Il suo mondo. Soffocò una risata isterica, la sua mente stava ancora cercando disperatamente di stare al passo con tutte le novità che era costretta a elaborare. Una parte di lei desiderava che si trattasse solo di un bizzarro sogno dovuto a un bicchiere di whiskey di troppo, e che presto si sarebbe svegliata nel suo furgone.

"Mmmh, non abbiamo bisogno di riposare. Non necessariamente, credo. Più che altro, non sempre sappiamo cosa ci aspetterà dall'altra parte di un portale, dunque è più sicuro avere un posto in cui attendere un po'."

"E dove ci porterà questo portale in particolare? Stiamo andando dai Fae oscuri, allora?"

"No, non riusciresti a sopravvivere a lungo in quel mondo. Al momento mi sei ancora utile," rispose Donal, scrollando le spalle con fare indifferente. Aedine non sapeva se fosse per quell'ultimo gesto o per il fatto che fosse così sicuro della sua incapacità di tenergli testa, ma iniziò a sentirsi sempre più arrabbiata. Di solito lo ignorava, tuttavia ora accolse quel sentimento e il potere che scorreva nelle sue vene reagì.

"Nessun uomo mi userà, che sia un Fae o qualcos'altro," sibilò Aedine. Donal si alzò, sorpreso, lei sollevò le braccia e gli lanciò contro un enorme muro di fuoco. Non voleva vedere cosa sarebbe successo dopo, quindi si voltò e iniziò a correre a ritroso lungo il sentiero, continuando però a colpirlo con la sua magia arcana. Non era certa di essere abbastanza forte da sfuggire a Donal, eppure non aveva intenzione di accettare il proprio destino senza lottare.

Le faceva male il fianco e, abbassando lo sguardo, Aedine vide uno strappo sul costume di scena e un rivolo di sangue. La paura la spingeva a correre a perdifiato per salvarsi la vita, verso l'ignoto. Era sempre più vicina alla fine del sentiero, riusciva a malapena a vedere l'ingresso di una grotta scavato nella roccia scoscesa. Lì ci sarebbe dovuto essere il portale. Se fosse riuscita a raggiungere l'apertura, forse avrebbe potuto bloccarla e concedersi del tempo per...

Una fitta di dolore acuta e improvvisa la fece inciampare e il sangue iniziò a uscire copiosamente da uno strappo sulla coscia. Solo qualche altro passo e...

Aedine ingoiò il conato di vomito stringendo i denti e cercò di concentrarsi sul fiume di potere che scorreva dentro di lei, lanciando un altro muro di fuoco alle proprie spalle. Delle pietre si staccarono dalla parete della montagna davanti a lei, e Aedine capì il piano di Donal: voleva sigillare il passaggio per impedirle di scappare, quindi, se fosse riuscita a raggiungere il portale, avrebbe potuto attraversarlo anche senza di lui. Non voleva che fuggisse. Quel pensiero le diede la carica per proseguire e si lasciò scappare un urlo quando un'altra fiammata sfiorò la sua spalla. Vedeva dei puntini danzare davanti agli occhi e la paura cominciò a chiuderle lo stomaco, rischiando di farla desistere. Inciampò di nuovo, questa volta cadendo in ginocchio e la roccia graffiò la sua pelle delicata.

"No..." sussurrò, sull'orlo del pianto.

Fu in quel momento che Torin emerse dalla grotta del portale, guardandosi subito intorno con quegli occhi dorati. La raggiunse molto più velocemente di qualsiasi essere umano e Aedine sentì che qualcosa la stava sollevando. L'aria intorno a lei era rovente a causa del fuoco. In pochi secondi si ritrovò nel passaggio buio che conduceva al portale, e le fiamme la circondavano ancora una volta quando Torin entrò nel fuoco, ma a lei non importava più.

Era venuto.

Maledizione, è troppo tardi ora... Peccato che non si fosse fatto vivo quando serviva, pensò furiosa. Torin era l'unico motivo per cui si trovava in quella situazione. Se solo l'avesse lasciata in pace quella sera al festival, non l'avrebbero mai trascinata in qualunque cosa stesse succedendo. Quando l'aria fresca e una pioggia leggera le sfiorarono la pelle, Aedine si divincolò tra le braccia di Torin, spingendo forte contro il suo petto. Lui fece un passo indietro barcollando e Aedine scese a terra ansimando, sollevata all'idea di essere tornata nel suo mondo, o almeno sperava che fosse così. Fece qualche passo indietro di corsa, poi alzò una mano per indicargli di non muoversi mentre lei si voltava per guardarsi intorno.

Alcuni gabbiani volavano pigramente in cerchio nel cielo nebbioso sopra delle altissime scogliere, e l'erba che ricopriva le colline era di un normalissimo verde irlandese. L'odore di terra bagnata misto all'aria salmastra dell'oceano calmò Aedine, che, sollevata, barcollò verso il bordo della scogliera e fissò l'acqua sottostante, sbattendo le palpebre per scacciare le lacrime che le appannavano la vista. L'adrenalina nelle sue vene era salita alle stelle, e adesso che si trovava di nuovo nel proprio mondo una sensazione di spossatezza si posò su di lei come una coperta pesante. Voleva soltanto accasciarsi sull'erba, dormire per un paio di giorni e svegliarsi come se non fosse successo nulla.

Il paesaggio irlandese riuscì come sempre ad alleviare la tensione che la opprimeva, e quando i suoi sensi tornarono a funzionare come prima si accorse di essere ferita.

E molto, molto arrabbiata.

Non aveva il coraggio di guardare le lacerazioni da cui molto probabilmente usciva ancora il sangue, non era pronta ad affrontare il dolore, e rimase sul bordo della scogliera, tremando. Solo la furia e la paura la facevano stare in piedi.

Quando l'acqua nella baia sottostante iniziò a emanare una vivace luce blu, Aedine serrò le labbra e si lasciò travolgere dalla rabbia. A quanto pareva, c'era ancora in gioco della magia arcana, e non voleva affatto averci a che fare.

"Tu..." sbottò, sapendo che Torin era a pochi metri da lei. Una parte di Aedine apprezzava il suo silenzio. Altri uomini avrebbero subito iniziato a spiegare la situazione o di medicare le ferite; lui, invece, era rimasto indietro e aveva lasciato che si riprendesse, consapevole del fatto che Aedine sapesse di cosa aveva bisogno.

Quello era un punto a suo favore, e per ora anche l'unico.

"Aedine." Il suo nome sulle labbra di Torin era come tornare a casa, e la donna detestava la voglia che aveva di crollare tra le sue braccia e piangere fino a svuotarsi del tutto. Altre lacrime minacciavano di sgorgare dai suoi occhi, ma cercò di reprimerle. Quel momento... era l'inizio, e allo stesso tempo anche la fine. La fine di tutto ciò che sapeva del suo mondo e l'inizio di qualcosa che ancora non comprendeva.

Era legata a Torin. In qualche maniera inspiegabile. Se si fosse girata e fosse andata da lui, la sua vita non sarebbe più stata la stessa.

E perché mai? Erano già successe così tante cose che non avrebbe più potuto essere la donna che era prima di questa notte? Molto probabilmente la sua carriera era finita. I Fae oscuri sapevano della sua esistenza e volevano usarla come pedina. E Torin... beh, le aveva fatto visita nei suoi sogni per centinaia di notti. E il fatto che lui fosse reale non avrebbe cambiato ciò di cui era già certa: la vita che conosceva era *davvero* finita.

Erano uno di quei momenti che potevano distruggere una persona, pensò Aedine, e trasalì nel sentire delle fitte sempre più acute nel fianco. Alcuni passavano le proprie vite a rifiutarsi di arrendersi all'evidenza, credendo che il conforto di ciò che era familiare valesse più della realtà. Finivano per morire proprio in quel modo, aggrappandosi alle proprie fantasie, senza mai rendersi conto che, se solo avessero voltato pagina, avrebbero potuto avere un mondo intero a disposizione.

L'acqua increspata della baia brillava in profondità e la splendida luce blu che emanava danzava allegramente tra le onde, come se la cala volesse mandare una sorta di messaggio divino a lei e Torin. Aedine si voltò e incrociò lo sguardo dell'uomo: le faceva lo stesso effetto della prima sera, quando l'aveva visto dietro le fiamme del falò.

"Cosa mi hai fatto?" sussurrò la donna. Le lacrime le rigavano le guance mentre la sua rabbia continuava ad aumentare. "Come hai osato venire da me... e... e... sconvolgere la mia vita come se niente fosse? Come se la mia vita non contasse nulla per te e per i tuoi stupidi reali Fae? Tu... tu..."

"Aedine." Il modo in cui pronunciò il suo nome le fece nuovamente venir voglia di sdraiarsi sull'erba e accoccolarsi sul suo grembo come un gatto su un divano in cerca di un po' di sole. Aveva così tanto bisogno di lui che dovette sforzarsi di non raggiungerlo, benché la promessa di un suo tocco fosse il richiamo di una sirena. Ti farà stare meglio, le urlava la sua mente, e il suo lato testardo era l'unica cosa che le impediva di cedere.

"Amavo la mia vita," disse Aedine. "Non lo capisci? Ero felice! *Felice*. Finché non sei arrivato tu. Quella notte... mi hai fatto qualcosa, qualcosa che ancora non capisco. E da allora non sono più soddisfatta, non davvero. Ora sono diversa e non so perché. Non riesco a capire cosa sia successo, non ho mai avuto delle risposte e tu... *te ne sei andato*. Sei scomparso senza dire una parola. E adesso... ti comporti così? Avevi già distrutto il mio cuore, non capisci? Stasera, adesso... hai rovinato proprio tutto. Tutto. Non avrò più un lavoro. Ci sono dei Fae oscuri a briglia sciolta, che fanno del male alle persone, che rovinano i matrimoni. E..." Aedine singhiozzò. Il dolore per le ferite si stava facendo più forte, unito alla paura per il futuro.

"Mi dispiace," disse Torin, ma non si mosse, benché

Aedine riuscisse a sentire il sangue scenderle lungo le gambe. "Non volevo abbandonarti quella notte, dico sul serio. È stato, ed è ancora, uno dei momenti più importanti della mia vita. Incontrarti ha cambiato la mia esistenza per sempre, Aedine."

"Te ne sei andato!" La donna si voltò di scatto e sollevò le mani in aria in preda alla furia, lanciandogli delle piccole fiammate. Torin le schivò spalancando gli occhi e Aedine deglutì, sforzandosi di non chiedere scusa a quell'uomo. A quel Fae.

Qualunque cosa fosse, lo desiderava, maledizione. Persino in quel momento, accecata com'era dalla rabbia e quasi sopraffatta dalla paura, lo desiderava in un modo che non riusciva nemmeno a comprendere.

"Sì, l'ho fatto, e mi dispiace. Passerò il resto dei miei giorni a cercare di rimediare, se sarai disposta a perdonarmi. Aedine, amore mio, vieni da me. Ti prego, lascia che ti curi." Torin allungò le braccia verso di lei.

"Non... Non posso." Aedine stava piangendo apertamente, era quasi sfinita per il dolore, tuttavia sapeva di non poter fare il primo passo verso Torin. Aveva già stravolto la sua vita, distruggendo ogni cosa che sapeva essere reale in questo mondo, e non aveva più nulla da dargli. La magia oscura di Donal stava iniziando a scorrere nelle sue vene, ma, pur sapendo di stare per morire, Aedine doveva difendere un'ultima cosa.

Se stessa.

"Tu... Tu mi hai abbandonata. Mi hai usata come una pedina in una battaglia tra buio e luce, e io non lo voglio, capisci? Non voglio essere coinvolta in tutto ciò. Non avevi alcun diritto di intrometterti come se fossi una specie di divinità onnisciente e giocare con la mia vita, con il mio futuro. Stasera delle persone sono rimaste ferite per colpa tua. Delle brave persone, ne sono certa."

"E altre ancora soffriranno se non accetterai la verità." Le parole sincere di Torin strinsero il cuore di Aedine. "Ti prego, ascoltami quando ti dico che non ho mai avuto intenzione di ferirti, e che ti proteggerò fino al mio ultimo respiro."

"Eppure non l'hai fatto." Aedine lo guardò tra le lacrime. Gli occhi dorati di Torin erano carichi di tristezza, il suo volto preoccupato, il suo corpo muscoloso teso, come se fosse pronto a muoversi non appena lei gliel'avesse permesso. La donna indicò il sangue che le rigava la pelle. "Non mi hai protetto, vero?"

"Mi perseguiterà per il resto della mia vita. Aedine, amore mio, devi lasciare che ti curi. È troppo. Ti prego... non farmi questo. Non posso... *Ho bisogno* di te."

"E come?" Aedine rise cercando di prendere fiato mentre la magia oscura e le ferite sempre più gravi indebolivano le sue gambe. "Come fai a saperlo? Abbiamo passato una sola notte insieme. Non mi conosci. Non puoi certo volere me, una donna semplice di un misero paesino. Una donna che viaggia in un furgone malmesso seguendo la propria arte e lasciandosi guidare dal proprio cuore." Si girò e fece dei passi in avanti, fin quasi a raggiungere il bordo della scogliera, barcollando per il dolore.

"So che ho bisogno di averti con me perché quella notte ti ho reclamata," le disse Torin all'orecchio, stringendola tra le braccia, e Aedine svenne.

"Come sta?" chiese Torin appena Bianca uscì dalla piccola camera da letto chiudendo delicatamente la porta alle sue spalle.

"Sta bene. Non si è ancora svegliata, ma pare che adesso stia dormendo più serenamente. La tua magia arcana sta funzionando e le ferite si sono rimarginate. Credo che ora sia soltanto un po' sfinita."

"Quindi non morirà." La voce di Torin si spezzò, sorprendendo entrambi, e Bianca lo guardò con affetto prima di fare un passo avanti e stringergli dolcemente il braccio.

"La tua Aedine è una donna forte, si riprenderà."

"Ti ringrazio," disse Torin deglutendo malgrado il groppo in gola. Non aveva paura dei propri sentimenti, non avrebbe mai potuto guidare i Fae del fuoco e allo stesso tempo sentirsi a disagio in caso di sbalzi d'umore. Tuttavia, il pensiero di perdere Aedine ora che l'aveva finalmente ritrovata per poco non l'aveva fatto crollare.

Il portale li aveva condotti a Grace's Cove, cosa di cui

l'uomo fu grato. Lì, aveva chiesto aiuto a Bianca e Seamus, che negli anni avevano aiutato i Danula a sconfiggere i Domnua. Benché fosse tecnicamente un'umana, Bianca era una Fae onoraria e diversi anni prima era stata premiata con dei poteri speciali dopo la missione per trovare i Quattro Tesori. Di recente, lei e Seamus erano stati fondamentali quando i Fae dell'acqua erano insorti, e Torin era stato felice di constatare che avevano risposto immediatamente quando li aveva chiamati dalle scogliere di Grace's Cove.

Per poco non era precipitata nell'oceano.

Gli ci era voluto uno sforzo straordinario per lasciar andare Aedine dopo che avevano attraversato il portale. Era stato così concentrato sul lanciare un incantesimo per chiuderlo alle sue spalle che l'aveva lasciata scendere quando gli aveva dato una spinta, divincolandosi furiosamente dalle sue braccia, piangendo. Aveva capito che le serviva un po' di spazio, ma vederla coperta di sangue, con il costume di paillettes strappato che brillava fiocamente, l'aveva quasi distrutto. Quando poi aveva iniziato a perdere i sensi e a vacillare troppo vicino al bordo della scogliera, Torin aveva capito che doveva agire.

Ora erano a casa di un'amica di Bianca, una donna che gestiva un pub in paese, e Torin aveva continuato a camminare avanti e indietro mentre lei si occupava di Aedine. Bianca le aveva sfilato il costume insanguinato, che adesso era tra le sue mani. Il tenue bagliore che emanava dalle paillettes si mischiava alle macchie opache di sangue. Persino toccare gli abiti indossati da Aedine lo fece rabbrividire e sospirò, sapendo di essere stato sul punto di perderla.

"Ti va un po' di whiskey?" gli domandò Seamus indicando il bancone della cucina. Il cottage era accogliente, con alcune camere da letto e un soggiorno principale con una porta che conduceva a una piccola cucina.

"Sì..." disse Torin, ma poi sollevò il capo e afferrò le spalle di Bianca. "Si è svegliata." Si voltò senza nemmeno aspettare ed entrò nella stanza: Aedine l'osservava sbattendo le palpebre con un'aria stanca. Sembrava una bambina in un letto grande, con quegli occhi enormi sul viso pallido e i capelli di un rosso acceso in netto contrasto con le sottili lenzuola color crema. Era minuta ma muscolosa, circondata dalle coperte come se si trovasse in un ammasso di nuvole. Posò lo sguardo su Torin prima di distoglierlo e abbassarlo, chiudendosi in sé, e per lui fu come una pugnalata al cuore.

"Beh, è bello vederti sveglia. Mi chiamo Bianca, sono stata io a occuparmi di te." Bianca sorrise allegramente e riempì un bicchiere d'acqua da una caraffa sul comodino prima di porgerlo a Aedine, che lo guardò con sospetto.

"È una pozione magica?"

"No, solo della normalissima acqua naturale, dolcezza. Sono umana, comunque, e immagino che tu abbia le emozioni in subbuglio dopo aver avuto a che fare con questo qui, o mi sbaglio?" Bianca indicò Torin. Le sue parole lo infastidivano, tuttavia la donna doveva aver capito come comportarsi con Aedine, perché un sorriso leggero si allargò per un secondo sul volto di quest'ultima.

"Puoi dirlo forte," rispose Aedine con voce roca. Accettò il bicchiere e bevve l'acqua finché Bianca non la fermò.

"Bevi a piccoli sorsi, o ti sentirai male. Le ferite magiche dei Fae hanno effetti complicati."

"Dove mi trovo?" Aedine afferrò le coperte, sollevandole ancora di più sul petto, e si distese di nuovo sui cuscini.

"A Grace's Cove, un'adorabile cittadina sulla costa occidentale."

"Voglio dire... dove..." Aedine inarcò le sopracciglia.

"In Irlanda, tranquilla. Non siamo in un regno magico," le spiegò Bianca sorridendo leggermente e sistemandosi sul bordo del letto. "Per fortuna eravamo qui quando Torin ci ha chiesto aiuto. Sappiamo che i Fae del fuoco sono insorti e per questo siamo venuti a Grace's Cove."

"Io..." Gli occhi di Aedine si riempirono di lacrime e Torin fece un passo in avanti, voleva solo consolarla.

"Questo qui mi ha raccontato un po' di cose." Bianca annuì guardandola. "Ha fatto un bel casino, vero?"

"Non direi che sia solo colpa mia..." iniziò a dire Torin, ma si interruppe quando entrambe le donne si voltarono verso di lui con espressioni accusatorie. Beh, evidentemente l'avevano già condannato.

"Non morirò, vero?" chiese Aedine, e la sua voce tremante spezzò il cuore di Torin. Aveva una voglia irrefrenabile di andare da lei, però capiva che in quel momento la donna non ne aveva bisogno né lo desiderava. Avrebbe dovuto impegnarsi molto per guadagnare di nuovo la sua fiducia, e sperava che gliene avrebbe dato il tempo. Il dovere lo chiamava, eppure aveva abbandonato tutto quando Aedine era stata rapita. Aveva messo lei al primo posto, al di sopra dell'ordine datogli dai reali di proteggere i Fae, e così facendo aveva messo a rischio il proprio futuro e quello del suo popolo. Lei avrebbe capito il significato delle sue azioni? Le sarebbe importato? Torin sentiva già le dure parole di rimprovero della regina e dei Fae del fuoco, ciononostante rimase lì: aveva bisogno di sapere che Aedine sarebbe guarita.

"No, ti riprenderai. Per fortuna Torin ha studiato abbastanza incantesimi curativi da prestarti le prime cure e ho chiamato alcuni amici qui a Grace's Cove che potrebbero aiutarci con il resto. Starai meglio, le cicatrici si vedranno appena, però avrai bisogno di tempo per riposare. Come ti senti?" le domandò Bianca.

"Io..." Le coperte si incresparono quando Aedine mosse le gambe prima di lasciar scivolare le mani lungo il corpo. "A essere sincera, non sto male. Sono molto stanca, ma non sento dolore... strano, vero? Dovrei sentire dolore, soprattutto al fianco." Un'espressione confusa si dipinse per un attimo sul suo splendido viso.

"Te l'ho sottratto," intervenne Torin. Voleva che lo guardasse senza essere arrabbiata. Lo sguardo interrogativo della donna si posò su di lui.

"Hai sottratto il mio dolore?"

"Sì." Torin chinò il capo. "L'ho assorbito. Fa parte degli incantesimi curativi. Puoi spostare il dolore o assorbirlo. L'ho fatto... come una sorta di espiazione. Per non averti trovata prima. Per averti abbandonata. Per aver lasciato che ti facessero del male."

"Beh, non è stato molto intelligente da parte tua," si intromise Bianca, interrompendo la sua confessione sentita, il che lo indispettì.

"Già," rise dolcemente Aedine. "Avresti potuto spostare il dolore, quindi perché l'hai assorbito?"

"Soprattutto quando il tuo popolo ha bisogno di te?" Bianca scosse la testa guardando Torin, facendolo sentire come un bambino che veniva rimproverato, poi lanciò un'occhiata complice a Aedine. "Gli uomini sono tutti uguali, non sei d'accordo? Fae o umani che siano. Preferi-

rebbero fare gesti eroici piuttosto che chiedere semplicemente scusa."

"Beh, almeno alcune cose sono le stesse in entrambi i
mondi," sorrise Aedine.

"Ho chiesto scusa." Torin si rese conto di essere perico-
losamente vicino allo sbattere un piede sul pavimento di
legno. "E anche in modo sentito."

"Dici?" Bianca guardò Aedine, che annuì.

"L'ha fatto, è vero."

"E allora, se ti sei scusato, perché hai assorbito il suo
dolore? L'autoflagellazione non è una caratteristica affascinante, sappilo." Bianca si tamburellò un dito sulle labbra.
Aedine si lasciò sfuggire una risatina e Torin inarcò le
sopracciglia quando questa si trasformò in una risata nasale.

"State... ridendo di me?" chiese l'uomo. Non sapeva se
essere felice di sentirla ridere oppure frustrato perché lo
stava facendo a sue spese.

"E le donne dovrebbero essere quelle melodrammati-
che..." sospirò Bianca.

"Esatto!" disse Aedine sollevandosi leggermente e
appoggiando la schiena contro i cuscini. Bianca le aveva
trovato una maglietta da uomo semplice e bianca, e il
tessuto le andava largo sulle spalle. "Sicuro e certo, non ti ho
chiesto di fare un sacrificio del genere. Non so cosa
comporti guarire con la magia arcana e tutto il resto, ma
sembra una cosa sciocca da fare. Se davvero si prospetta una
battaglia, non avrai bisogno delle tue energie?"

"Io non... È che..." Torin si passò una mano tra i capelli,
era sempre più irritato. Entrambe le donne lo guardavano
attentamente, aspettando che finisse di parlare. "Non stavo
pensando lucidamente, va bene? Non conoscevo un posto

sicuro in cui spostare la magia oscura, e sapevo che avrei peggiorato le cose se l'avessi lanciata fuori dalla finestra e colpito qualcuno fuori."

"Un momento... Sto solo..." Aedine sollevò una mano, poi si pizzicò il naso. "Spiegati, per favore."

Bianca rispose al posto di Torin, fissandolo con aria severa. "Quando si guarisce con le mani, come si faceva un tempo prima che la medicina moderna eliminasse quasi del tutto questa pratica, si estrae la malattia dal corpo. Ma quell'energia deve sempre finire da qualche parte. La si può scaricare in qualcosa di inanimato, come la terra o un albero, e poi neutralizzarla. Oppure la si può assorbire dentro di sé, anche se non è mai una buona idea. E immagino che tu adesso non ti senta proprio bene, vero?"

"Sto bene," sbottò lui. Certo, non era al massimo delle forze, tuttavia i suoi poteri arcani bastavano ad alleviare gran parte della magia oscura che aveva assimilato.

"Disse l'uomo dalla fronte sudata." Bianca alzò le mani. "Benedetta dea, salvami dagli uomini testardi. Giuro, se avessi saputo che avresti assorbito quel maledetto dolore, avrei messo anche te a riposo. Anzi, per favore, resta sdraiato per un po' mentre chiedo a Seamus di preparare della zuppa."

"Seamus?" intervenne Aedine.

"Mio marito. È un Fae e l'amore della mia vita. Non farti strane idee su di lui, o dovrò picchiarti, e nessuna di noi lo vuole." Bianca fece l'occhiolino a Aedine. "È il principe azzurro, però è il *mio* principe azzurro. Capito?"

"Tranquilla, ho rinunciato agli uomini," le promise Aedine stringendo il piumino tra le dita. Torin si sentì ancora più irritato e guardò in cagnesco entrambe.

"Tu. Siediti. Adesso." Bianca indicò una poltrona in un angolo della stanza. Lui la raggiunse e la trascinò accanto al letto, ignorando la reazione di Aedine, che aveva alzato gli occhi al cielo. Si sarebbero ritrovati, in un modo o nell'altro. Torin sapeva già quanto la donna fosse importante per lui, tuttavia sembrava che lei non fosse interessata a scoprire ciò che aveva davanti agli occhi. "Vi darò da mangiare e poi ci faremo una bella chiacchierata su cosa fare dopo. Va bene?"

"Va bene," rispose Torin a denti stretti. Aedine annuì e Bianca uscì dalla camera da letto, scuotendo la testa e borbottando qualcosa sugli uomini testardi.

"Sono felice che tu sia al sicuro," disse Torin allungando una mano prima di lasciarla cadere sulle coperte quando Aedine si limitò a guardarlo con attenzione.

"Lo sono davvero?" rise leggermente la donna, scuotendo la testa e guardando per qualche secondo la finestra quando una goccia grande di pioggia colpì rumorosamente il vetro. "Non credo che in futuro riuscirò a sentirmi di nuovo al sicuro, sapendo ciò che so adesso."

"Dovresti farlo. Mi prenderò cura di te," rispose Torin sempre più emozionato.

"No, grazie." Aedine si voltò lanciandogli un'occhiata penetrante e intensa. "Non mi fido di te quando dici che ci sarai. Faccio affidamento soltanto su me stessa."

# CAPITOLO SETTE

"Ho bisogno delle mie cose," disse Aedine dopo aver mangiato una minestra di verdure e del delizioso pane integrale ancora caldo dal forno. Seamus, un uomo allampanato dai capelli rossi, follemente innamorato della moglie, aveva accettato con un lieve rossore i complimenti per la sua bravura in cucina. Era adorabile, e Aedine si affezionò subito a lui e Bianca. Torin, invece, rappresentava un problema completamente diverso, e lei non sapeva come comportarsi. A Aedine non piaceva sentirsi a disagio con qualcuno, e in genere risolveva il tutto velocemente. In quel momento, però, era in una situazione più grande e molto più confusionaria di un semplice litigio tra amici. I suoi sentimenti erano ingarbugliati come delle collane in un portagioielli, e non riusciva a scioglierli.

Era impossibile negare l'attrazione che provava per Torin. Sarebbe stata una bugiarda se non l'avesse ammesso nemmeno a se stessa. Il richiamo verso quell'uomo era così forte da sembrare quasi tangibile, come se lui fosse lo spotter che teneva la corda della sua imbracatura di sicurezza mentre lei camminava sul filo sospeso. Anche con gli occhi chiusi, riusciva a capire quando usciva dalla stanza e girovagava per il cottage. In qualche modo, i suoi sensi erano in grado di percepire i suoi movimenti. Aedine non sapeva cosa pensare né di questa capacità né del fatto che era stata così felice di vederlo da averlo quasi perdonato immediatamente per averla abbandonata.

*Non* poteva farlo, però. Persino nel suo mondo, dove l'essere sedotti e abbandonati era pressoché accettato in quanto parte dell'amore libero tipico dello stile di vita degli artisti, Aedine non era mai stata così scortese da lasciare il letto di un amante senza dire una parola. Questa volta era anche peggio di così: si dava il caso, infatti, che il suddetto amante fosse un Fae magico che le aveva lasciato il potere di creare il fuoco come regalo di addio. Per quasi due anni Aedine si era convinta di stare per impazzire, o peggio, di aver lasciato entrare il diavolo nel suo furgone. Aveva fatto del proprio meglio per usare il suo nuovo potere a proprio vantaggio, tuttavia era costantemente in ansia al pensiero di stare giocando con qualcosa di malvagio. Era diventata inquieta e incerta dopo quella notte con Torin, e si era costretta a superare questa sua insicurezza facendosi conoscere per il proprio lavoro. Era quello che facevano i sopravvissuti, pensava. Avrebbe potuto lasciare che la follia avesse la meglio su di lei, blaterando ai passanti agli angoli delle strade sul proprio potere di creare il fuoco con le mani, oppure avrebbe potuto approfittare di quella sua capacità. Non si sarebbe sentita in colpa per quello, ma ciò non voleva dire che si fidasse dell'uomo che gliel'aveva conferita.

Adesso si ritrovava disperatamente attratta da Torin, convalescente dopo aver subito delle terribili ferite inflitte da un Fae e tremendamente a disagio per il fatto che la stessero usando come pedina in una lotta tra esseri magici. Non comprendeva quel mondo, ed era certa di dover imparare in fretta un po' di cose, quindi Aedine fece quello che faceva sempre quando non si sentiva nel proprio elemento: se ne andò.

O almeno ci provò.

"Non puoi certo uscire solo con una maglietta addosso, o mi sbaglio?" le domandò Torin, posando le mani sui fianchi come un maestro che rimproverava un alunno. Aedine aveva aspettato che si addormentassero tutti ed era sgattaiolata verso la porta d'ingresso del cottage con un piccolo borsone. Purtroppo, però, i Fae avevano un udito eccezionale e lui si era svegliato di soprassalto prima ancora che girasse il pomello.

"È più lunga di alcuni dei miei vestiti di scena," rispose Aedine sistemandosi meglio la tracolla del borsone sulla spalla.

"Piove a catinelle," ribatté lui con un'espressione beffarda. "Dove credevi di andare a quest'ora della notte?"

"Voglio le mie cose," insistette Aedine.

"Cosa sta succedendo?" Le luci si accesero e Bianca e Seamus uscirono dalla loro stanza con gli occhi assonnati.

"Aedine pensava di poterci lasciare a notte fonda vestita così." Torin indicò la donna. Era scalza e indossava soltanto una maglia da uomo decisamente troppo larga. Ora che lui aveva messo in luce le sue azioni, Aedine iniziava a rendersi conto di quanto sembrasse sciocca, tuttavia il suo lato ostinato ebbe la meglio.

"Voglio le mie cose. Tutta la mia vita è in un furgone a Cork, e lo sequestreranno se rimarrà lì per troppo tempo.

Per voi esseri magici potrà non contare più di tanto, però è la mia unica casa e contiene tutto ciò per cui abbia mai lavorato. Devo andare a prendere Betty Blue."

"È il nome del tuo furgone? Mi piace." Bianca si avvicinò e le cinse le spalle con un braccio. Il suo affetto la consolò immediatamente.

"Sì. Lei… è tutto quello che ho." Aedine si stupì nel sentire la sua voce spezzarsi e sollevò il mento ancora più in alto guardando Torin in cagnesco.

"Hai la tua vita, no? La perderai in men che non si dica se uscirai in quello stato." Torin si passò una mano tra i capelli, smuovendo le ciocche dorate, e la rabbia accendeva i suoi occhi dorati. "Che donna folle…"

"'Folle'?" Aedine lo raggiunse, accecata dalla furia, e affondò un dito nel suo petto muscoloso. Toccarlo la fece eccitare, e la donna si rese conto con sua grande sorpresa che essere così vicina a lui la distraeva all'istante. Alzò lo sguardo e nei suoi occhi riconobbe il suo stesso intenso desiderio. Aedine si leccò le labbra deglutendo, ignorando i propri impulsi più intimi, e indietreggiò, rompendo l'idillio. "Non sta a te decidere cosa è importante per qualcun altro. Scelgo io cosa fare della mia vita, non tu."

"Appartieni a me, e non ti permetterò di prendere decisioni stupide."

"Oh no…" sussurrò Bianca a Seamus, scuotendo mestamente la testa. "L'ha detto davvero…"

"'Stupide'?" Aedine ignorò il fatto che Torin la considerasse sua. Non era mai andata all'università, non avendo abbastanza soldi per permetterselo, e comunque con la sua mente creativa non sarebbe mai riuscita a scegliere una facoltà. La falsa idea che una persona che non aveva continuato gli studi non fosse intelligente era un punto dolente per lei, e sollevò il mento con aria di sfida. "L'unica persona stupida che vedo sei tu. Hai abbandonato una donna che ha chiaramente una certa importanza in questa vostra piccola lotta magica tra Fae, per non parlare..." Aedine alzò un dito quando lui fece per interromperla. "Per non parlare del fatto che le hai donato una specie di potere prima di lasciarla a cavarsela da sola. Per quanto ne sapevi, avrei potuto dare fuoco a tutta l'Irlanda senza nemmeno pensare alle conseguenze. Eppure, *tu* mi hai abbandonata. E io sarei la persona stupida?" Le mancava il fiato mentre enfatizzava alcune parole agitando un po' il dito in aria. Non voleva toccarlo di nuovo, perché sapeva che in tal caso avrebbe lasciato perdere il senso di rabbia e si sarebbe concentrata sul desiderio che provava nei suoi confronti, il che non aveva davvero senso. Del resto, aveva passato solo una notte con quell'uomo.

"Te l'ho detto," sibilò Bianca, facendo schioccare dolcemente la lingua. "A quanto pare, Torin ha un bel po' da imparare sulle donne."

"Però ha molti problemi per la testa, non credi, amore mio?" le chiese Seamus, cercando di difendere il suo amico.

"Riuscirebbe a risolverli più velocemente se permettesse a Aedine di stare dalla sua parte invece di tenerla alla larga, vero?" disse Bianca.

"E già che sì, sarebbe la cosa più intelligente da fare," convenne Seamus.

"Ecco," sbottò Aedine. "Persino Seamus pensa che la persona stupida qui sia tu e non io."

"Oh, io..." Seamus deglutì rumorosamente quando gli occhi dorati dell'altro uomo si fissarono su di lui. Lo sguardo di Torin era severo, e se Aedine non avesse visto una vena del suo collo pulsare, avrebbe pensato che fosse scolpito nella pietra.

"Non dubito della tua intelligenza," ribatté Torin dopo un lungo istante. "Tuttavia, credo che il tuo piano sia stupido. Una scelta sciocca non vuol dire che la persona manca di intelligenza. Spesso decidiamo in base a ciò che proviamo. I sentimenti non sono razionali, benché guidino le nostre azioni. Ti sto semplicemente facendo notare che scappare di notte durante una tempesta senza scarpe né un mezzo di trasporto non ti porterebbe a nulla di buono."

Maledizione. Non aveva tutti i torti. Aedine si morse il labbro, combattuta tra la rabbia e la propria scelta avventata.

"Aedine, come posso aiutarti?" le domandò Bianca, distogliendo la sua attenzione da Torin.

"Devo raggiungere il mio furgone. Ho bisogno delle mie cose. Ho degli impegni di lavoro, una vita..." La donna alzò una spalla quando si rese conto che probabilmente non avrebbe più avuto clienti dopo quello che era successo al matrimonio. Non lo sapeva. Non aveva con sé il telefono né il computer, non aveva alcun modo di informarsi. Avrebbe dovuto collegarsi a una rete Internet e scoprire quali erano state le conseguenze dell'incendio alla sala ricevimenti. Se solo fosse riuscita a riavere Betty Blue, si sarebbe sentita più tranquilla e in controllo.

"Quella vita è finita. Sei mia adesso..." Torin lanciò un'occhiata a Bianca e Seamus, che stavano scuotendo la testa con forza guardandolo. Seamus fece un gesto simile a una decapitazione, ma ormai il danno era fatto.

"Ti ho concesso una notte di sesso. Non ti ho dato il

comando della mia vita." Aedine inarcò le spalle. "Nessun uomo controllerà mai il mio destino, Torin. Dovrai ficcartelo in quella testa dura."

Lui trasalì come se l'avesse ferito visibilmente e guardò Seamus con un'espressione confusa.

"Ma è la mia compagna predestinata... L'ho reclamata, e deve accettare..."

"Ehm..." Seamus serrò le labbra dondolando indietro sui talloni mentre rifletteva sulla questione. "Penso sappiamo entrambi che non sempre funziona così." I due uomini si scambiarono degli sguardi carichi di significato.

"'Compagna predestinata'? Non credo proprio, bello, perché io non ti reclamo. Mi senti?" Un'ombra di panico iniziò a irradiarsi dentro Aedine, che si voltò verso Bianca in preda alla disperazione. "Non sono la prigioniera di nessuno. Sono io a scegliere per me stessa, capito?"

"Sì, sì. Tranquilla, va tutto bene. Troveremo una soluzione, te lo prometto." Bianca l'abbracciò immediatamente. "Per prima cosa, andremo a Cork. Adesso che sei guarita, ci faremo un viaggetto fin lì e prenderemo il tuo furgone."

"Ma... non possiamo... I Fae del fuoco..." protestò Torin.

"Sicuro e certo, dovranno aspettare! Oppure dovrai andare senza di noi, Torin. Dobbiamo prendere la casa di Aedine, non capisci? Una volta che si sarà sistemata, immagino che potrà parlare con più calma del vostro futuro insieme."

"Non abbiamo un futuro," ribatté subito Aedine, benché il suo stesso cuore le sussurrasse che non era vero.

"Non dovremmo decidere ogni cosa alle tre di notte dopo tutto questo scombussolamento emotivo, vero, amore mio?" Bianca diede una leggera gomitata alle costole di Seamus, che sorrise prendendole la mano e baciandola.

"Ha ragione. Sarebbe meglio fare le cose con calma. Per adesso, porteremo Aedine da questa sua Signorina Betty Blue, poi penseremo al resto."

"Grazie," disse Aedine a bassa voce, palesemente sollevata, e si staccò da Bianca.

"Cara, sappi che la prossima volta ti basterà chiedere aiuto e potremo evitare che questo qui si comporti in modo melodrammatico..." Bianca spalancò gli occhi e fece un cenno del capo in direzione di Torin, che sollevò le mani e uscì dalla stanza arrabbiato. "E già che sì, è un tipo lunatico, vero?"

"È il leader dei Fae del fuoco, tesoro mio. Avrebbe mai potuto essere un uomo tranquillo?" le domandò Seamus, facendo ridere Aedine.

"Ora che mi ci fai pensare, non direi... Beh, ci aspettano degli sviluppi interessanti. Avrai un bel po' da fare con lui." Bianca sorrise a Aedine, che sollevò subito le mani in aria.

"Assolutamente no. Non voglio reclamarlo."

"Per adesso!" esclamò Torin dall'altra stanza.

Aedine mostrò il dito medio alla porta, e Seamus e Bianca scoppiarono a ridere.

"Bene, allora. Prepariamoci. La prossima volta, dolcezza, dormiamo come si deve prima di andare, d'accordo?"

"Lo terrò a mente," sospirò Aedine.

# CAPITOLO OTTO

Forse la magia arcana era più utile di quanto immaginasse, pensò Aedine guardando Torin aprire senza alcuno sforzo la portiera di Betty Blue. La donna si era resa conto del problema solo quando erano arrivati a Cork ed erano rimasti sulla strada a fissare il punto in cui il suo furgone era parcheggiato. La sua borsa era nella sala ricevimenti con dentro il cellulare, il portafoglio e le chiavi del veicolo. Per fortuna ne aveva un set di emergenza nascosto nel mezzo, quindi, una volta che Torin l'aveva aperto, lei entrò e aprì un cassetto segreto con dentro il tablet, un mucchio di banconote, alcuni documenti personali e le chiavi di riserva.

"Bene, abbiamo risolto." Aedine si affacciò dalla portiera del conducente e mostrò le chiavi. "Grazie per avermi aiutato e tutto il resto. Buona fortuna per le vostre, ehm, battaglie e così via. Dovete andare da qualche parte? Sarei felice di accompagnarvi."

"È incredibile..." disse Torin, dando un calcio a una pietra sul ciglio della strada e imprecando sottovoce.

"Non credo che tu possa accompagnarci e andartene per i fatti tuoi." Bianca le sorrise divertita. "Adesso sei più o meno coinvolta in questa situazione."

"E come? Non è affatto giusto." Aedine incrociò le braccia sul petto.

"Allora, analizziamo un po' il tutto..." Seamus si piazzò davanti a Torin, interrompendo quello che probabilmente era uno sfogo di rabbia. "I Fae oscuri hanno attaccato un posto in cui stavi lavorando, vero? Poi ti hanno rapita per provocare Torin. E... beh, ha funzionato, no? Lui ha seguito *te* invece di assolvere ai suoi doveri reali. I Domnua ora lo sanno, dunque ti tengono d'occhio. Sarebbe folle lasciarti senza protezione, Aedine. E, francamente, credo che tu sia più scaltra di così. Questo potrà pure non essere il sentiero che hai scelto, tuttavia è quello su cui ti trovi adesso, capito?"

Il fatto che avesse ragione la infastidiva e le chiudeva lo stomaco. Aedine si appoggiò nuovamente al sedile e sbatté il pugno contro il volante, serrando le labbra in preda alla confusione. C'era un posto in cui avrebbe potuto essere al sicuro? O almeno nascondersi per un po'?

"E se prendessi un volo per la Spagna e mi facessi una breve vacanza?" Aedine si voltò a guardare il gruppo.

"Purtroppo ti troverebbero ancor prima di salire sull'aereo. Per il momento hai un valore troppo grande, quindi, se non ti dispiace, verremo con te. Così potremo proteggerti mentre cerchiamo di capire cosa fare." Seamus fece spallucce guardandola tristemente.

"Quindi mi stai dicendo che non posso fare niente? Che devo subire tutto ciò, che mi piaccia o no?" chiese Aedine.

"Benedetta dea, sei una donna davvero testarda," disse Torin dal sedile accanto al suo, e Aedine trasalì portandosi una mano al cuore.

"Come hai fatto a entrare? E a metterti la cintura di sicurezza così velocemente?" Lo guardò sconvolta, solo pochi secondi prima era sul ciglio della strada.

"Ci siederemo noi dietro, voi due nel frattempo parlate un po'," esclamò Bianca aprendo la portiera laterale e guardandosi intorno nella casa di Aedine. Aveva convertito il mezzo in una sorta di abitazione, con una panca lungo una parete che avrebbe fatto da sedile quando era in movimento ma che, all'occorrenza, poteva aprirsi e diventare un letto. Dall'altro lato c'erano dei cassetti, un tavolo pieghevole e una piccola cucina come quelle che si trovavano nelle cambuse delle navi. Sopra vi era un vano usato come deposito, chiuso con un lucchetto a combinazione, che conteneva i suoi costumi di scena, gli attrezzi per le esibizioni e altri oggetti di vario tipo che non avevano un uso immediato e utile nella sua quotidianità. La sua era un'esistenza semplice e senza complicazioni, e Aedine si era resa conto che la cosa le andava piuttosto bene.

"Vivi come un poveraccio al seguito di una band." Le parole di sua sorella Mary riecheggiarono nella sua mente mentre sbirciava dallo specchietto Bianca e Seamus osservare l'interno del furgone. Il suo rapporto con Mary era complesso, spesso a metà tra la competizione e il cameratismo, diverso da quello che aveva con le altre sorelle. Erano le più vicine per età e da piccole erano state pappa e ciccia. Si erano allontanate sempre di più negli ultimi anni, quando Mary era andata all'università e aveva iniziato ad avere uno stile di vita un po' più mondano. Quella che un tempo

Mary aveva considerato un'esistenza avventurosa, adesso le sembrava troppo libera e rischiosa, tanto che Aedine non difendeva più le proprie scelte nelle conversazioni con la sorella. Eppure, sperava ancora che un giorno si sarebbero ritrovate, dato che si sentiva spesso sola. Certo, le altre sorelle la chiamavano di tanto in tanto e le parlavano dei loro fidanzati o dei loro bambini, tuttavia spesso Aedine aveva l'impressione di essere un parafulmine per i loro problemi, qualcuno su cui riversare le proprie lamentele senza mai chiederle come stava.

Era quella libera, dopotutto, e credeva che ciò fosse la causa del risentimento delle sorelle nei suoi confronti. Non era a casa a prendersi cura dei loro genitori, né per fare da babysitter ai loro figli, né per obbedire agli ordini del padre. No, Aedine si era allontanata da quell'esistenza che le interpidiva la mente, ed era stata felice di averlo fatto. Solo adesso, fissando il Fae magico seduto accanto a lei, iniziò a mettere in dubbio il punto a cui le sue scelte di vita l'avevano portata. Forse, se fosse rimasta a casa e avesse sposato Patrick, il barbiere del villaggio, non si sarebbe ritrovata sul punto di assistere a una battaglia tra Fae.

Oh, in tal caso, però, non avrebbe scoperto che la magia arcana e i Fae erano reali, e sarebbe stata una cosa un po' triste, pensò Aedine. Certo, erano in pericolo, ma un giorno avrebbe potuto essere investita da una macchina come se niente fosse, quindi, se doveva proprio morire, forse farlo nel bel mezzo di un incredibile regno Fae sarebbe stata la scelta migliore. Aedine aveva preso una decisione, e lanciò un'occhiata alle proprie spalle.

"Le cinture di sicurezza si allacciano sul lato... sì,

proprio così." La donna annuì vedendo Bianca indicare i bordi dei sedili.

"Mi piace il modo in cui l'hai arredato, è allo stesso tempo molto efficiente e comodo," disse Seamus. L'uomo si sistemò allungando le gambe di fronte a sé. "Credi che ti piacerebbe, amore mio? Andare in giro con un mezzo così? Potremmo visitare l'Europa. Mangiare ogni tipo di cibo meraviglioso. Bere del vino delizioso in Italia."

"Mi hai convinta con l'ottimo cibo e il vino." Bianca si portò una mano al cuore. "Un giorno sì. Penso che potrebbe essere divertente. Forse. E se uno avesse bisogno di andare in bagno?"

"Potrebbe farlo a bordo."

"Cosa?! Dove?" esclamò Bianca.

"Senza avere nessuno intorno, però," rise Aedine. "Solleva la sommità di quell'armadietto sul retro, è lì. C'è anche un piccolo serbatoio per le acque nere e uno per l'acqua grigia. Devi semplicemente trovare dei posti dove svuotarli correttamente."

"Beh, chi l'avrebbe mai detto?" disse Bianca, sbirciando sotto l'anta dell'armadietto. "C'è davvero un piccolo gabinetto qui!"

"Basta!" gridò Torin. La sua voce era come un pallone esploso dentro al furgone, e gli altri si zittirono immediatamente. "Dobbiamo andarcene. Adesso."

"Oh, c'è qualche..." Aedine lanciò un'occhiata agli specchietti e fuori dal parabrezza. La strada era silenziosa: aveva parcheggiato accanto a dei pub che erano ancora chiusi. "Non vedo nessuno in giro. È abbastanza presto, Torin."

"Non mi importa delle persone, ma dei Domnua. Ho già perso abbastanza tempo con voi. Dobbiamo tornare a

Grace's Cove. È lì che stanno tramando qualcosa, riesco a sentirlo." Torin si passò una mano tra i capelli con un'espressione severa, e per un attimo Aedine empatizzò con lui. Sembrava un uomo a cui piaceva seguire il protocollo, e non poteva farlo da quando l'aveva incontrata. Tuttavia, non era certo in servizio quando erano stati insieme al festival. Un'ondata di desiderio si irradiò nel ventre di Aedine mentre ripensava a quella notte, ai loro corpi avvinghiati, al sapore della sua bocca, un peccato che avrebbe voluto commettere più e più volte. Torin si voltò, i suoi occhi dorati incrociarono quelli di Aedine e uno degli angoli della sua bocca si sollevò, come se riuscisse a leggerle nel pensiero. L'atmosfera tra i due si fece più tesa, carica di promesse, e la donna deglutì malgrado il nervosismo.

"Per tutti i lepricani! Datemi un ventaglio, perché sto bruciando! Insieme siete davvero bollenti," esclamò Bianca. Aedine trasalì arrossendo leggermente e accese il motore inserendo la marcia.

"Dove andiamo?" chiese a denti stretti controllando gli specchietti e immettendosi sulla strada.

"Sicuro e certo, credo che abbia appena detto di tornare a Grace's Cove," rispose Bianca allegramente. "Questi ormoni in subbuglio devono avertelo fatto dimenticare."

Aedine lanciò un'occhiata d'avvertimento allo specchietto retrovisore, dove vide riflesso il sorrisetto compiaciuto della donna bionda.

"Non serve protestare con questa qui," aggiunse Seamus dando un colpetto scherzoso alla moglie alle costole. "Giuro, fa sempre da Cupido."

"Non faccio da Cupido! Semplicemente vedo che c'è già una certa sintonia. Sono dalla parte dei sentimenti, tutto qui. Credo che l'amore conquisti ogni cosa, vero, mio dolcissimo pasticcino?" Bianca si appoggiò al marito osservandolo raggiante e Aedine tornò a fissare la strada, rifiutandosi di guardare Torin.

Amore...

La parola sbocciò dentro il suo cuore, come una rosa delicata che si apriva alla prima luce del sole, catturando una goccia di rugiada sui suoi petali dai colori tenui. Era un fiore ingannevole, poiché quella sua raffinatezza nascondeva delle spine taglienti pronte a far sanguinare chiunque non l'avesse maneggiata correttamente. Aedine non era mai stata abbastanza paziente da dedicarsi al giardinaggio, e l'amore era come una pianta a cui dare attenzioni. Non era da lei, ne era certa. Si schiarì la gola scacciando quelle fantasie.

"Come mai non potete riportare il furgone a Grace's Cove con la magia arcana?" Si erano teletrasportati a Cork grazie a quello strano incantesimo dei Fae, quello che la faceva sentire risucchiata da un aspirapolvere, confusa e con le vertigini. "Non sarebbe un po' più comodo?" Li aspettavano almeno tre ore di viaggio.

"Più grande è l'oggetto da teletrasportare, più si destabilizza l'ordine naturale delle cose," disse seccamente Torin. L'uomo si contorse sul sedile, tamburellando le lunghe dita sul ginocchio, e Aedine l'osservò attentamente. Era sempre in movimento, somigliava molto a una fiamma che tremolava nel vento. Saltellava, tamburellava le dita o si dondolava sui talloni. Se n'era accorta perché lo faceva anche lei e a scuola l'avevano spesso rimproverata di essere troppo irrequieta. Aedine emanava energia costantemente, e sentì di avere quella caratteristica in comune con Torin. L'azione era come il canto di una sirena per entrambi, e probabilmente era il motivo per cui erano finiti a letto insieme.

"Ed è un male, vero?" domandò Aedine, seguendo le indicazioni per la statale N22 che li avrebbe portati a Grace's Cove.

"Non è necessariamente un bene o un male, è solo che..." Torin si portò un dito alle labbra riflettendo su cosa dire. "La magia arcana dei Fae fa parte dell'energia universale ed elementale. Dal momento che ogni cosa è intrecciata e interconnessa, quando usi quella magia essa viene sottratta da altre aree. C'è anche una sorta di equilibrio che tende a risolvere qualsiasi problema, ma non credo di essere bravo a spiegare."

"Quindi spostare degli oggetti grandi con la magia arcana può avere conseguenze importanti altrove?" chiese Aedine, passando a una marcia superiore quando il limite di velocità aumentò.

"Sì, in un certo senso. Dipende anche dalla necessità, le più importanti hanno un peso diverso rispetto a quelle dettate dall'egoismo. È permesso usare la magia arcana in battaglia per difendere dal male gli umani e gli altri Fae, ma non per costruire un palazzo d'oro per una sola persona, ad esempio. Non sto dicendo che non si possa fare, però negli anni ci sarebbero delle ripercussioni. In questo modo possiamo usare il potere senza rischiare di averne troppo, se la cosa ha un senso per te..."

"Non ho ancora capito i particolari," intervenne Bianca da dietro. "Mi sento come se i Fae usassero i loro poteri per capriccio. Voglio dire, ho visto più di uno di loro far apparire da mangiare o creare dei doni magici. Non so cosa possa essere considerato una necessità..."

"Ah, beh, ai Fae piacciono i regali, e adorano i banchetti. Di solito si fanno queste cose con buone intenzioni." Seamus fece spallucce.

"Continuo a non capire la logica che c'è dietro, ma sono felice finché mi fai mangiare cose deliziose," disse Bianca.

"Allora, torniamo a Grace's Cove... e poi?" Aedine lanciò un'occhiata a Torin nella speranza che alleviasse parte della tensione che si stava accumulando nelle sue spalle. Santo cielo, doveva allenarsi un po'. Tra le ferite e il riposo a letto, sentiva il bisogno di stiracchiarsi per bene. Di solito si esercitava tutti i giorni. Non era costante con molte cose nella propria vita, tuttavia quella era l'unica attività che faceva con regolarità.

"Vedremo cosa ci aspetterà," mormorò Torin.

"Fantastico... Davvero fantastico." Aedine accese la radio, e un notiziario della mattina risuonò all'interno del furgone.

"*Un incendio è scoppiato a un ricevimento di nozze a Cork questo fine settimana...*"

Per poco Aedine non finì fuori strada nel sentire la voce del conduttore, e allontanò la mano di Torin con uno schiaffo quando lui fece per spegnere la radio.

"*Fortunatamente nessuno è rimasto ferito, benché sia stato segnalato l'attacco di un gruppo misterioso al ricevimento. Molto probabilmente, la causa è da attribuire invece all'ospite speciale della serata, la Focosa Aedine, una nota artista e danzatrice del fuoco.*"

"'La Focosa Aedine'? È così che ti fai chiamare?" le domandò Bianca. "Mi piace, ma, a essere sincera, non me lo aspettavo."

"No..." Aedine trasalì nel sentire quel soprannome.

Una sensazione di terrore si accumulò nel suo ventre, e sapeva che avrebbe trovato una marea di cancellazioni appena avesse acceso il portatile. "Devono averlo inventato loro."

"Suona bene, però. Ignorali e basta, stanno solo cercando di vendere quella storia." Bianca allungò una mano e diede un colpetto alla spalla di Aedine.

"Sono finita, davvero." Aedine serrò le labbra concentrandosi sulla strada, rifiutandosi di lasciare che le lacrime le appannassero la vista.

"Ti sbagli." Torin si sporse verso di lei e le sfiorò la coscia con un dito, lasciando una scia di piacere sulla pelle della donna. "Adesso pensi che sia così, eppure ti prometto che troverai una soluzione. Lo faremo *insieme*."

Aedine strinse i denti, non si fidava di ciò che avrebbe detto se avesse parlato, e continuò a guidare verso Grace's Cove e al suo futuro ormai incerto.

# CAPITOLO NOVE

"Vado a fare una passeggiata," disse Aedine appena tornarono al cottage che avevano lasciato solo quella mattina. Era troppo agitata per restare seduta e ferma, e aveva paura di accendere il tablet e leggere i messaggi che sicuramente si stavano accumulando nella posta in arrivo.

"Non da sola," esclamò Torin facendo il giro di Betty Blue per piazzarsi al suo fianco. Aedine alzò lo sguardo verso di lui: era così alto che torreggiava su di lei. La donna alzò gli occhi al cielo e salì sulla parte posteriore del furgone prima di aprire un armadietto per rovistare tra i suoi vestiti. Era grata che le avessero dato una maglietta semplice e dei jeans larghi al posto del costume insanguinato, ma voleva qualcosa di suo, quindi tirò fuori una maglia morbida blu a maniche lunghe, sfilò ciò che aveva addosso e indossò un reggiseno sportivo semplice. Non aveva un seno generoso, quindi non aveva bisogno di chissà quale supporto, e i reggi-seni di quel tipo erano comodi da indossare sia per l'attività fisica che durante la quotidianità. Si voltò, poi posò le mani sui fianchi e guardò torva Torin, che era in piedi davanti alla porta. I suoi occhi erano diventati ancora più dorati per la lussuria.

"Oh, sei uno spione adesso?"

"Sicuro e certo, non sapevo che ti saresti cambiata qui dietro," ribatté lui. Si leccò le labbra e Aedine fece lo stesso, era così attratta da lui che per poco non crollò sotto il peso del desiderio. Dentro di lei si agitavano freneticamente emozioni e bisogni contrastanti, e non riusciva a muoversi.

"È la mia camera da letto. È qui che mi cambio," disse lei lentamente, come se l'avessero drogata.

"Sei magnifica," rispose Torin salendo sul furgone e raggiungendola in soli due passi. Aedine sussultò quando si sedette sulla panca e l'attirò tra le sue braccia, cullandola come se fosse la cosa più preziosa del mondo. "Pensavo lo stesso quando ti ho vista per la prima volta. Non credevo che potessi essere ancora più radiosa di quella notte. La nostra prima notte insieme, ma non l'ultima, spero." L'uomo non si mosse e lei rimase immobile, ipnotizzata dai suoi occhi dorati con piccole pagliuzze verdi.

"Torin... Non sono..."

"In poche parole, sei la donna più straordinaria su cui abbia mai posato gli occhi. In questo mondo e nel prossimo. Quando sei salita sul palco l'altra sera... mi hai folgorato, Aedine, e sono sotto il tuo incantesimo. Devi solo chiedermelo, e mi inchinerò ai tuoi ordini. Sei mia quanto io sono il tuo umile servitore."

"Torin... è troppo... Non posso..." ansimò Aedine come se un fiume di desiderio la stesse consumando dall'interno.

"Solo un bacio, Aedine. Non chiedo altro..." Torin si fermò con le labbra a pochi centimetri dalle sue e alla donna mancò il fiato per l'ansia. *Oh*, quanto lo voleva! Non si fidava di lui né del suo mondo, tuttavia lo voleva. Che male le avrebbe fatto un piccolo assaggio della sua bocca? Aedine annuì leggermente, soccombendo al bisogno che aveva tormentato i suoi sogni da quando l'aveva incontrato.

Lui premette immediatamente le labbra contro le sue e Aedine si perse in quel gesto. Il piacere esplose tra loro come se fossero due fiammiferi sfregati l'uno contro l'altro per accendere un fuoco, e la donna gridò contro la sua bocca mentre la lussuria minacciava di divorarla. Torin sembrò capire e si ritrasse, muovendosi in modo più delicato, inclinando la testa di lei per diminuire l'intensità del bacio. Stava esplorando la sua bocca, accogliendola in una danza guidata da labbra esperte, e Aedine scoprì di averne sempre avuto bisogno. In quel bacio avrebbe potuto perdersi mille volte e rinascere ancora, solo per provarlo di nuovo. Allungò le mani infilando le dita tra i capelli folti e morbidi di Torin e lo attirò a sé. Voleva toccarlo sempre più. Lui fece scivolare la lingua sulle labbra della donna prima di intrecciarla nuovamente con la sua. Quel tocco era un invito, anzi, una pretesa, e lei aveva un desiderio disperato di rispondere.

E invece indietreggiò, premendo la fronte contro quella dell'uomo e cercando di riprendere fiato mentre tentava di alleviare quel bisogno che stava per consumarla. Erano successe troppe cose in così poco tempo, non poteva certo baciare in quel modo un Fae magico nel retro del suo furgonato. Quello che le serviva davvero era una doccia fredda seguita da almeno sedici ore di sonno prima di prendere altre decisioni avventate. L'ultima volta che aveva danzato con lui, il suo mondo era cambiato per sempre. Cosa sarebbe successo se l'avesse fatto un'altra volta?

"Aedine."

"Non posso. Io... Non posso." Aedine si alzò, grata per il fatto che lui la stesse lasciando andare, e afferrò la maglia che avrebbe dovuto indossare sopra il reggiseno. Infilò dell'intimo pulito e un paio di jeans aderenti con movimenti bruschi, seguiti dai calzini e da un paio di scarponi da trekking. Si girò e iniziò a tremare quando si accorse che Torin la stava mangiando con gli occhi. "Devo chiudere a chiave."

"Certo." L'uomo si alzò e scese dal mezzo con le spalle ingobbite, dopodiché Aedine lo seguì chiudendo la portiera alle proprie spalle. Il desiderio scorreva pulsando nelle sue vene, e dovette ricomporsi appoggiando una mano sul tettuccio prima di voltarsi. "Vado a fare una passeggiata."

"Ti farò compagnia."

"No." Aedine sollevò una mano. "Per favore, ho bisogno di schiarirmi le idee, e non posso farlo con te vicino."

"Allora sono una distrazione?" Un'espressione compiaciuta attraversò per un momento il volto di Torin, il che bastò a trasformare il desiderio di Aedine in pura irritazione.

"Non ti montare troppo la testa. Se una persona vuole andare a fare due passi, dovrebbe poterlo fare." La donna posò le mani sui fianchi.

"Non posso lasciarti andare da sola. Non è sicuro adesso, come ben sai," spiegò lui in un tono paziente che la indispettì ancora di più.

"E va bene, allora chiederò a Bianca di accompagnarmi."

"Perché dovresti disturbare lei e Seamus quando ci sono qui io?"

Aedine sollevò le braccia rassegnata e attraversò arrabbiata il cortile anteriore, diretta verso le alture alle spalle del cottage. Il paesino di Grace's Cove si trovava tra delle colline incantevoli che si estendevano dietro le case che punteggiavano la campagna fino alle acque sottostanti. La casa era in periferia, a metà strada verso le colline, e Aedine seguì un sentiero che l'avrebbe portata ancora più in alto. Voleva sentire i muscoli bruciare e stiracchiarsi durante la salita, e affrettò il passo. Non le importava se Torin la stesse seguendo oppure no. Si inerpicò sulla strada in silenzio per circa mezz'ora, sollevata per il fatto che l'uomo non cercasse di parlare. Quando alla fine i suoi polmoni le implorarono di fare una pausa, si fermò a riprendere fiato.

Si voltò e osservò l'acqua, l'orizzonte sfocato in cui il cielo e l'oceano si toccavano, e si prese del tempo per respirare in modo regolare. La luce del sole le riscaldava le guance, c'erano delle nuvole sparse, e per la prima volta dopo due giorni Aedine inspirò tranquillamente.

"È bello qui, vero?"

Aedine si girò nel sentire una voce di donna, e la paura prese rapidamente il posto della sorpresa. Alzò subito le mani, pronta a richiamare la magia che scorreva pulsando dentro di lei se necessario.

A una prima occhiata, la sconosciuta sembrava una principessa appena uscita da uno dei libri di fiabe della sua infanzia. Dei riccioli selvaggi rosa e color lavanda le incorniciavano il viso, indossava un diadema scintillante e un abito rosa pieno di lustrini: era palesemente un essere magico, e anche di alto rango, dal momento che aveva una postura che esigeva rispetto. Torin si inginocchiò immediatamente e chinò il capo.

Avrebbe dovuto fare lo stesso? Aedine non conosceva il protocollo, dunque si limitò a piegare la testa in preda all'imbarazzo, tirandosi la manica della maglia perché non credeva di essere vestita in modo appropriato. Non aveva senso sentirsi a disagio, dopotutto era andata a fare una passeggiata e aveva gli abiti adatti per quell'attività.

"Mia regina," disse Torin alle spalle di Aedine con voce roca, il che le fece inarcare un sopracciglio. Sembrava educato e professionale, completamente diverso dal tono che aveva adottato con lei. "Siamo onorati della sua presenza."

"Presentami alla tua..." La regina avanzò osservandola dalla testa ai piedi. Aveva un'espressione indagatrice ma non maliziosa, e Aedine era decisamente abituata ad essere guardata in quel modo dalle moraliste giudicanti che incontrava durante il suo lavoro. Spesso le altre donne si sentivano a disagio nel vederla indossare un body scintillante ed esibirsi su un palco, ma Aedine fu felice di percepire dell'interesse negli occhi della regina e non una critica. A dire il vero, quel giorno aveva già dovuto affrontare abbastanza problemi e riusciva a malapena a controllare le proprie emozioni. Forse non sarebbe stata una buona idea sfogarsi con quella che probabilmente era la potentissima sovrana di un regno magico.

"Lei è Aedine, la mia compagna predestinata che ho reclamato, anche se lei si rifiuta di riconoscerlo," disse Torin. Lei spalancò la bocca e si voltò di scatto posando le mani sui fianchi, era terribilmente imbarazzata. Come aveva osato rivelare il loro passato a quella donna così straordinariamente elegante? Gli uomini con cui andava a letto erano affari di Aedine, per non parlare del fatto che non avesse ancora idea di cosa diavolo fossero i compagni predestinati.

"Davvero?" La regina la stupì inclinando la testa all'indietro e ridendo, emettendo un suono simile al tintinnio delle campanelle a vento. "Interessante. Sono la regina Aurelia. Immagino che sarò più che lieta di fare la tua conoscenza, Aedine."

"Potrei dire la stessa cosa," rispose lei. Era vero: quella donna era la personificazione della bellezza. La regina e Torin si scambiarono un'occhiata, e Aedine non riusciva a capire cosa significasse. In ogni caso, doveva approfittare di quel momento per parlare chiaramente a quella creatura affascinante che governava i Fae. In qualsiasi altra circostanza, le avrebbe subito chiesto di quale materiale fosse fatto il suo abito e come facesse a cambiare colore sotto la luce del mattino, passando dal blu al verde e al rosa. Il tessuto somigliava alle ali di una libellula baciate dal sole, e Aedine moriva dalla voglia di allungare una mano e sfiorare la gonna, al punto che tremava. Invece, dondolò indietro sui talloni e congiunse le mani, cercando con difficoltà di non agitarsi di fronte a lei.

La regina sollevò un dito e tracciò un piccolo cerchio nell'aria, che si increspò intorno a loro. Aedine si voltò: Torin stava sbattendo il pugno contro una barriera invisibile. Sembrava arrabbiato ma comunque affascinante come al solito, se non di più.

"Cos'ha fatto?" disse Aedine dondolandosi leggermente e sollevando le mani per difendersi da un'eventuale minaccia. Stava imparando molto in fretta che avrebbe fatto meglio a non farsi cogliere alla sprovvista nel mondo dei

Fae. Tuttavia, una parte di lei sarebbe morta dentro se avesse dovuto lanciare un lampo di fuoco contro quell'abito incantevole.

"Ci sto concedendo un po' di quiete, tutto qui. Sai come sono fatti gli uomini, permettono alla loro frustrazione di ostacolare il progresso. Adesso dimmi... Hai rifiutato Torin. È un pessimo amante?"

Aedine deglutì arrossendo violentemente mentre ripensava alla loro notte bollente. "No, non lo nego: se la cava bene da quel punto di vista."

"Solo 'bene'?" La regina Aurelia inarcò un sopracciglio perfetto.

"Ehm, in modo più che soddisfacente." Aedine si schiarì la gola.

"Così dovrebbe essere. Reclamare un compagno dovrebbe creare un legame forte, e rifiutarlo può avere conseguenze catastrofiche. Questa è una situazione interessante. Perché l'hai fatto?"

"Io non... Non è..." Aedine rise e scosse la testa, voltandosi verso il punto in cui era rimasto Torin, che adesso aveva le mani lungo i fianchi.

"Stai bene?" le chiese lui silenziosamente, e una sensazione di calore si diffuse nel corpo di Aedine, che annuì seccamente e si girò di nuovo verso la regina.

"Dimmelo." Era un ordine, uno che Aedine sapeva avere un significato molto più profondo di quanto lei potesse capire.

"Non lo conosco, e non sono sicura di potermi fidare di lui. Abbiamo trascorso una notte insieme, e non so niente di quell'uomo. Mi ha abbandonata senza dire una parola e anche con un potere magico che non riesco a comprendere e basta. Puf! È sparito. All'improvviso riesco a controllare il fuoco e l'uomo che mi ha dato questa capacità scompare senza lasciare traccia. Poi ricompare e la mia esistenza... il mio lavoro... sono rovinati. Due volte è entrato nella mia vita, e due volte l'ha cambiata per sempre. Mi sento... incerta, e non mi piace. Non apprezzo l'idea di non sapere cosa mi succede." A Aedine tremò la voce e deglutì malgrado il groppo in gola al pensiero di ciò che aveva perso.

"È giusto che tu ti senta così," rispose la regina Aurelia, cogliendola alla sprovvista. Aedine si voltò a osservare gli edifici sparsi sulle colline sotto di loro. Delle nubi grigie dall'aspetto poco piacevole si radunarono all'orizzonte, proiettando delle lunghe ombre sull'acqua. "I nostri uomini sono così abituati a ricevere una risposta pronta al loro richiamo che molto probabilmente Torin non sa come comportarsi con te. Detto ciò, mi sorprende il fatto che abbia legato con te e sia sparito. È un modo di fare davvero insolito, soprattutto se il compagno predestinato è un essere umano. Avrai certamente dei... dubbi."

"Parecchi." Aedine si tirò le maniche della maglia coprendosi le mani e incrociando le braccia sul petto mentre il vento si faceva sempre più forte.

"Posso aiutarti, ma non in questo momento. Vedi, il delicato equilibrio che manteniamo per il nostro mondo e il vostro è minacciato. C'è davvero bisogno di Torin, eppure lui indugia qui. Con te. Ciò significa qualcosa. Per me. Per i Domnua. E per il nostro popolo." Il tono di voce della regina era severo, e Aedine curvò le spalle come se la stesse rimproverando. "Ha violato il protocollo per seguirti in un regno in cui non avrebbe dovuto mettere piede, e, come se non bastasse, resta comunque qui. Insieme a te. Disobbedendo ai miei ordini diretti."

La serietà delle parole della regina opprimeva Aedine, che smise di preoccuparsi per il proprio futuro.

"Sta rischiando la vita per me, vero?" sussurrò, lanciando un'occhiata a dove si trovava Torin, che sembrava un leone ribelle, e si sentì un po' meno ostinata.

"Sta mettendo a rischio la sua vita, il suo popolo e il nostro futuro seguendoti, quindi per lui sei molto importante, Aedine. Non so dirti perché ti ha abbandonata quella notte, ma potrebbe perdere tutto restando al tuo fianco adesso e ignorando la chiamata reale. Siamo riusciti ad affrontare una battaglia senza di lui, però i Fae del fuoco sono sotto la sua giurisdizione e la sua assenza sta mandando il messaggio sbagliato. Credono che abbia rinunciato ai propri doveri e sia passato dalla parte dei Fae oscuri, soprattutto dal momento che la firma della sua energia è stata ritrovata in quel portale."

"È venuto a salvarmi," disse Aedine voltandosi di nuovo verso la regina. "Il suo amico l'ha tradito. Donal. È malvagio. Vi ha mentito per tutto questo tempo."

"Ah." Un'espressione triste attraversò il bel viso della regina Aurelia, che abbassò lo sguardo riflettendo sulle sue parole. "Speravo di sbagliarmi. Avevo sentito delle voci al riguardo, ma non riuscivo a crederci. Donal era una buona aggiunta alla nostra corte, o almeno così pensavo. Ora, sono costretta a chiedermi se i Domnua si siano infiltrati anche nelle altre fazioni."

"Le consiglio di fare dei controlli," disse Aedine, rendendosi conto che probabilmente molti non si rivolgevano alla regina in quel modo quando lei la guardò incredula. "A quanto pare, ce l'hanno veramente con voi."

"Lo farò," rispose la donna sorridendo leggermente. "Mi piaci, Aedine. Apprezzo sempre le donne forti. Alcune... si sentono minacciate dalle personalità sicure, ma io no. Mi piace: mi aiuta a concentrarmi, e penso che insieme ci possiamo incoraggiare a vicenda. La domanda resta: cosa farai? Accetterai il richiamo di Torin e ci aiuterai? Ormai sei troppo coinvolta per tirartene fuori, e i Domnua lo sanno. Non posso dire che sarà facile vedere la tua vita cambiare così all'improvviso, e so che vedere apparire i Fae può essere sconcertante per gli umani."

"Ma non mi dica..." Aedine rise per la parola che la regina aveva usato. Entrare in un bagno pubblico occupato era sconcertante. Essere rapita dai Fae oscuri era come essere colpita in faccia con una padella.

"Ti chiedo almeno di non provare a farci del male, se non puoi aiutarci. Credimi, siamo dalla parte di tutto ciò che è buono e luminoso in questo mondo e nel prossimo. Mantenere l'equilibrio degli elementi è un compito pericoloso e delicato, e se viene minacciato, ogni cosa ne soffre." La regina Aurelia indicò con un cenno un punto sulla collina e Aedine seguì il suo sguardo. Una nuvola di fumo si innalzò nell'aria, talmente scura e portatrice di oscuri presagi che le si chiuse lo stomaco. "Allora, Aedine... Cosa farai?"

Lei si costrinse a distogliere lo sguardo e a posarlo sull'ignaro paesino di Grace's Cove. Erano davvero in pericolo? Se sì, le sue azioni avrebbero finito per fare del male agli altri? Aedine era ancora scossa per ciò che era successo la notte precedente, e si voltò verso la regina Aurelia.

"Vi aiuterò."

"Lo immaginavo. Sono sempre stata brava a capire le intenzioni della gente." La donna agitò una mano nell'aria e Torin raggiunse subito Aedine.

"Perché l'ha fatto? Non può impedirmi di partecipare a una discussione del genere," esclamò l'uomo, furioso.

"Faccio ciò che voglio, Torin. Ti suggerisco di ricordare con chi stai parlando. Prenditi cura di Aedine. Mi piace." Detto ciò, la regina scomparve nello stesso modo sconvolgente in cui sembravano svanire i Fae, e Aedine guardò la scogliera deserta accanto a sé sbattendo le palpebre.

"Sta succedendo qualcosa. Laggiù." La donna indicò le colline.

"Torniamo al cottage. Aedine... dobbiamo parlare," disse Torin allungando una mano mentre iniziavano a scendere dal pendio. "Ho tante cose da dirti, e sono certo che hai un milione di domande da farmi. È solo che..."

"Forse sarebbe meglio se non parlassimo per un po'..." La mente di Aedine era sovraccarica di informazioni.

"Se non altro, lascia che ti spieghi perché sono scomparso."

# CAPITOLO DIECI

Un'espressione imperscrutabile attraversò il volto di Aedine, e alzò una spalla come se non fosse chissà quale argomento importante.

"Non ce n'è bisogno. Non sei la mia prima avventura di una notte, Torin."

*Ma sarò l'ultima.* Torin si morse la lingua e seguì il passo della donna mentre scendevano lungo la collina.

"Meriti una spiegazione."

"Forse sì. Mentirei se dicessi di non essere curiosa, tuttavia detesto che volerlo sapere mi faccia sentire come una di quelle donne appiccicose che non riescono a sopportare di essere state abbandonate da un uomo. Non è il fatto che tu sia sparito il problema, Torin... anche se la modalità è stata piuttosto scortese. Sono una ragazza grande, posso sopportarlo, però non puoi aspettarti che io mi fidi di te, tutto qui. E, per quanto mi riguarda, questa cosa senza senso dei compagni predestinati... mi fa pensare a una relazione. E anche seria. Non è quello che sto cercando, soprattutto quando non c'è una base di fiducia. Capisci cosa intendo? Va tutto bene, comunque. Non sono più arrabbiata con te." Aedine si voltò e gli sorrise dolcemente prima di dargli una leggera pacca sulla spalla.

*Gli diede una leggera pacca sulla spalla.*

Come se fosse un bambino ignorato da una madre troppo occupata per guardare la pietra lucente che aveva trovato e le stava mostrando. Torin non riusciva a decidere se fosse più sbigottito o arrabbiato e si prese un altro momento per raccogliere le idee mentre si arrampicava su una montagnetta solitaria di argilla a lato del sentiero. Normalmente si sarebbe infuriato nel sentirsi etichettato come uno spasimante da dimenticare, tuttavia sapeva che avrebbe dovuto trattenere il proprio temperamento irascibile.

Non aveva altra scelta. Se non avesse conquistato il suo amore, non ci sarebbe stata nessun'altra per lui. Si era già reso conto che nessuna donna era paragonabile a Aedine; da quella volta aveva a malapena degnato il sesso opposto di uno sguardo. In quel momento non aveva capito appieno che la stava reclamando. La cosa l'aveva a dir poco spaventato e da allora aveva avuto problemi a elaborare ciò che era successo. Gli avevano sempre detto che reclamare un compagno predestinato era un processo molto importante, frutto di lunghe riflessioni. Eppure quella magia arcana era durata un solo istante, e... beh, aveva stravolto il suo mondo. Non avrebbe dovuto abbandonarla, il che lo faceva sentire ancora in colpa, anche perché sapeva bene che reclamare un compagno predestinato avrebbe potuto conferirle dei poteri magici. Faceva parte del fascino del trovarne uno, il vero amore rendeva i Fae notevolmente più potenti.

In alcuni casi, anche troppo per essere tenuti a bada,

come era successo a sua sorella. Torin serrò le labbra sospirando mentre cercava di decidere quanto raccontare a Aedine. Non era abituato a dover spiegare il proprio comportamento a qualcuno che non fosse la regina. Era una situazione nuova per lui, e si schiarì la gola.

"Quante volte ancora ti schiarirai la gola prima di parlare davvero?" Aedine rise di lui, dandogli un pugno scherzoso sul braccio come se fossero amici, poi si voltò e continuò a camminare, il che lo convinse ad agire. L'afferrò per il braccio e la fece girare. Il tempo era importante in quel momento, ma lo era anche ciò che le doveva dire.

"Se devo essere sincero, questa idea dei compagni predestinati non mi entusiasma tantissimo," dichiarò.

"Oh, beh, perfetto. Siamo in due, allora." Aedine alzò di nuovo le spalle e fece per voltarsi, ma Torin glielo impedì. Quella donna lo faceva impazzire. Sembrava pronta a ignorarlo e andare avanti come se nulla di tutto ciò contasse per lei.

"Capisci almeno cosa sono i compagni predestinati?" sbottò l'uomo. Soffocò la rabbia crescente e si ripeté che Aedine non era cresciuta nel suo mondo, quindi probabilmente non sapeva quanto fosse importante quel concetto.

"È un po' come quelle che gli umani chiamano 'anime gemelle'. Ascolta, è una cosa difficile a cui credere. La mia amica Sheila trova l'anima gemella più o meno ogni sei mesi." Aedine rise e si voltò a osservare l'orizzonte. Le nuvole grigie si erano avvicinate, e Torin percepiva l'odore della pioggia portato dal vento. Se non altro, avrebbe spento i nuovi incendi appiccati sempre in segno di protesta. Non aveva molto tempo prima di dover scendere in battaglia, e aveva bisogno di Aedine al proprio fianco.

Era più debole senza di lei.

Quel pensiero lo irritava molto, però aveva capito subito quanto fosse vero appena l'aveva rivista. Il loro legame l'aveva travolto, e accanto a lei si sentiva come collegato a una corrente elettrica, tanto da vibrare di energia solo per la sua vicinanza. Eppure, se Aedine avesse continuato a rifiutarlo... beh, quella stessa energia l'avrebbe ucciso. Era quello il lato negativo dell'amore, no? Aveva il potere di creare e distruggere allo stesso tempo.

"Quindi le anime gemelle sono qualcosa di casuale?" le domandò Torin.

"Certo, e la gente ne parla come se bastasse un attimo per trovarle." Aedine si mordicchiò il labbro inferiore riflettendo, e i pensieri dell'uomo si concentrarono sul sapore di quelle labbra dolci, con un retrogusto di menta della caramella che aveva preso da una scatolina sul cruscotto del furgone. "Per alcuni è una cosa piuttosto seria, altri invece... beh, non prendono nemmeno in considerazione l'idea. Credo che sia un argomento molto controverso, a dire il vero."

"Nel regno dei Fae non si discute in quel modo dei compagni predestinati. Esistono e basta, e i rapporti sono regolati da determinate leggi."

"Come quelle governative?" Aedine arricciò il naso, confusa.

"No... Delle leggi universali, divine, elementali." Torin sorrise. "In pratica, se un Fae è fortunato, sentirà il canto del cuore del suo compagno predestinato. Se entrambi accettano di essere reclamati, il loro legame d'amore si consolida e diventano più forti. Si tratta di una connessione sia magica che fisica. Riesci a percepirla, vero?" Torin inclinò la testa

osservando attentamente Aedine, che si strofinò distrattamente un punto appena sotto la gabbia toracica. Il tessuto
morbido della sua maglia premeva contro i seni.

"Io, ehm…" Il suo sguardo incrociò quello di Torin.

"Proprio qui, dove ti stai strofinando facendomi impazzire? La percepisco anch'io." Torin si toccò il petto. "Saprai
anche quando sono vicino e quando sono lontano. È grazie
a questo legame che dovremmo riuscire a trovarci in caso di
problemi."

"Ma… hai detto che entrambi devono accettare di essere
reclamati. Io non l'ho fatto."

"Ti ho reclamata lo stesso, quindi da parte mia è stato
fatto. La connessione c'è. Sta solo aspettando… te." Torin si
chinò su di lei e le sollevò il mento con un dito, in modo che
lo guardasse attraverso le ciglia lunghe e nere.

"Eppure tu stesso hai detto che l'idea non ti entusiasma
più di tanto. E te ne sei andato. Quindi forse dovremmo…
sai, rimandarla indietro."

Torin rise scuotendo la testa e si piegò velocemente per
baciarle dolcemente la fronte. Desiderava fare altro, ma non
voleva farle pressione. Meritava una spiegazione.

"Oh, beh, non funziona proprio così. Posso?" Torin le
prese la mano, intrecciando le dita con quelle di Aedine,
causando una piccola scarica di energia. Quando lei non si
tirò indietro, lo prese come un via libera e continuò a
camminare lungo il sentiero. "Credo di avere una visione
meno ottimistica del concetto di compagni predestinati a
causa di mia sorella."

"Hai una sorella? Dei genitori?" Aedine si fermò, inclinando il viso e guardandolo stupita.

"Pensavi che fossi nato da un uovo?" rise Torin.

"Non saprei... A dire il vero, non ho riflettuto più di tanto sulla tua vita."

"Ahi, così mi ferisci." Torin si strofinò con l'altra mano all'altezza del cuore. "Sì, ho, anzi, *avevo* una sorella. E dei genitori. Una famiglia piccola per gli standard dei Fae, ma eravamo solo noi."

"Hai perso tua sorella. Oh, mi dispiace tanto." Aedine si voltò verso di lui e questa volta, quando lasciò scivolare una mano lungo il suo braccio, Torin godette maggiormente di quel tocco, dal momento che sembrava potesse importarle più di quando fosse disposta a fargli credere.

"Sì, beh... È stata colpa del suo compagno predestinato, a dire il vero. A volte non tutti i legami hanno una connotazione positiva, capisci? Entrambe le persone devono essere dello stato d'animo giusto per ricevere e dare amore. Il compagno predestinato di mia sorella... Lui..." Torin rifletté sulle parole giuste per descrivere Joshuan. "Era un uomo molto affascinante, un Fae dell'aria, e adorava più di qualsiasi altra cosa passare da una donna all'altra. Aveva un bisogno profondo di essere costantemente al centro dell'attenzione, non riusciva a stare da solo con i propri pensieri nemmeno per un secondo, e bramava il potere. Quando mia sorella aveva intonato il suo canto del cuore, lui aveva risposto più che altro perché lei aveva un lignaggio più forte del suo per scalare la gerarchia."

"Però... se l'altro risponde, non vuol dire che hanno stretto il loro legame?"

"Lui aveva risposto, rifiutando però di essere reclamato." Torin parlava scegliendo bene le parole, facendo attenzione alla ferita nel suo cuore che non si era mai rimarginata del tutto.

"Cosa è successo?" gli domandò Aedine dolcemente, e al tempo stesso strinse ancora di più la sua mano mentre seguivano il sentiero verso il piccolo cottage costruito sul pendio. Probabilmente Bianca e Seamus stavano dormendo.

"L'aveva ingannata, promettendole che presto l'avrebbe reclamata, e nel frattempo si era fatto conoscere nella Corte Reale ed era andato a letto con quante più donne possibile."

"Oh, mi dispiace per la tua povera sorella. Quell'uomo sembra terribile."

"Lo era. Lo è. Il suo rifiuto la bruciò, consumandola fino a quando a reclamarla non fu lui, ma la pazzia."

"Santo cielo, quindi si è... si è tolta la vita?" Aedine si fermò coprendosi la bocca con una mano.

"No, ehm... È una cosa graduale. La stessa magia arcana che si rafforza quando si stringe un legame tra compagni predestinati, prima o poi ti uccide quando viene rifiutata." Torin distolse lo sguardo. Non voleva vedere l'espressione sul viso di Aedine, sapeva che il suo destino dipendeva da lei.

"Aspetta... Cosa?" trasalì la donna. "Stai dicendo che se non accettassi di essere reclamata da te, faresti la stessa fine di tua sorella? Che questa magia arcana dell'amore o qualunque cosa sia ti ucciderà?"

"Sì, a meno che non la rifiutiamo *entrambi*." Torin si decise a guardarla, iniziando a sentirsi triste.

"Oh, allora rifiutala e basta. Va bene così, no? Sembrerebbe sciocco non farlo, vero?" Aedine sussultò quando si accorse di ciò che aveva sottinteso a proposito di sua sorella senza volerlo. "Mi dispiace, non mi sono espressa bene. Io..."

"Tranquilla. Quando entrambi rifiutano di essere reclamati ci sono delle conseguenze, poiché l'amore non dev'essere preso alla leggera. Per esempio, si viene privati di tutte le proprie abilità magiche. Alcuni si accontentano di vivere in quel modo, Joshuan invece non voleva perdere i poteri né le sue nuove conoscenze a corte, e per questo nemmeno mia sorella. Lei era troppo innamorata per sentire ragioni. Era certa che Joshuan avrebbe smesso di correre dietro alle altre donne e sarebbe tornato da lei, al punto che lo aspettò fino alla fine, sussurrando il suo nome persino in punto di morte." Il solo pensiero lo faceva ancora infuriare. Quella notte aveva quasi ucciso Joshuan, e ci sarebbe riuscito se Donal e altri cinque Fae non l'avessero allontanato da lui. L'aveva fatto bandire dalla Corte Reale, ma di tanto in tanto sentiva ancora parlare di come Joshuan cercava di riconquistare il benestare della regina. Fu solo il timore di far soffrire di nuovo i suoi genitori a fermare Torin dal punirlo. La regina gli aveva promesso che quei problemi tendevano a risolversi da soli e che un giorno le azioni di Joshuan gli si sarebbero ritorte contro in modo anche peggiore.

"Che tragedia orribile," sussurrò Aedine.

"Già." Torin allontanò la mano, non si sentiva a proprio agio nel parlarle in modo così approfondito del proprio dolore, e continuò a camminare in silenzio. Si sentì un rumore basso proveniente dalle nuvole, molto simile al suo umore, e le prime gocce di pioggia caddero dolcemente sulla sua fronte.

"Allora... perché hai scelto me? Dopo tutto ciò che hai

passato, perché mi hai reclamata e te ne sei andato? Non... Non riesco a capirlo."

Torin si fermò e si voltò, sollevando lo sguardo verso Aedine, che era in alto rispetto a lui. Un'espressione incerta si era dipinta sul suo splendido viso. Aveva voglia di sfiorarle gli zigomi affilati e baciarla fino a scacciare l'insicurezza che intravedeva dietro i suoi occhi, tuttavia sapeva che avrebbe dovuto dirle tutto se avesse voluto guadagnare la sua fiducia.

"Non mi ero accorto che ti stavo reclamando. Ero così preso dal momento, da noi... Sapevo di aver bisogno di te dal primo istante in cui ti ho vista, ma non comprendevo appieno cosa significasse, finché non ti ho avuta e non ho sentito i nostri cuori legarsi tra loro. Ed ero così perso nei miei sentimenti che... che nel mentre ti ho reclamata. Ho permesso alla magia di entrare dentro di me."

"Non ti eri nemmeno accorto di averlo fatto?" Aedine spalancò la bocca guardandolo.

"Beh, la cosa mi ha spaventato davvero. Dopo tutto ciò che avevo passato con mia sorella, una volta che mi ero accorto dell'accaduto, me ne andai."

"Non avevi neanche intenzione di reclamarmi?" Aedine alzò la voce. "È stato un caso?"

"Certo che no. Non si può scegliere il proprio compagno predestinato in modo casuale. Il nostro incontro quella sera è stato un caso, non il fatto che siamo destinati a stare insieme."

"E poi te ne sei semplicemente andato?" La voce di Aedine era sempre più alta, le sue mani erano posate sui fianchi e il suo adorabile collo si era riempito di chiazze rosa.

"Sapevi di avermi reclamata e che avrei potuto, non so, ucciderti se non l'avessi accettato... e sei sparito? Per due anni? Sei completamente impazzito, per tutti i lepricani?"

"E va bene, non è proprio così che pensavo sarebbe andata questa conversazione," disse Torin sollevando le mani.

"Esiste un essere più stupido di un uomo?" borbottò Aedine spingendolo via e camminando frettolosamente lungo il sentiero. "Di tutte le cose più testarde, sciocche, idiote, imbecilli, cretine da fare... te ne sei andato pur sapendo che non avevo accettato di essere reclamata? Pur sapendo che avrebbe potuto ucciderti? Non... Non ce la posso fare. A essere sincera, se avessi dovuto avere un compagno predestinato, non avrei mai pensato che si sarebbe trattato di un tipo così scemo. Mi sorprende che tu riesca addirittura a vestirti la mattina, dico sul serio, per non parlare del governare un'intera fazione di Fae."

"Beh, sicuro e certo non è molto carino da parte tua dire queste cose!" Torin la inseguì correndo, indispettito dalla sua reazione. Non le aveva appena aperto il proprio cuore raccontandole della perdita di sua sorella?

"'Carino'? Vuoi delle parole carine? Mi hai appena detto che non avevi nemmeno *intenzione* di scegliere me. Come credi che mi faccia sentire la cosa? E poi hai continuato dichiarando che te n'eri andato sapendo che la magia arcana avrebbe potuto ritorcersi contro di te e *ucciderti*. E così facendo sputi sulla memoria di tua sorella. Io... Non ce la posso fare."

"Basta così." Torin l'afferrò per il braccio impedendole di continuare a camminare. Si chinò su di lei finché i loro volti non furono a pochi centimetri di distanza. Aedine ansimava, il suo petto si alzava e si abbassava freneticamente. "Volevo bene a mia sorella. Tanto bene."

"Eppure lasci che sia morta invano commettendo il suo stesso sbaglio?" gli chiese Aedine. Le sue parole lo colpirono nel profondo.

"Le rendo onore scegliendo di credere che l'amore valga la sofferenza e possa superare qualsiasi ostacolo se si sceglie la compagna giusta."

"Ed eri disposto a rischiare due anni della tua vita, al costo di morire, probabilmente, prima di decidere finalmente di tornare per me? Per tutti i cieli d'Irlanda, questo sì che mi fa piacere. Devi esserti stancato di tutte le altre donne prima di capire che ero io la tua opzione migliore." Aedine scosse la testa e distolse lo sguardo, non prima, però, che Torin riuscisse a intravedere i suoi occhi lucidi di lacrime.

"Aedine... Ti ho cercata. Ti ho fatto visita nei tuoi sogni ogni notte. Era l'unico modo che conoscevo per raggiungerti," disse Torin.

"Ma fammi il piacere... Non voglio sentire le tue scuse. Mi hai appena spiegato che questo nostro stupido legame ti aiuta a trovare le persone. Ovviamente non ti sei impegnato più di tanto per capire dove fossi. Non... Non riesco affatto a capirti."

"Riuscivo a trovarti solo nei tuoi sogni, perché mi avevi bloccato altrove. E, a dire il vero, mi sentivo confuso, Aedine. Non sapevo di poter trovare una compagna e legare con lei nella stessa sera. Non avevo idea di cosa pensare, però non volevo rifiutare la connessione perché, beh, se..." Torin le strinse le spalle, sperando che comprendesse ciò che voleva dire.

"'Se'... cosa?" gli domandò Aedine sbattendo il piede per terra, arrabbiata.

"Se questa relazione... Se *noi* fossimo tutto ciò che ho sempre sognato?"

# CAPITOLO UNDICI

Aedine si prese il suo tempo sotto la doccia, grata di avere a disposizione un bagno vero e proprio e non più il piccolo spazio su Betty Blue, e appoggiò la fronte alla parete lasciando che l'acqua calda le scorresse sulle spalle, alleviando parte della tensione che si era accumulata. Aveva il cervello nel caos mentre cercava di elaborare le proprie emozioni e tutto ciò che aveva scoperto in così poco tempo. A dire il vero, si sentiva troppo esposta, come un lombrico rimasto sul marciapiede dopo la pioggia, senza più riparo. Da un momento all'altro, Torin avrebbe potuto dire qualcosa che l'avrebbe distrutta, e ne aveva già passate abbastanza quel giorno.

Aedine non riusciva a stare ferma, quindi ripeté una serie di passi di danza nella doccia lavandosi i capelli, con i pensieri che si concentravano su Torin e sul suo futuro. Era come se fosse in un globo di neve di cristallo che per anni si era coperto di polvere su uno scaffale e adesso qualcuno l'aveva preso e agitato un po'. I suoi pensieri vagavano come la neve scintillante nella sfera, e lei restava immobile al centro, incerta. Per anni, o almeno fino all'incontro con Torin, era stata fiera di sapere il fatto suo e decidere del proprio destino. Il suo lavoro era la sua coperta preferita che la confortava, qualcosa a cui tornava più e più volte, ed era orgogliosa di essersi fatta conoscere per il suo talento. Molto probabilmente, ora la sua reputazione era rovinata e i Fae esistevano davvero e... Aedine diede una leggera testata alla parete.

E... Torin era il suo compagno predestinato.

Ecco, l'aveva ammesso. Beh, almeno a se stessa. Era inutile negare il loro legame, dal momento che l'aveva sentito sognando quell'uomo ogni notte da quando erano stati separati. C'era un problema, però: avrebbe avuto il coraggio di capire o credere in un futuro completamente nuovo? Un futuro che includeva regni di Fae, esseri magici e poteri che forse non aveva ancora nemmeno preso in considerazione? Da piccola, leggendo i libri di fiabe e immaginando di diventare una principessa delle fate, non aveva lontanamente pensato di poterlo essere veramente. Eppure, eccola qui.

*Hai già superato quel confine.* Quel pensiero la colpì così violentemente che rimase immobile cercando di respirare mentre l'acqua le colpiva il viso con forza. Non poteva tornare indietro, vero? Il suo mondo era cambiato per sempre, che lei avesse a che fare con Torin oppure no. Perché adesso sapeva dell'esistenza dei Fae, e loro sapevano della sua, sia i buoni che i cattivi. Non aveva idea di cosa ciò significasse per il suo futuro, ma la regina era stata molto chiara. Ora lei era un'arma che i Fae oscuri avrebbero potuto usare in battaglia. A prescindere da ciò che era successo con Torin, le davano ancora la caccia, dunque nulla nella sua vita sarebbe più stato lo stesso.

In quel momento non aveva le forze per riflettere ancora se lo volesse oppure no, quindi chiuse il rubinetto e uscì dalla doccia. Ogni volta che la sua ansia peggiorava, cercava sempre di costringere il suo cervello a concentrarsi su dei piccoli compiti.

*Prendere un asciugamano. Fare in modo di asciugare tutta l'acqua sulle gambe.*

*Avvolgere i capelli nell'asciugamano. Annodare bene l'asciugamano.*

*Inspirare... espirare.*

Aedine strinse le dita intorno al bordo del lavandino e si sporse verso lo specchio, rendendosi conto che stava per avere un attacco di panico. Fatti strada tra le emozioni, si ripeté Aedine. Si infilò solo il reggiseno e le mutandine prima di entrare nella piccola camera da letto accanto al bagno e, grata del fatto che fosse vuota, fece subito una verticale. Quella posizione richiedeva concentrazione e Aedine spostò leggermente le mani lasciando che il peso si accumulasse sulle spalle e sulle braccia. Abbassò lentamente le gambe per fare una spaccata, poi le sollevò di nuovo e ripeté tutto. Inarcò la schiena all'indietro, posando i piedi a terra e facendo una capriola che divenne un'altra verticale. Quegli esercizi la calmavano, costringendola a concentrarsi sul modo corretto di farli, scacciando la sensazione di panico.

"Wow!" esclamò Bianca dalla soglia della stanza.

Aedine era abituata alle distrazioni, quindi rimase in posizione girando la testa: Bianca la stava spiando dalla porta, ed era appena stata raggiunta da Seamus e Torin.

Seamus arrossì subito in modo davvero adorabile e si voltò.

"Scusa, non sapevo fossi mezza nuda."

Aedine ridacchiò, ciò che indossava era abbastanza modesto rispetto ad alcuni suoi costumi di scena, e si intenerì ancora di più nei confronti di Seamus.

"Sei davvero brava," disse Bianca.

"Stupenda." Il commento conciso di Torin ebbe lo stesso effetto di una benedizione. Bianca canticchiò sottovoce e fece per indietreggiare.

"Bianca, vorrei parlare con te," disse Aedine sollevando di nuovo le gambe e alzandosi elegantemente. "Senza gli uomini, se per te non è un problema, Torin," aggiunse fissandolo. Era ancora in piedi sull'uscio e la guardava a bocca aperta.

"Va' via, allora. L'hai sentita, no?" Bianca spinse scherzosamente Torin ed entrò nella stanza chiudendosi la porta alle spalle. "Che fosse tua intenzione o no, ha funzionato."

"Come?" le chiese Aedine infilandosi dei pantaloni e togliendosi l'asciugamano dalla testa.

"Torin pende dalle tue labbra. Credevo che mi avrebbe buttata fuori dalla stanza e chiuso la porta a chiave per averti tutta per sé. Non ho mai visto un uomo così innamorato. Sicuro e certo, muore dalla voglia di toccarti di nuovo."

"Beh, *non* era lo scopo dello spettacolino che hai appena visto. Stavo cercando di superare un attacco di panico e l'attività fisica è un modo per calmarmi." Aedine non vedeva perché avrebbe dovuto nascondere i propri problemi. A essere sincera, non conosceva molte persone che avrebbero potuto sopportare ciò che aveva passato senza vivere degli attimi di panico.

"È un modo salutare di farlo, no? Stai meglio adesso?" Bianca si sedette sul letto incrociando le braccia sul petto. Sembrava preoccupata.

"Abbastanza. Come hai fatto?"

"Fatto cosa?" Bianca inclinò la testa guardandola con un'aria interrogativa. Aedine si abbottonò la camicia blu a quadri che si era portata dal furgone. Il tessuto morbido la riscaldò.

"Sei umana, no? Non sei circondata da quel tenue bagliore magico dei Fae come gli altri due. Come hai..." Aedine si bloccò e disegnò un piccolo cerchio nell'aria. "Come hai fatto... ad adattarti a tutto ciò? Ai Fae. Alla magia arcana. Come hai fatto ad abituartici? È molto da... accettare e basta. E secondo Torin, a quanto pare, possiamo stare insieme tranquillamente e combattere contro i Fae oscuri. Come se... Come se non fosse chissà quale problema."

"Beh, per lui in effetti non è un problema."

Aedine sospirò e si pizzicò il naso inspirando profondamente. Bianca non aveva tutti i torti. Il mondo di Torin non stava cambiando affatto, ma il suo sì.

"E va bene. Hai ragione, però sto impazzendo con tutte queste novità in così poco tempo. A essere sincera, in teoria, adoro questo genere di cose magiche, new age. Amo andare alle feste per la luna piena, ballare intorno al fuoco, i cristalli... e così via. Ogni tanto faccio persino dei rituali, ad esempio per allontanare le energie negative. Spesso agito dei rametti di salvia dentro Betty Blue per proteggerla. Questo, però... è così vero e importante, Bianca. Sta stravolgendo la mia vita, mi fa sentire disorientata. Come l'hai affrontato?"

"Vuoi la verità? L'ho affrontato e basta." Bianca rise e si appoggiò allo schienale del letto. La sua espressione si addolcì mentre ricordava i vecchi tempi. "Beh, sicuro e certo direi che due cose mi hanno aiutato a farlo. La prima? All'università organizzavo dei tour guidati incentrati sulle leggende, quindi sapevo già molte cose sui Fae, o almeno cose che gli umani credevano di sapere su di loro. E la seconda? Non avevo molto tempo. Ci avevano letteralmente catapultati in mezzo alla battaglia. Facevo parte di una missione per fermare l'incantesimo dei Quattro Tesori prima ancora di sapere della sua esistenza. Quando finalmente mi spiegarono cosa stesse succedendo, pensai soltanto a sopravvivere."

"Quindi l'hai semplicemente... accettato?" Aedine smise di asciugarsi i capelli per un secondo.

"Quando hai a che fare con il male, hai due scelte: subire e morire, oppure andare avanti e lottare. Io sceglierò sempre l'azione."

"Anch'io," sussurrò Aedine. La voglia di muoversi l'aveva spinta ad abbandonare il suo paesino e rischiare tutto iniziando una nuova vita. La porta si spalancò sbattendo contro il muro e la donna trasalì. Seamus apparve sulla soglia e distolse lo sguardo, temendo che Aedine fosse ancora mezza nuda.

"Cosa c'è?" scattò Bianca.

"Tranquillo, Seamus. Sono vestita." Aedine si raccolse i capelli in uno chignon alto e disordinato.

"I Fae del fuoco hanno occupato la baia. Stanno cercando di bruciare il portale nella grotta segreta. Gracie è lì ed è da sola."

"Andiamo adesso. Ci teletrasportiamo?" esclamò

Bianca. "Ho bisogno del mio zaino. Aedine, infila le scarpe! Prendi un'arma, qualsiasi arma."

"Cosa sta succedendo? Chi è Gracie?" Aedine si voltò quando Torin entrò nella stanza con uno zaino in spalla e le porse un pugnale dall'aspetto letale.

"Usalo se qualcuno si avvicina troppo. Anzi, usa tutto ciò che puoi." L'uomo le cinse la vita con un braccio.

"Non ho le mie scarpe..." Degli stivali apparirono ai suoi piedi e Aedine li guardò a bocca aperta. "Oh, che incantesimo comodo."

"Gracie è, beh, la famosa piratessa Grace O'Malley, che si è reincarnata nella sua stessa stirpe dopo anni. È straordinariamente potente e la baia è incantata grazie al suo sangue. Anche se non è una Fae, possiede dei poteri magici e farà del suo meglio, ma essere sola in una situazione del genere è terrificante. Dobbiamo raggiungerla adesso!"

Aedine era preoccupata per l'amica di Bianca mentre Torin mormorava qualcosa e la donna fu avvolta da quella strana sensazione di risucchio che accompagnava il teletrasporto. Il cuore le martellava nelle orecchie e si strinse forte a Torin, non era affatto preparata a ciò che l'accolse quando apparvero su una spiaggia.

La baia stava bruciando.

Aedine rimase senza fiato di fronte a quella vista: le fiamme si agitavano sulla superficie dell'acqua, immune al suo effetto naturale. Alte scogliere chiudevano la cala, stringendo tra le loro pareti le fiamme che ardevano sull'acqua. Un grido proveniente dall'altra estremità della spiaggia la costrinse a distogliere lo sguardo. Una donna sola, con i capelli ricci e selvaggi che si agitavano intorno al suo viso, teneva le braccia sollevate in aria mentre un esercito di Fae oscuri si avvicinava a lei sulla sabbia.

"Gli uomini dal bagliore argenteo…" Torin guardò Aedine per assicurarsi che capisse le sue parole. "Uccidili."

"Ehm…" Aedine non sapeva come far fuori un'altra persona.

"Usa il fuoco. Usa il tuo pugnale. Mira ai punti deboli. Al collo. Al cuore. Al ventre. All'occhio, per affondare la lama nel cervello. Basta che funzioni."

"Per tutti i cieli d'Irlanda…" Una sensazione di ansia si agitò nello stomaco di Aedine e per un istante si chiese se stesse per vomitare.

"I Fae del fuoco, quelli sull'acqua… li vedi danzare tra le fiamme?" disse Torin, e nel frattempo avanzarono verso l'orda sempre più vicina alla donna, che era in piedi davanti a una piccola arcata scavata nella parete rocciosa della scogliera. Quello doveva essere il portale, pensò Aedine, e si voltò a osservare il punto che Torin le stava indicando.

"Cavolo…" sussurrò Aedine. Le figure che aveva preso per fiamme sulla superficie dell'acqua erano in realtà altro: migliaia di persone, anzi, di Fae erano all'interno del fuoco, e la loro pelle emanava guizzi tremanti dalle sfumature rosse, dorate e blu scuro. I loro occhi erano del colore del fuoco, tra l'arancione brillante e l'opalescente, e si muovevano in modo fluido e veloce, come la fiamma di una candela agitata dal vento. Insieme davano vita a un incendio selvaggio di dimensioni inimmaginabili sopra la superficie dell'oceano.

"Non far loro del male," disse Torin. "A meno che non cerchino di ucciderti. Non dovrebbero farlo, ma nel caso in cui… Ho il compito di proteggerli. Persino quando insorgono. Non credo che comprendano appieno cosa stanno facendo."

"Va bene," Aedine annuì; rispettava la posizione di comando di Torin. Lanciò un altro sguardo all'acqua e vide gli occhi dei Fae del fuoco fissarsi su di lei, osservando attentamente i movimenti del gruppo, tuttavia non avanzarono. Sembravano altrettanto cauti.

"Mi avete sentito?" domandò Torin a Seamus e Bianca, che toccarono la sabbia accanto a loro.

"Uccidiamo i Domnua, ma comportiamoci bene con gli Elementali," ansimò Bianca. Davanti a loro, Gracie gridò e la prima fila di Domnua cadde ai suoi piedi.

Quella donna sembrava fantastica, pensò Aedine, e subito si innamorò un po' di lei. C'era qualcosa di particolare in quel contrasto così netto tra la donna scalza con indosso solo una vestaglia ampia e il muro di Fae malvagi che la circondavano. Era un raggio di luce nell'oscurità, un faro su un promontorio roccioso, stabile e terrificante mentre alzava ancora una volta le mani e urlava verso il cielo. Sì, quella era una donna che aveva autorità sugli altri, che non aveva paura di lottare per ciò che era giusto. Aedine ammirava così tanto il suo coraggio che le vennero le lacrime agli occhi.

"È magnifica," disse quando si fermarono dietro il muro di Domnua.

"La migliore. Aiutiamo la nostra amica, su!" disse Bianca prima di lanciare un grido di guerra. Gracie si voltò e il suo viso si illuminò nell'intravedere il loro piccolo gruppo tra le orde di nemici. Allungò una mano abbattendo un'altra fila di Domnua vicino a lei, Torin nel frattempo li colpiva nelle retrovie con il fuoco. I Fae oscuri, accortisi di essere stati attaccati in più punti, cominciarono a fuggire in tutte le direzioni, confusi. Il gruppetto di amici si separò, affrontando i Fae oscuri singolarmente mentre questi già si disperdevano.

Beh, gli altri li affrontavano, Aedine invece faceva del proprio meglio per non essere d'intralcio. Reagì solo quando un Domnua la raggiunse sollevando la spada e lo colpì sul viso con un lampo di fuoco. Non fu un bello spettacolo vederlo esplodere in una palla di poltiglia argentea, tuttavia dovette ammettere che era piuttosto soddisfacente. Forse era più sanguinaria di quanto pensasse. Un altro nemico si avvicinò e la donna non ebbe più tempo per pensare a qualcosa che non fosse la propria sopravvivenza.

Quella battaglia non era affatto come nei film. In quelli che aveva visto, c'era una colonna sonora epica in sottofondo e dei momenti memorabili e mozzafiato. Nella realtà, invece, lottare per la propria vita era abbastanza spaventoso e molto noioso, rifletté Aedine. Sembrava non finire mai. I Domnua continuavano ad arrivare a ondate, in apparenza dal nulla, e dopo un po' sentì la camicia bagnata di sudore. Schivava i colpi, rotolava a terra ed evitava di incrociare i Fae oscuri. Beh, almeno le sue abilità acrobatiche le stavano tornando utili: i Domnua si muovevano in modo goffo, oltre a non essere in grado di anticipare le sue mosse.

"Non sono molto svegli, vero?" chiese ansimando a Bianca, che era arrivata per lottare con lei schiena contro schiena.

"No. I cattivi lo sono raramente, non trovi? Non riesco a decidere se la cosa li rende più o meno pericolosi."

"È una verità scomoda, giusto?" Aedine trasalì quando quattro Domnua gridarono il suo nome dalle scogliere sovrastanti. Uno di loro stringeva un cagnolino che si dimenava e lo sollevò sopra le loro teste. Il cuore di Aedine si fermò, non poteva permettere una cosa del genere. Corse subito in quella direzione, non le importava che fosse una trappola. Le era bastato lanciare un'occhiata al viso sconvolto di Gracie per capire che si trattava del suo cane, e che i Domnua lo stavano usando per attirare Aedine lontano dal gruppo.

Ci erano riusciti, pensò spingendo i propri muscoli allo stremo delle forze mentre saliva lungo il sentiero.

Ma non sapevano con chi avevano a che fare.

# CAPITOLO DODICI

I polmoni di Aedine bruciavano per lo sforzo man mano che si avvicinava alla sommità della scogliera dove i Domnua tenevano in ostaggio il cane. La rabbia la spinse a muoversi più rapidamente, tuttavia temeva lo stesso di non riuscire ad arrivare in tempo. Il suo cuore non avrebbe retto se avessero lanciato l'animale nel precipizio.

"Ti darò un aiutino." Una voce all'orecchio la fece quasi inciampare all'indietro, ma una lieve pressione sulla schiena le impedì di cadere e Aedine spalancò gli occhi quando vide una donna sospesa nell'aria al suo fianco. Sì, era davvero sospesa, oltre che leggermente trasparente, splendente e palesemente appartenente a un altro mondo. La sconosciuta si sporse verso la sua spalla. "Appoggiati a me. Ci sono io. Va' a prendere Rosie. Non posso fare molto per aiutare quel dolce animale."

"Ma..." Aedine trasalì quando un piede si sollevò da terra.

"*Appoggiati* a me." Il suo tono severo la fece riprendere dalla confusione temporanea e si appoggiò a quell'apparizione, fiduciosa nel fatto che l'avrebbe aiutata. Forse era una decisione stupida, però non c'era tempo, e Aedine si affidò al proprio istinto in quel momento così terrificante. Continuò ad arrampicarsi come un falco quando risale velocemente dopo aver catturato la sua preda. Aedine trasalì: tra tutti i modi in cui avrebbe potuto morire, non aveva mai preso in considerazione questo scenario. Quando i suoi piedi toccarono l'erba in cima alla scogliera, pregò in silenzio alzando lo sguardo al cielo e sollevando le mani per lanciare una palla di fuoco contro i Fae oscuri.

Evidentemente non si aspettavano una reazione così rapida. I Domnua, sconvolti, lasciarono cadere a terra il cane che cercava di difendersi alzando le zampe anteriori. Aedine tirò un sospiro di sollievo quando l'animale rotolò sull'erba e si rimise a quattro zampe, quindi gridò, sperando di aver capito bene il suo nome: "Corri, Rosie! Corri!"

Aedine, poi, si inginocchiò e lanciò un'altra ondata di palle di fuoco ai Domnua che avanzavano, abbattendone due, che con sua grande soddisfazione, esplosero in una poltiglia argentata. Quello che aveva tenuto fermo il cane avanzò minaccioso verso di lei, e Aedine notò un cerchio argenteo sulla sua fronte. Suppose che fosse segno di una magia superiore, quindi si preparò a un altro attacco. Fece un respiro profondo con il pugnale in una mano e attinse energia dal fiume di potere che scorreva dentro di lei, poi sollevò lo sguardo verso il nemico e sorrise.

"Hai sbagliato, non capisci? I cani non si toccano *mai*." Detto ciò, Aedine alzò le mani per scagliare contro quell'orribile Domnua tutta la forza che riusciva a evocare, ma prima che potesse farlo quello inciampò.

Invece di correre via, Rosie era tornata indietro e si era

vendicata del suo rapitore affondando le zanne nel suo polpaccio. Il Fae oscuro le diede un calcio cercando di allontanarla, tuttavia la cagnolina resistette, con il suo corpicino peloso tremante per la rabbia.

"Non meritiamo i cani," disse ancora una volta la voce della sconosciuta al suo orecchio. Aedine era così concentrata sul Domnua davanti a lei che non si voltò nemmeno a guardarla. "Facciamolo fuori."

Aedine e il fantasma lanciarono insieme un'ondata di magia arcana così potente che il nemico ebbe a malapena il tempo di reagire prima di esplodere anch'esso in una poltiglia argentea. Aedine si alzò immediatamente e corse verso la cagnetta, accovacciandosi accanto a lei.

"Oh, tesoro. Sei tornata ad aiutarmi! Non avresti dovuto, ce l'avrei fatta da sola, dico sul serio. Non volevamo che ti facessi male," disse accarezzando il corpo tremante dell'animale e lasciandosi leccare. Alla fine, quando non ne poté più di tutta quella bava, rise e indietreggiò sui talloni. "Adesso devi restare quassù, Rosie. Credo proprio che tu appartenga a Gracie, e la tua padrona ha bisogno del mio aiuto."

"Mi occuperò io di Rosie."

Aedine sollevò lo sguardo e scrutò la sconosciuta di fronte a lei. Aveva dei capelli ricci e bianchi e indossava una miriade di collane, sembrava l'incarnazione della saggezza.

"Chi sei?"

"Mi chiamo Fiona. Diciamo che Rosie è una mia nipote, così come la mia Gracie che è così coraggiosa da rasentare la follia. I Domnua stanno diventando sempre più scaltri, sapevano che rapire Rosie avrebbe distratto Gracie, ma a quanto pare volevano anche te."

"Sì, li ho sentiti gridare il mio nome." Aedine accarezzò un'altra volta le soffici orecchie di Rosie, poi si alzò. "Non so come tu abbia fatto ad arrivare qui, però ti ringrazio per avermi dato una mano."

"Oh, beh... Resterò qui in giro." Un sorriso veloce si allargò sul viso del fantasma. "Ti devo riportare sulla spiaggia. Ho il sospetto che ti abbiano usata come diversivo, e non mi piace che tu rimanga isolata quassù."

"Sì, sarebbe meglio andarsene. Sei sicura che Rosie stia bene?" Aedine lanciò un'occhiata dubbiosa al cane, che sembrava sorriderle.

"Adesso che non è in mano ai Domnua, posso lanciare un incantesimo di protezione su di lei. Non ti preoccupare, sarà al sicuro insieme a me."

"Arrivederci, Fiona. Grazie per avermi dato una mano." Aedine iniziò a correre lungo il sentiero e trasalì nel sentire nuovamente quel movimento ondeggiante, la stava tenendo sospesa in aria. "Oh, non credo di poterci fare l'abitudine."

"Non succederà spesso, te lo prometto," disse Fiona al suo orecchio, poi Aedine ebbe il voltastomaco e soffocò un urlo quando lo spirito la lanciò oltre il bordo della scogliera, giù per le pareti rocciose e verso la battaglia che continuava sulla spiaggia sotto di loro. No, non avrebbe potuto vomitare lì, pensò la donna prendendo in considerazione l'idea per qualche secondo come una possibile strategia militare. Riuscì a evitarlo all'ultimo momento, poi Fiona rallentò la discesa e la fece scendere gentilmente sulla sabbia. Gracie la raggiunse, mentre Rosie ululava dalla sommità della scogliera.

"L'hai salvata." Gracie si chinò su Aedine e l'aiutò ad alzarsi.

"Dovevo farlo," disse lei. "Beh, ci sono riuscita anche grazie a Fiona."

"Sono in debito con te."

"Nah, non ce n'è bisogno. Sono solo felice che stia bene."

"In ogni caso..." Gracie si voltò e mormorò qualcosa sottovoce, dopodiché un'ondata perlacea di magia arcana brillò lungo la spiaggia abbattendo un'altra fila di Domnua che avanzavano. "Il tuo uomo è troppo distratto. Devi andare da lui. Era proprio questo che volevano. Più lo allontanano dall'ingresso del portale, più è probabile che riescano a prenderne il controllo. Io glielo impedirò da qui."

"Aspetta, da sola? E allora..."

"Va'." Gracie la spinse verso la riva, dove adesso Aedine vedeva un gruppo di Fae oscuri circondare Torin sul bagnasciuga. L'incendio sull'oceano dietro di lui si fece più vasto, con i Fae del fuoco che erano sempre più agitati e saltavano di fiamma in fiamma; sembrava che non fossero sicuri di cosa avrebbero dovuto fare dopo. Riuscivano almeno a capire per cosa, o contro cosa, stavano lottando?

Aedine affondò i piedi nella sabbia morbida che rallentava i suoi passi e il panico la pervase nuovamente quando Torin inciampò e cadde in ginocchio, continuando però a difendersi sia con i propri poteri arcani che con una spada. Tuttavia, per ogni Domnua che abbatteva, due avanzavano. La paura si trasformò presto in rabbia, una scarica di adrenalina spinse Aedine a muoversi, e quando si fermò dietro di loro era pronta a distruggere tutti i nemici.

Pugnalò un Domnua senza pietà sulla nuca, restando in silenzio, e con l'altra mano lanciò un lampo di fuoco.

Abbatté poi altri due Fae oscuri che si erano avvicinati da dietro, ma trasalì quando qualcuno la colpì al fianco.

"Torin!" strillò Aedine. Fece una capriola in avanti e colpì il Domnua con un doppio calcio al petto. Mentre quello cadeva, si raddrizzò e gli affondò il pugnale nel ventre.

"Aedine!" Torin si alzò ruggendo con un'espressione speranzosa sul viso mentre la magia arcana si irradiava intorno a lui come se qualcuno avesse tagliato un cavo esposto. Si era accertato che fosse viva, e grazie a quella nuova ondata di energia riuscì a disintegrare altri Domnua avanzando per raggiungere Aedine, che continuava a lottare.

"Vedi come combatte per te? Sei la sua più grande debolezza." Una voce suadente al suo orecchio fu l'unico avvertimento che Aedine ebbe prima che un braccio si stringesse intorno alla sua gola. Affondò le unghie nel braccio dell'aggressore, ansimando e cercando di allontanarlo dal suo collo.

"Fae del fuoco!" urlò Donal. La sua voce risuonò alle spalle di Aedine e attraverso l'acqua, dove gli esseri magici che aveva appena chiamato si agitavano in modo disordinato. "È lei che volete. È lei l'ostacolo."

"Aedine!" gridò Torin. Un lampo di puro terrore attraversò i suoi occhi dorati. Le fiamme erano sempre più alte nel cielo, il calore quasi insopportabile. A Aedine venne da piangere mentre faticava a respirare; la testa le girava e la vista le si offuscava.

E poi non ci fu più nulla. Aedine cadde carponi nella sabbia, respirando a fatica, con i polmoni che le facevano malissimo. Fu alzando lo sguardo e allontanando i capelli sudati dal viso che vide Gracie sorriderle dall'alto.

"Beh, è un modo veloce per ripagare un debito, non trovi?"

"Certo, e ti ringrazio. Lui è..." Aedine si guardò intorno sulla spiaggia.

"È scivolato via prima che potessi abbatterlo. Codardo..." disse Gracie in un tono sprezzante prima di aiutare Aedine a rialzarsi. "Non possiamo perdere tempo, però. L'incendio si sta avvicinando."

"Torin?" Dovevano allontanarsi dal fuoco infernale che adesso rischiava di raggiungere la riva. Il fumo riempiva l'aria oscurandole la vista e un muro di calore premeva contro la sua pelle.

"Ci penso io, va'!" esclamò Gracie, ma Aedine ignorò il suo ordine. La seguì in mezzo al fumo, abbassandosi per cercare di respirare, e per poco non urlò di terrore nel vedere Torin a faccia in giù nella sabbia.

"Sei una persona che ascolta, vedo," gridò Gracie al di sopra del ruggito del fuoco.

"È una delle mie migliori qualità," ribatté Aedine, benché si sentisse come se le stessero squarciando le viscere. Le due donne presero Torin per le braccia, lo sollevarono e lo fecero girare a faccia in su, dopodiché lo trascinarono in modo disorganizzato sulla sabbia fino a raggiungere le pareti della scogliera. Lì, lo misero seduto alla meglio e si assicurarono che riuscisse a respirare.

"Vado ad aiutare Bianca e Seamus," disse Gracie, allontanandosi i capelli dal viso e raccogliendoli velocemente. "Resta qui. Se riprendesse i sensi e non ti vedesse, si getterebbe di nuovo tra le fiamme."

"Io..." Aveva ragione, quindi non le restava che annuire. Gracie corse via sulla spiaggia, e ancora una volta il cuore di

Aedine si riempì di ammirazione per quella donna incredibile. Gracie non sapeva nemmeno chi fossero, eppure quel giorno aveva rischiato la vita per loro. Il suo era coraggio nella sua forma più pura, ed era meraviglioso da vedere.

Aedine si inginocchiò e avvicinò le mani al viso di Torin prima di pulirgli le guance sporche di sabbia e fuliggine. Aveva diverse ferite sanguinanti sulle braccia e sui fianchi, e la donna iniziò a esaminarle tentando di capire quali fossero le più urgenti. Erano tante, *troppe*, e si sfilò la camicia di flanella prima di strapparla per farne delle striscioline. Si costrinse a concentrarsi su quel compito e non cedere al panico che minacciava di sopraffarla dagli angoli più remoti della sua mente. Si mosse velocemente bendando quante più ferite possibili, tuttavia non sembrava bastare.

Una lacrima le rigò la guancia e cadde sulle labbra di Torin.

"Aedine." L'uomo sbatté le palpebre guardandola e sorridendole dolcemente. Sembrava felice di vederla. "Stai bene."

"Io... Sì, sto bene," rispose lei, strofinandosi gli occhi con il dorso della mano. "Oh, Torin, sono preoccupata per te. Ti hanno colpito parecchie volte."

Torin scosse la testa guardando prima Aedine e poi verso la spiaggia, dove le fiamme infernali si stavano avvicinando. "Sono così felice che tu stia bene."

"Torin, abbiamo bisogno di te qui. I Fae hanno bisogno di te. Non possiamo continuare questa battaglia senza di te. Ho bisogno che tu resista solo un altro po'."

"Sei la donna più bella del mondo. L'incantatrice del mio cuore. Intonerò per te... il mio canto del cuore. Sempre."

Aedine deglutì malgrado il groppo alla gola quando lui chiuse di nuovo gli occhi. Un grido straziato e puro si levò nell'aria fumosa. La donna si voltò e osservò l'oceano spalancando la bocca per lo stupore.

Un migliaio di voci si unirono a quel grido in una frizzante armonia, in un canto fresco e liquido come l'acqua da cui proveniva. Centinaia di quelle che sembravano sirene pullulavano nell'oceano, sotto le fiamme, avvolgendo i Fae del fuoco e l'inferno che avevano creato.

"I Fae dell'acqua sono qui." Bianca arrivò accanto a Aedine e Torin, seguita da Seamus e Gracie. "Come sta?"

"Non bene," disse Aedine a denti stretti, folgorata dagli esseri nebulosi che brillavano nell'acqua. Il loro potere e il loro canto avviluppavano le fiamme. I Fae del fuoco erano stati sottomessi in pochi secondi e sulla spiaggia non c'era più nessun Domnua. Due persone emersero dalla superficie dell'oceano e li raggiunsero di corsa.

"Imogen! Nolan!" esclamò Bianca.

Per fortuna non erano altri nemici, pensò Aedine voltandosi e premendo una mano contro la fronte di Torin. Gracie si stava già accovacciando accanto a lui.

"Per favore, non lo toccare," ordinò la donna a Aedine, ponendo le mani sulla ferita più grande, sul fianco di Torin.

"Come, scusa?" Quelle parole la infastidirono e si rese conto di non apprezzare che un'altra toccasse il suo corpo, ma decise che ci avrebbe ripensato in un altro momento, soprattutto quando gli occhi del colore del whiskey di Gracie incrociarono i suoi.

"Sono una guaritrice, ma non puoi toccarlo mentre lavoro."

"Oh, quindi sei anche una guaritrice! Sai fare tutto," disse Aedine e la guardò darsi da fare.

"Più o meno. Non riuscirò a curarlo completamente e il suo popolo dovrà eliminare il resto della magia arcana che è dentro di lui, però posso ricucire le sue ferite e fermare l'emorragia. Non è molto, però lo aiuterà a resistere finché non riceverà delle cure migliori."

"Io..." Aedine scosse la testa, poi serrò le labbra. Aveva le emozioni in subbuglio, le veniva allo stesso tempo da ridere e da piangere. Non sapeva cosa fare né come sentirsi, quindi tenne la bocca chiusa per non dire nulla di sciocco.

Bianca si voltò verso la splendida coppia che adesso li guardava dall'alto. "Imogen, Nolan... Lei è Aedine, la compagna predestinata di Torin."

"Ehm..." Aedine sorprese Gracie a osservarla sorridendo.

"Davvero? È un brav'uomo," disse Gracie.

"Non ne sono ancora tanto sicura," ribatté Aedine.

"Secondo me il tuo cuore ha già deciso," sussurrò Gracie prima di voltarsi e tornare al lavoro.

"Il portale è sicuro?" chiese Nolan a Seamus. Era un uomo molto robusto e muscoloso con un'aria autoritaria simile a quella di Torin.

"L'abbiamo protetto, ma è stata dura. I Domnua stanno diventando più forti e più scaltri a far insorgere gli Elementali. Temevo che, se non fossero riusciti a ferirci, il fumo ci avrebbe uccisi comunque," rispose Seamus. Aveva il viso sporco di sabbia e i capelli estremamente disordinati.

"Sono felice che siamo arrivati al momento giusto," disse Nolan preoccupato. "Mi ci è voluto un po' per convincere i Fae dell'acqua, dato che non erano certi di voler voltare le spalle a quelli del fuoco... Alla fine si sono resi conto che era necessario.”

“Portiamolo via da qui. Non è un posto sicuro.” Nolan si piegò e prese in braccio Torin, il che infastidì Gracie.

“Allora vi occuperete voi di lui?”

“Abbiamo i nostri elisir per curare la magia oscura che si sta infiltrando nelle sue vene, tuttavia il tempo è ciò che conta adesso. Sei insieme a loro?”

“No. Resterò qui,” rispose Gracie.

“Ha difeso il portale,” intervenne Aedine attirando l’attenzione dell’uomo. “Non è una Fae, ma ha lottato per voi e il vostro popolo. Merita un po’ di protezione.”

“Va bene.” Nolan annuì seccamente prima di girarsi.

Aedine sentì di nuovo quella sensazione, come se venisse risucchiata da un aspirapolvere, anche se più velocemente, poi scomparvero dalla baia.

# CAPITOLO TREDICI

Il gruppo si trovava in un'ampia sala maestosa di marmo bianco, con finestre alte e strette e sfere di luce sospese che vagavano liberamente per la stanza. Guardandole più da vicino, Aedine si rese conto che in realtà si trattava di minuscole fate che le sorridevano birichine danzando qua e là. Le venne subito voglia di prenderne una o due per il suo furgone, da avere come piccole, luccicanti compagne di viaggio quando si spostava. Persino adesso riusciva a immaginare come avrebbero reso i suoi spettacoli ancora più entusiasmanti e come il pubblico avrebbe cercato di indovinare come avesse creato quelle sfere di luce fluttuanti.

Le si strinse nuovamente il cuore al pensiero delle sue esibizioni. Gli irlandesi amavano i giochi di parole e in fondo sapeva che la sua carriera era finita a causa della tragedia che accompagnava il suo nuovo soprannome, "la Focosa Aedine". Le faceva male, *davvero* male, e la sua mente non riusciva ancora ad accettare che non avrebbe più potuto partecipare all'evento di quel week-end per cui era stata ingaggiata, né a quello della settimana successiva, né a tutti gli altri, a dire il vero. Aveva solo bisogno di connettersi a Internet per poter almeno rispondere in modo gentile e professionale a quelle che sarebbero certamente state e-mail di cancellazione, tuttavia non era possibile, non qui, ovunque si trovasse. No, per ogni giorno che non si faceva sentire e non rispondeva alle richieste, la sua reputazione peggiorava, anche se, al momento, nulla di tutto ciò contava davvero.

"Dov'è?" La regina Aurelia attraversò la sala a grandi falcate. Indossava uno splendido abito con inserti di gioielli argentati e ricami color acquamarina. I suoi capelli erano raccolti in diverse e complicate trecce che mettevano in risalto una delicata corona di quarzo e pietre di acquamarina. Il gruppo con cui Aedine aveva viaggiato, persino Bianca, si inchinò immediatamente, e lei si affrettò a fare lo stesso. Non stava certo proclamando la propria lealtà alla sovrana, tuttavia non voleva mancarle di rispetto. "Guardie, portatelo nella stanza della torre. Il principe Callum si occuperà subito di lui."

"Aspettate..." si sorprese a dire Aedine, e la regina si voltò a guardarla inarcando un sopracciglio.

"Sì?"

"Posso..." Aedine non aveva idea di quante regole stesse infrangendo, ma sentiva di dover restare al fianco di Torin. Non riusciva a spiegare il motivo esatto, eppure riteneva fosse necessario. Bianca le strinse il braccio rassicurandola.

"Non c'è alcun problema nel chiederlo, Aedine. La regina è più gentile di quanto sembri," le sussurrò. Bianca si era fatta valere durante la battaglia, cavandosela con dei piccoli graffi e qualche bernoccolo, e a quanto pareva Seamus era nelle sue stesse condizioni.

"Vorresti stare con Torin durante il processo di cura?" La regina Aurelia indovinò quale fosse il suo dilemma.

"Se non è un problema..." Aedine abbassò leggermente la testa in preda all'imbarazzo, sperando di sembrare rispettosa.

La regina la guardò negli occhi con un'espressione comprensiva, poi annuì.

"Vieni con me," disse, e si voltò senza aggiungere altro.

"La ringrazio." Aedine strinse la mano di Bianca prima di affrettarsi a raggiungere la regina, che era già quasi arrivata alla porta. I suoi passi riecheggiarono nell'enorme sala. Aedine la seguì mentre le guardie trasportavano Torin lungo un corridoio illuminato fiocamente con quelle fatine luccicanti e fluttuanti, fino a fermarsi a una porta ad arco senza cardini né maniglia. La regina si sporse in avanti e la toccò con il palmo di una mano: la porta brillò di una luce tra il rosa e il dorato prima di aprirsi e rivelare delle scale di marmo bianco.

*Questo sì* che era grandioso.

Aedine camminò in silenzio su per le scale e notò che una guardia si era agilmente frapposta tra lei e la regina, in modo che la donna non fosse direttamente alle spalle della potente Fae. Una mossa astuta, pensò. Certo, era una semplice dilettante rispetto a quegli esseri così potenti, ma non sarebbe stato il caso di esporre la loro matriarca a eventuali minacce.

Superarono un'altra porta che la regina aprì con il palmo della mano, dopodiché entrarono in una grande camera circolare costruita anch'essa in marmo bianco. Lungo le pareti vi erano un tavolo stretto da lavoro e diversi ripiani. L'uomo davanti a loro si voltò quando entrarono, e

Aedine sbatté le palpebre, attonita. I Fae appartenenti alla famiglia reale erano tutti così straordinariamente attraenti? Lo sconosciuto aveva i capelli dorati, occhi azzurri come l'oceano e una mascella scolpita; sembrava appena uscito dalla copertina di una rivista di moda.

"Callum, lei è Aedine, la compagna predestinata di Torin. Voleva stare con lui durante il processo di cura." La regina Aurelia si girò verso di lei. "Callum è mio figlio, il principe dei Fae Danula. È molto dotato con gli incantesimi curativi, e non solo. Si occuperà subito di Torin."

"Grazie," disse Aedine chinando il capo in un altro dei goffi cenni che aveva preso a fare al cospetto dei reali.

"Puoi dirci cosa è successo?" le domandò il principe Callum voltandosi di nuovo verso il tavolo colmo di boccette. Aedine non sapeva dove mettersi per non essere d'impiccio né cosa fare nello specifico, quindi decise di raggiungere il letto al centro della stanza dove le guardie avevano adagiato Torin. Gracie aveva detto la verità: era davvero una guaritrice, e la donna fu lieta di vedere che aveva smesso di perdere sangue dalle ferite più gravi. Tuttavia, il suo viso non aveva un bel colore, era pallido sotto la luce tenue della sala e continuava ad avere gli occhi chiusi. Aedine si sporse verso di lui esitando e fece scivolare la mano nella sua, esercitando una leggera pressione sulle dita in modo che sapesse di non essere solo.

"Non conosco tutti gli esseri coinvolti in questa lotta magica o altre cose del genere, ma posso fare un riassunto dell'accaduto," esordì Aedine osservando il volto di Torin cercando un qualsiasi segno di vita. "La baia era in fiamme quando siamo arrivati, nel senso che l'acqua stava bruciando. Non ho mai visto nulla di simile. A quanto pare,

erano stati i Fae del fuoco. I... I cattivi... I Fae oscuri?"
Lanciò un'occhiata interrogativa alle proprie spalle.

"I Domnua," intervenne la regina Aurelia sorridendo
leggermente.

"Sì, esatto. Erano centinaia, se non di più. Gracie... lei
non è una Fae, ma ha palesemente dei poteri arcani, ed era
sola sulla spiaggia. Ha impedito loro di entrare nella grotta
con il portale. Credo che le dobbiate un enorme favore.
Era..." Aedine scosse la testa e le si strinse nuovamente la
gola al pensiero di quella donna con indosso soltanto un
vestito svolazzante, sola contro quell'esercito malvagio. Non
avrebbe mai dimenticato quell'immagine. "Magnifica. Più
forte di qualsiasi guerriero che io abbia mai visto. Ha difeso
il portale fino al nostro arrivo, ma poi è scoppiato il caos. Mi
hanno attirata lontano per salvare un cane. Non so cosa sia
successo a Bianca e Seamus per un po' di tempo, e l'incendio si era fatto così vasto che pensavo saremmo morti
per aver inalato troppo fumo, e..."

"Le battaglie sono incredibilmente difficili, sia emotiva-
mente che fisicamente." Aedine rimase sorpresa quando la
sovrana posò una mano sul suo braccio e una dolce ondata
di tranquillità si impadronì di lei. Probabilmente la regina la
stava tranquillizzando con la magia arcana. "Non è semplice
affrontarle e lo è ancora di meno parlarne."

Aedine deglutì e annuì, aveva ancora lo stomaco chiuso
dalla preoccupazione per Torin.

"Quando sono tornata alla spiaggia, avevano sopraffatto
Torin. Ho cercato di aiutare, ma... Donal è tornato. Ha
provato a soffocarmi, riuscivo a malapena a respirare. Stavo
per svenire, però Gracie mi ha salvata. Mi ha detto che era in
debito con me perché avevo salvato il suo cane. Non avrei

mai lasciato che facessero del male a un animale." Aedine scosse la testa lasciandosi andare a una risata sommessa. "Donal è scomparso e sono arrivate le sirene. E... beh, Torin era ferito. Gravemente. Gracie ci ha aiutati ancora una volta, ha fatto il possibile per guarirlo. C'è un modo per..." La donna guardò la regina. "Può controllare che Gracie stia bene? Voglio solo assicurarmi che sia al sicuro."

"Certo, manderemo subito qualcuno da lei." La sovrana fece un cenno a una guardia in piedi davanti a una parete. "Per favore, manda un guerriero reale a offrire supporto a Gracie se necessario, oltre alla nostra riconoscenza." La guardia obbedì svanendo immediatamente e Aedine non era sicura di poterci fare l'abitudine. Vedere delle persone scomparire in un batter d'occhio era un po' sconcertante.

"Donal ci ha traditi." Il principe Callum raggiunse il capezzale di Torin con una fialetta in mano, la stappò e premette l'imboccatura sulle sue labbra, facendogliele schiudere prima di somministrargli un liquido argenteo. Aedine vide il pomo di Adamo di Torin muoversi, stava ingoiando la medicina, e, quando gli strinse più forte la mano, lui reagì nello stesso modo, il che fece irradiare un'ondata di calore dentro la donna.

"Già." Aedine sollevò lo sguardo verso il principe. "Mi ha rapita durante la prima notte, usandomi come diversivo..." Non riusciva ancora a dirlo senza stare male. "Alla festa di nozze, quando i Fae oscuri hanno appiccato l'incendio. Non è un amico del vostro popolo."

"Ha parlato con te?" le domandò la regina Aurelia.

"È un... Dom... Fae oscuro."

"Un Domnua," disse il principe Callum suggerendole il

termine corretto. "È un Fae oscuro? Lo è stato per tutto questo tempo? Come abbiamo fatto a non accorgercene?"

"Presto indagheremo sulla questione," mormorò la sovrana.

"Secondo lui, a quanto pare, loro dovrebbero avere tutto il potere," spiegò Aedine continuando a fissare Torin. Il suo viso non sembrava più pallido come prima, o forse era solo ciò che lei sperava.

"Non è un'opinione rara in quella fazione. I Domnua non hanno alcun rispetto per l'ordine, pensano solo ai loro desideri più elementari e immediati, e si rifiutano di pensare a come il loro comportamento potrebbe influenzare il mondo intero. Sono un popolo miope, concentrato sull'avere, e al diavolo i danni che lasciano alle proprie spalle. Se riuscissero a prendere il potere sarebbe una catastrofe per tutti, ma sono troppo ciechi per capire le conseguenze delle azioni della loro leader, la dea Domnu. La seguono, ebbri delle sue promesse di ricchezze, senza rendersi conto che stanno rovinando anche le proprie vite." La voce della regina Aurelia era colma di tristezza.

Aedine non sapeva cosa dire, dunque continuò a stringere leggermente la mano di Torin, sperando di vederlo aprire gli occhi a breve. Qualunque cosa stesse per succedere tra i due regni dei Fae era affare loro, per lei contava solo tornare a casa. E forse anche un po' che Torin stesse bene. Non voleva reclamarlo come compagno, certo che no: doveva ritornare nel suo mondo e andare avanti con la propria vita. Tuttavia, la loro intesa era innegabile e, benché non fosse sicura di cosa ci fosse tra lei e quell'uomo, lui non era una persona malvagia.

"Come ha fatto a nasconderlo, e per così tanto tempo?"

Il principe Callum incrociò le braccia sul petto, e un'espressione insoddisfatta si dipinse sul suo volto. Aedine riusciva quasi a sentirlo emanare ondate di rabbia e incurvò le spalle, non voleva essere il bersaglio della sua furia. Donal doveva avere una grande fiducia di sé se osava affrontare quei due reali avvolti in un'aura di potere e sicurezza incrollabile.

"E quanti altri come lui si nascondono tra i vostri ranghi?" disse Aedine senza pensarci, poi distolse lo sguardo da Torin quando calò il silenzio.

"Ha ragione." La regina Aurelia diede le spalle al letto e iniziò a camminare avanti e indietro nella stanza. Il suono dei suoi tacchi sul pavimento di marmo riecheggiava nella camera. "Se Donal è riuscito ad arrivare così vicino a noi, quanti hanno fatto la stessa cosa? Noi..."

"Si possono convertire i Fae?" domandò Aedine. Non le importava che entrambi i reali la stessero guardando sorpresi per la sua interruzione.

"'Convertire'? Cosa vuoi dire?" La sovrana inclinò la testa e agitò leggermente un dito per impedire a una guardia di raggiungere Aedine, probabilmente per metterla a tacere.

"Per esempio... si può essere un Fae buono e poi il giorno dopo venire trasformati in uno cattivo? C'è un modo in cui i cattivi potrebbero essere riusciti a catturare Donal e farlo diventare... uno zombie o qualcosa del genere? In quel caso non sarebbe stato cattivo per tutto questo tempo."

"Uno zombie?" La regina Aurelia aggrottò la fronte, confusa.

"È una fiaba umana, una delle loro storie. I morti tornano in vita e uccidono gli altri mordendoli e facendoli diventare come loro, degli zombie. Lo ammetto, è piuttosto divertente." Il principe Callum alzò una spalla.

"Non sembra una storia piacevole..." La sovrana sembrava ancora perplessa.

"È solo che... mi chiedo se possano convertirsi. O cambiare fazione. Oppure nascete nella luce o nel buio? Dipende solo dal sangue?" domandò Aedine.

"Sta facendo un'osservazione giusta." Il principe Callum si tamburellò un dito sulle labbra e dondolò all'indietro sui talloni riflettendo sulle sue parole. Il fatto che stessero anche solo prendendo in considerazione la sua teoria rendeva Aedine un po' fiera di sé. Non conosceva bene il regno dei Fae, ma sapeva capire le persone; nei suoi viaggi ne aveva incontrate di ogni sorta. Gli umani cambiavano sempre bandiera, credo e persino religione.

"Torin aveva detto che ultimamente Donal si comportava in modo un po' strano, più distante. Credeva fosse per colpa di una donna." La regina si voltò verso un'altra guardia nell'angolo. "Avvisa i consiglieri della Corte Reale che a breve ci sarà una riunione. Devo avvisarli e capire se ci sono stati altri cambiamenti insoliti nel comportamento dei nostri sudditi. In tal caso, dovremo individuarli e iniziare a seguire i loro movimenti."

"Sì, Altezza." La guardia scomparve nel nulla.

Le dita di Torin si contrassero contro quelle di Aedine, che abbassò lo sguardo: le ciglia nere dell'uomo tremarono, poi aprì gli occhi. Sbatté le palpebre alcune volte prima di guardarsi intorno nella stanza e fissare Aedine. Sorrise leggermente, e la donna dovette sforzarsi di non chinarsi su di lui e sfiorargli le labbra con un dito.

"Ehi..." disse Aedine ed entrambi i reali corsero verso il letto.

"Torin... sei a casa, nel castello. Hai subito delle ferite gravi, però sei riuscito a resistere finché non abbiamo potuto aiutarti," disse il principe Callum premendo il palmo della mano contro la fronte di Torin.

"Il portale...?" domandò questi con voce roca e Aedine si voltò cercando dell'acqua, ma una guardia stava già portando un bicchiere.

"Non sono riusciti a impadronirsene. Ci hai servito bene oggi. Ci fai onore, e siamo grati per il coraggio che hai mostrato in battaglia. Sei riuscito a farti valere senza ferire nessun Fae del fuoco," rispose la regina Aurelia.

"Anche se lo meritavano," mormorò Aedine.

"Perché lo dici?" Il tono di voce della sovrana era severo e Aedine sollevò lo sguardo. Del resto, non era la sua regina e avrebbe potuto disobbedirle come desiderava. A dire il vero, non voleva farlo, dal momento che era una donna abbastanza tosta, tuttavia...

"Perché i Fae del fuoco possono cercare di ucciderci con il fumo e le fiamme, e noi invece dobbiamo evitare lo scontro? Non è leale. E poi hanno un'arma che possono usare contro di noi, giusto? Se sanno che non li attaccheremo, allora non hanno niente da perdere," osservò Aedine. Si rese conto che stava già usando il 'noi', come se fosse una dei Fae, e quel pensiero non la faceva sentire a proprio agio. Scrollò le spalle. "Semplicemente non credo che sia una battaglia equa."

"I Fae del fuoco sono stati manipolati dai Domnua. Non comprendono appieno cosa stanno facendo," disse la regina Aurelia.

"Sanno di poter uccidere, vero?" la incalzò Aedine.

"Sì." La sovrana chinò il capo riconoscendo le sue parole.

"Beh, allora forse dovrebbero capire che anche loro possono perdere, altrimenti continueranno ad attaccare e prima o poi faranno fuori uno di noi, o tutti quanti. E allora voi dove sarete?" insistette Aedine e si interruppe quando Torin strinse forte la sua mano.

"Aedine..." sussurrò l'uomo. Aedine lo guardò indispettita.

"Cosa c'è?"

"Va tutto bene, tesoro. Adesso siamo al sicuro."

Lei allontanò la mano, frustrata, e serrò le labbra. Non voleva dire qualcos'altro che avrebbe potuto farla finire nella prigione reale o in un posto di gran lunga peggiore.

"È una questione su cui rifletterò attentamente. Grazie per aver parlato liberamente con me, Aedine. Non tutti hanno il coraggio di farlo," disse la regina Aurelia. Aedine deglutì annuendo, temeva di dire altro e perdere la stima che aveva guadagnato con la sovrana. "Adesso ti lascio insieme a lui. Callum, vieni con me?"

"Certo." Callum si voltò per poi chinarsi su Torin. "I tuoi segni vitali sono buoni, amico mio, ma devi riposare, almeno questa notte. Domani potremo parlare di come comportarci in futuro."

"E se... se avessero bisogno di me?" Torin cercò di alzarsi, tuttavia il principe lo trattenne gentilmente.

"Non sarai d'aiuto a nessuno in questa condizione. Donal ha usato della magia arcana potente. Lascia che il nostro antidoto si diffonda nel tuo corpo e domattina starai meglio." Callum si girò verso Aedine. "Resta con lui."

Era un ordine, e dal momento che Aedine non aveva idea di come aprire le porte magiche della camera non poté fare altro che annuire.

"Vi manderemo del cibo, l'essenziale per fare il bagno e un cambio di abiti per entrambi. Parleremo un'altra volta." Detto ciò, entrambi i reali uscirono dalla porta che si chiuse rapidamente alle loro spalle, facendo praticamente di Aedine una prigioniera insieme a Torin. La donna decise di non pensare troppo alla possibilità di fuggire. Se non altro, credeva che Bianca sarebbe andata a cercarla se necessario. Aedine forse non capiva molto di ciò che stava succedendo, ma sapeva che la bionda era un'umana come lei.

*Ripongo la mia fiducia in Bianca,* rise in silenzio tra sé e sé.

# CAPITOLO QUATTORDICI

E ra rimasta al suo fianco.

Torin aprì gli occhi, beandosi della vista di Aedine, e per la prima volta da quando si erano teletrasportati sulla spiaggia si sentì in pace. Era quasi impazzito quando era sparita, e, accecato dalla furia, aveva ucciso più Domnua di sempre. Ne aveva certamente sofferto le conseguenze, tuttavia in quel momento credeva di averla persa. Nulla al mondo gli era parso magnifico come Aedine che correva lungo la spiaggia con i capelli rosso fuoco svolazzanti e un'espressione decisa sul viso. Sì, la sua amata era davvero una donna agguerrita ed era stato un piacere vederla combattere. Torin non si era reso conto davvero di quanto fosse importante per lui finché non aveva visto con quanta maestria si era abbassata per evitare i colpi dei Domnua. Era un fatto certo come il sole che sorge a est: Aedine era una compagna degna di lui. Adesso avrebbe soltanto dovuto convincerla che la meritava, e probabilmente sarebbe stata una battaglia molto più dura di quella che aveva appena affrontato.

Una scia di fuliggine le macchiava una guancia diafana e non indossava più la camicia di flanella che aveva sulla spiaggia. Era in piedi davanti a lui con dei jeans sporchi e un reggiseno semplice, piena di tagli e sporca. Perché nessuno si era occupato delle sue ferite? Torin si risollevò un altro po' sul letto in modo da appoggiare la schiena ai cuscini.

"Ti hanno ferita," osservò con voce roca. Aveva la gola in fiamme a causa dell'inalazione del fumo e bevve avidamente dal bicchiere d'acqua arricchita con della magia arcana che lenì subito il bruciore.

"Non mi fa tanto male," disse lei. La donna abbassò lo sguardo sul proprio fianco e Torin notò il momento esatto in cui si accorse di essere stata vestita in quel modo davanti alla regina. Soppresse un sorriso quando lei arrossì leggermente e si chiese se avesse quell'aspetto anche la mattina dopo una sera passata a fare l'amore. L'avrebbe saputo se fosse rimasto con lei quella volta.

La porta si aprì dietro di loro e Aedine trasalì, voltandosi. Un gruppo di guardie entrò portando dei vassoi pieni di cibo, due grandi vasche e dei tessuti che Torin immaginò fossero degli abiti puliti. Una volta sistemato il tutto, gli lanciarono un'occhiata e lui sorrise per ringraziarli.

"Wow, questo sì che è comodo, vero?" Aedine si avvicinò al tavolo e sollevò il coperchio di un piatto, annusando il cibo che conteneva. Non credeva che si sarebbe mai abituata a essere servita e riverita.

"Ha i propri vantaggi... Mi aiuteresti ad alzarmi?" Torin, forse, ci sarebbe riuscito da solo, tuttavia non gli dispiaceva avere Aedine accanto. La donna lo raggiunse immediatamente e lasciò che le cingesse le spalle con un braccio. Torin si alzò e si sorprese quando un lieve capogiro gli rese difficile mantenere l'equilibrio. Forse la magia arcana di Donal era più forte di quanto immaginasse.

"Attento..." disse Aedine.

"Mi piacerebbe fare un bagno, se non ti dispiace. A quanto pare, servirebbe anche a te, dopodiché potrò occuparmi delle tue ferite."

"In realtà sono solo dei lividi e qualche graffio," lo corresse lei cingendogli la vita con un braccio, mentre l'atmosfera tra loro si faceva elettrica. Riusciva a percepire anche lei quella sensazione di calore? Arrivarono lentamente alla prima vasca di rame e Aedine sollevò lo sguardo verso di lui, preoccupata.

"Riuscirai a entrarci? Questa vasca è alta quasi quanto me, non so se riesco ad aiutarti."

"Sì, dovrei farcela. Mi potresti dare una mano con i vestiti?"

Aedine impallidì guardando prima la vasca e poi lui e la sua bella bocca rosa si spalancò.

"Ehm... vuoi che ti spogli?"

"Mi hai già visto nudo, Aedine. Non credevo che queste cose ti mettessero in imbarazzo." Torin le rivolse un sorrisetto compiaciuto e lei sollevò il mento.

"Infatti non è così. A dire il vero, noi artisti ci cambiamo sempre davanti agli altri. Mi hai preso alla sprovvista, tutto qui." Aedine gli sbottonò rapidamente i pantaloni e li abbassò lungo le gambe, evitando di posare lo sguardo sulle sue parti intime, poi gli tolse ciò che rimaneva della sua camicia strappandola in piccole striscioline di tessuto. Pensare a lei che si spogliava davanti ad altri uomini fece ingelosire Torin. Aedine aspettò pazientemente, fissando il soffitto, mentre lui stringeva le dita intorno ai bordi della vasca. L'uomo si immerse lentamente nell'acqua bollente e profumata di eucalipto e lavanda. Appoggiò la schiena alla vasca gemendo e i suoi muscoli esausti si rilassarono immediatamente.

"È un gemito positivo o negativo?" gli chiese Aedine continuando a guardare altrove e Torin rise.

"Se dicessi che è negativo, mi faresti passare il dolore con dei massaggi?" le domandò, felice di notare che aveva stretto gli occhi in preda all'irritazione.

"Forse mi limiterei a spingerti la testa sott'acqua e ti lascerei affogare," ribatté la donna.

"Ehi, Aedine, non è molto carino da parte tua dire queste cose. Sono ferito, sai?" Torin fece schioccare la lingua.

"Penso che tu ti senta molto meglio di quanto vuoi farmi credere."

"Perché non entri anche tu? Sembra che abbiano portato degli asciugamani e degli abiti puliti," disse Torin appoggiando nuovamente la testa al bordo della vasca e abbandonandosi alle sensazioni estremamente piacevoli che il bagno gli provocava.

"Vuoi che faccia il bagno insieme a te?" strillò Aedine.

Torin aprì un occhio e vide che lo stava fissando a bocca aperta.

"Sarei più che felice di averti nella mia vasca, amore mio, ma ce n'è un'altra proprio lì."

"Oh, hai ragione..." Aedine arrossì, facendo ridere Torin. Quindi stava avendo dei pensieri simili ai suoi... Aedine attraversò la stanza, afferrò una pila alta di asciugamani e ne appoggiò due sul bordo della vasca di Torin evitando di guardarlo, poi gli diede le spalle e si spogliò velocemente. Un'ondata di desiderio si diffuse nel sangue e in altre parti del corpo dell'uomo, grato che l'acqua nascondesse la sua reazione evidente ai muscoli della schiena della donna e al suo sedere alto e sodo. Si morse il labbro e strinse forte i bordi della vasca, cercando di resistere all'impulso di alzarsi e prenderla tra le braccia. No, Aedine aveva bisogno di un po' di tempo per sé e di certo non della forza bruta, quindi chiuse gli occhi mentre lei si sistemava nella sua vasca.

"Puoi aprirli adesso," disse Aedine al di sopra del rumore dell'acqua. "Grazie per aver rispettato la mia privacy."

"Ma certo," rispose Torin. Riusciva a malapena a vedere la testa della donna oltre il bordo delle loro vasche. "Per quanto sia strano, dal momento che siamo stati a letto insieme."

Il rossore che amava così tanto si dipinse sul viso di Aedine e Torin sorrise.

"È successo nel passato. Adesso siamo nel presente," disse Aedine abbassando la testa mentre si puliva con un panno. Torin desiderava farlo al suo posto, era una tortura esserle così vicino e non poterla toccare. Distolse lo sguardo dalla donna e lo posò sul soffitto di marmo: lì era appeso un lampadario luminoso dai bracci a forma di rami verdi che si intrecciavano in una sorta di cesto boschivo. Il bagno riuscì a calmare il suo dolore e dopo un po' si sentì persino rinfrescato.

"È sempre così qui? Vi fate il bagno sotto lampadari e soffitti che ricordano i boschi?" gli domandò Aedine spezzando il silenzio che era calato su di loro.

"No. I consiglieri reali godono di alloggi più sfarzosi, tuttavia questa è l'ala in cui vive il principe."

"E tu, invece?" gli chiese Aedine, e Torin si voltò verso di lei.

"Vivo in un'ala piccola del palazzo, un po' come un appartamento nel vostro mondo. È formato da poche stanze: alcune per dormire, una per mangiare, una per lavorare e altre ancora per altri scopi."

"Per esempio...?" continuò lei. Torin la fissò, lasciando che l'atmosfera si facesse sempre più tesa e lei capisse cosa intendesse, nel frattempo le sorrise lentamente.

"Scopi piacevoli," rispose.

"Non riesco a immaginare come sarebbe avere così tanto spazio a disposizione." Aedine cambiò rapidamente argomento giocando un po' con l'acqua. "Sembra un posto molto lussuoso, a dire il vero, non sono sicura che mi piacerebbe, ma adesso, dopo gli ultimi due giorni, è davvero confortevole."

"Com'è stata la tua infanzia? Vivevi in una stanza piccola?" le chiese Torin e Aedine lo guardò perplessa, dopodiché sollevò una mano, si raccolse i riccioli bagnati in uno chignon disordinato e tornò a guardare il soffitto.

"No, la mia famiglia possiede una casa piccola. Siamo cresciute in campagna, quindi avevamo più spazio fuori. In ogni caso, noi sette ragazze più i nostri genitori stavamo stretti. Ero abituata a condividere tutto ciò che possedevo e a non avere nemmeno un momento da sola a meno che non vagassi per i campi o giocassi nel vecchio fienile," sospirò la donna. "Non avevamo molto. Beh, vale lo stesso per il presente, però quello che ho è mio e di nessun altro."

"Ah, ecco perché Betty Blue è così importante per te,"

disse Torin, osservando attentamente le emozioni che si alternavano sul suo volto espressivo. "Non è solo la tua casa. Ti dà anche la possibilità di aver controllo sul tuo spazio."

"Esatto. Non riesco a dirti quanto sia difficile conoscere se stessi quando ogni momento di solitudine viene interrotto. Dove si trova il tempo di leggere, o cantare, o sognare a occhi aperti? Riuscivo a malapena ad avere un po' di privacy in bagno prima che una delle mie sorelle vi entrasse prepotentemente e iniziasse a blaterare su questo o quell'altro argomento."

"I tuoi famigliari sono uniti, allora?" le domandò Torin.

"No. Non viviamo lontani, ma non siamo uniti. Io... Beh, forse non dovrei dirlo. Le mie sorelle hanno un rapporto stretto tra di loro, io invece no. Non sono adatta a quel gruppo, capisci?" Aedine gli rivolse un sorriso triste e a Torin venne voglia di andare da lei e coccolarla per calmare il dolore che vedeva sul suo viso. "È sempre stato così. Credo che abbiano tirato un sospiro di sollievo quando me ne sono andata per la mia strada. Mio padre l'ha fatto di certo, così c'era una bocca in meno da sfamare."

"Parli ancora con loro? O vai a trovarli?"

"Sì. Immagino per il senso di colpa. I miei genitori stanno invecchiando e sono le mie sorelle a farsene carico. Adesso ho anche dei nipoti. Non li vedo spesso come dovrei, ma quella casa non è un posto felice per me, non lo è mai stata. È difficile tornare lì. Quando lo faccio, mi sento come... come se fossi su un palco."

"In che senso? Come se ballassi?"

"No," rise la donna scuotendo la testa. "Come se stessi recitando la parte che vogliono darmi e nessuno mi vedesse mai per quella che sono davvero."

"Io ti vedo, Aedine," disse Torin senza nemmeno pensarci e la verità rimase sospesa tra loro. Lei abbassò la testa e chiuse gli occhi, ma lui insistette. "Ti ho vista nei nostri sogni condivisi. Ho camminato al tuo fianco, danzato con te, fatto l'amore con te, e ti vedo. Sei il lampo che illumina le notti più buie. Sei focosa, forte e bella in modo devastante. È un onore per me averti incontrata e mi dispiace che la tua famiglia non riesca a vederti sotto questa luce."

"Torin," mormorò Aedine senza fiato. "Non so come comportarmi con te."

"Balla per me," disse lui senza pensarci, guardandola spalancare la bocca.

"Cosa?! Adesso?"

"Beh, sicuro e certo sarei al settimo cielo se ballassi nuda per me e ti sosterrei con tutto il cuore, però no. L'acqua si sta raffreddando e voglio tornare a letto. Allora, Aedine, danzerai per me? Mi mostrerai quella che sei?"

"Forse. Credo che prima dovremmo mangiare," rispose lei agitando un dito. "Chiudi gli occhi."

Si asciugarono e si vestirono, lui indossando dei pantaloni larghi di cotone e una camicia, lei una tunica semplice del colore di un mirtillo succoso, e si ingozzarono con il cibo portato dalle guardie. Torin parlò di argomenti leggeri, rispondendo alle infinite domande della donna sul regno dei Fae e chiedendole a sua volta del mondo degli umani. Non voleva vedere quell'ombra di tristezza dietro i suoi occhi quando parlava della sua famiglia, quindi l'ascoltò mentre gli raccontava di come essere indipendente le avesse migliorato la vita. Torin si rese conto di quanto la libertà fosse importante per lei, forse era uno dei motivi per cui era così riluttante ad accettarlo.

L'uomo si contorse sulla sedia strofinandosi un punto sotto il cuore che gli faceva male. Benché Callum l'avesse guarito dagli incantesimi oscuri che Donal aveva usato su di lui, un nuovo dolore lo stava turbando. Se avesse dovuto indovinare, non gli restava ancora molto tempo. Aveva aspettato troppo a lungo, evitando Aedine stupidamente, e adesso la magia arcana che entrava in gioco quando il proprio compagno predestinato non rispondeva al richiamo, stava iniziando a far sentire i suoi subdoli effetti. Una volta che sua sorella ne aveva avvertito le conseguenze fisiche, era stata una questione di poche settimane prima che vi soccombesse. Se fosse successo anche a Torin, presto avrebbe dovuto fare una scelta: rifiutare il richiamo, perdere Aedine e la maggior parte dei suoi poteri, diventando quindi inutile per i Fae reali e cambiando per sempre il proprio ruolo nel regno dei Danula, oppure rinunciare alla propria vita per amore. Non gradiva nessuna delle due alternative e cercò di non pensare a quel dolore sordo, concentrandosi invece sulla donna che aveva davanti.

"Vuoi davvero che balli per te, Torin?" gli domandò Aedine, sembrava stranamente timida.

"Non c'è niente in questo mondo che mi renderebbe più felice. Prima, però, vorrei sistemarmi meglio." Torin fece un cenno verso il letto e Aedine lo raggiunse offrendogli il braccio. Lui lo accettò nuovamente solo per starle accanto e si fece condurre verso il letto, poi, dopo essersi accomodato con la schiena poggiata a una pila di cuscini, le sorrise.

"Quale canzone vuoi?" domandò Torin.

"C'è della musica qui?" Aedine si voltò cercando degli altoparlanti.

"Devi solo chiederlo e suonerà per te."

"Beh, non è conveniente? Vorrei ballare sulle note di 'La Vie en Rose'."

Le note di una melodia che Torin non conosceva iniziarono a risuonare nell'aria, dolci e romantiche, con un ritmo cadenzato. Aedine sollevò le braccia sopra la testa curvando leggermente il corpo e muovendo le gambe in un certo modo. La guardò rapito mentre si lasciava andare alla musica, incarnando la canzone, come se non ci fosse alcun confine tra le note e i suoi passi di danza. Erano la stessa cosa, e Aedine divenne una magia a sé volteggiando per la stanza, piegandosi e abbassandosi, inarcando un po' la schiena, saltando con le gambe divaricate e roteando leggermente con fare malizioso. Era una farfalla in movimento, non si poteva negare che fosse radiosa, e il cuore di Torin si gonfiò nel vederla abbandonarsi a ciò che amava. L'uomo applaudì quando lei concluse con una spaccata sul pavimento, le braccia sollevate verso l'alto e il capo reclinato all'indietro in modo che i capelli le ricadessero sulla schiena.

"Magnifica! Mia bella fata, mi togli il fiato." Torin le afferrò la mano senza pensarci mentre lei camminava verso il letto, attirandola velocemente a sé. La donna cadde al suo fianco con lo sguardo acceso per l'eccitazione e il fiato corto per lo sforzo.

"Torin..." sussurrò Aedine.

"Ti desidero con la stessa disperazione che spinge un colibrì a battere le ali migliaia di volte solo per un assaggio del dolce nettare di un fiore," disse sporgendosi verso di lei.

"Non permetterai a quest'uomo sofferente di assaporarti soltanto un po'?"

"Stai ancora male?" gli domandò Aedine sollevandosi su un cuscino e guardandolo preoccupata.

"Sì." Torin fece un cenno triste del capo. "Tuttavia, un bacio ristorerebbe gran parte della mia energia."

"C'è qualcosa sotto," disse Aedine. Strinse gli occhi osservandolo e lui assunse un'espressione da cucciolo che la fece sorridere per alcuni secondi. "Oh, sei impossibile. Ti darò un bacio, Torin, ma solo per aiutarti a guarire."

"Un bacio è una grazia per il mio povero animo..." disse l'uomo, e si rallegrò quando Aedine si chinò su di lui facendo la prima mossa. Le loro labbra si incontrarono esitando e Torin rimase immobile, permettendole di esplorare la sua bocca. Il dolore sordo sotto il cuore si alleviò, confermando i suoi sospetti, e si mosse leggermente, baciandola in modo possessivo e ardente, ebbro del suo sapore, esigendo di più. Quando Aedine gemette nella sua bocca, schiudendo ulteriormente le labbra, l'uomo lasciò che le loro lingue si intrecciassero danzando dolcemente l'una contro l'altra, e assaporò quel momento come se fosse un bicchiere di delicato vino fatato. Un'ondata di calore si diffuse dentro Torin e si contorse, attirandola ancora più vicina a sé, al punto che era distesa sopra di lui. Il corpo minuto della donna si incastrava perfettamente con il suo. Aedine trasalì nel sentire la prova della sua eccitazione e si ritrasse. Aveva le labbra umide per i baci e gli occhi appannati dal desiderio. Gli ci volle uno sforzo incredibile per non spingerla oltre, ma Torin vide la confusione che si celava dietro quell'espressione di bisogno. Non era pronta. Un giorno, presto, avrebbe superato i muri nel suo cuore, però non era ancora arrivato a quel punto.

Sperava solo di avere abbastanza tempo.

La fece sistemare nell'incavo del suo braccio, trascinando una coperta leggera come una piuma sopra i loro corpi e lasciando che calasse il silenzio. Non era necessario che si dicessero altro. Le parole avrebbero rovinato il fragile filo di emozioni sospeso tra loro. Le luci si affievolirono nella stanza della torre e Torin si abbandonò al sonno, sentendosi soddisfatto con lei accoccolata tra le sue braccia.

# CAPITOLO QUINDICI

La mattina dopo, Aedine si era già allenata per un'ora quando Torin aprì gli occhi e le porte si spalancarono, lasciando entrare diverse guardie con vassoi di cibo. Forse si stava davvero riprendendo dalle ferite, pensò la donna guardandolo fare una smorfia di dolore mentre si strofinava il petto con una mano.

"Stai male?" Aedine raggiunse il letto.

"Va tutto bene. Come potrebbe essere altrimenti, con te accanto?" Torin afferrò la sua mano e le sfiorò il palmo con le labbra, baciandolo appena e facendola eccitare un po'. Aedine si ritrasse e lanciò un'occhiata alle guardie che disponevano il cibo sul tavolo.

"Non sto interrompendo niente, vero?"

Aedine si voltò. Bianca indossava una splendida tunica bordeaux e dei pantaloni e le sorrideva dalla soglia.

"Bianca!" Aedine attraversò di corsa la stanza e l'abbracciò, dondolando avanti e indietro. L'altra donna si ritrasse e osservò il suo viso per un istante.

"Sembra che tu stia abbastanza bene," disse Bianca, poi guardò dietro di lei. "E lui?"

"Ne sta sicuramente approfittando." Aedine alzò la voce per farsi sentire da Torin, che si sdraiò sui cuscini e si portò una mano alla testa fingendo di soffrire. "Vedi? È come tutti gli uomini, quando sta male fa il melodrammatico."

"Beh, caro, allora dovresti rimetterti in forze, perché dobbiamo tornare a Grace's Cove," disse Bianca, e un'ombra di paura si irradiò dentro Aedine. Si stava godendo quella piccola oasi di pace, benché avesse una voglia tremenda di uscire ed esplorare i dintorni. Restare chiusa in una stanza senza niente da fare che non fosse dormire o fare ginnastica era sufficiente a farla sentire inquieta.

"È successo qualcosa?" chiese Aedine sedendosi sul letto vicino a Torin.

"Non ancora. Sembra che ci sia una sorta di stasi, ma non possiamo fare molto per i Fae del fuoco in questo regno. Faremmo meglio a tornare per capire come comportarci, e forse questa volta potremo essere proattivi."

"Sono pronto a partire immediatamente," disse Torin sedendosi.

"Prima faremo colazione, poi ce ne andremo. Seamus ci raggiungerà qui, le guardie ci accompagneranno al portale e torneremo a Grace's Cove."

"Sappiamo qualcosa di Gracie? Del suo cane?" chiese Aedine a Bianca. Nessuno le aveva dato notizie e sperava che i Domnua non l'avessero punita per il suo coraggio.

"Sta benissimo, come l'erba dopo l'acqua caduta dal cielo. Rosie è allegra come sempre. Il marito di Gracie,

Dylan, è un po' seccato perché si è perso tutta l'azione, ma per il resto è tutto a posto."

"Quindi è fatta? Aspettiamo semplicemente che i Fae del fuoco facciano qualcosa? O che i cattivi attacchino? Non sembra..." Aedine guardò entrambi. "Solo io penso che non sia la cosa più intelligente da fare?"

"In teoria potrei organizzare un incontro con il capo dei Fae del fuoco per decidere cosa fare. Finora i Domnua mi hanno impedito di farlo e più a lungo resterò lontano da loro, più la mia fazione crederà alle bugie dei Fae oscuri," spiegò Torin. Aveva i capelli in disordine, ritti sulla testa, e Aedine resistette a malapena all'impulso di raggiungerlo e infilare le dita tra le sue ciocche.

L'aveva visitata in sogno la notte precedente. Era stato come i sogni che lo riguardavano negli ultimi mesi, ma ora quell'esperienza era decisamente migliorata, dato che lui era vicino e la donna sentiva di nuovo il suo sapore sulle labbra. Aedine ricordava vagamente di essersi svegliata a un certo punto, gemendo per il piacere mentre nel sogno Torin spingeva dentro di lei più e più volte. Quando aveva aperto gli occhi, con la pelle surriscaldata per l'imbarazzo e per il desiderio, lo vide dormire tranquillo al suo fianco, con una mano che le cingeva pigramente la vita. Adesso, nella brillante luce del mattino, si chiese se lui avesse sognato la stessa cosa. Era così che funzionava? Riuscivano a stare insieme in sogno grazie alla magia arcana dei Fae? Avrebbe dovuto chiederlo a Bianca lontano da orecchie indiscrete.

Oggi si sentiva come se il loro rapporto fosse diventato più forte. Prima, ad esempio, Aedine aveva avvertito la loro intesa, mentre ora riusciva a percepire in modo ancora più immediato dove lui si trovasse nella stanza persino quando gli dava le spalle. Era come se un filo invisibile li legasse, e la donna si chiese se il bacio che si erano scambiati la sera precedente avesse significato qualcosa di più nel regno dei Fae di quanto lei pensasse. Detestava non capire le regole, la faceva agitare ancora di più, tanto che quasi saltava per la stanza aspettando che qualcuno le dicesse quando avrebbero dovuto partire. Si sentiva troppo irrequieta per mangiare e giocherellava con i capelli in modo ossessivo. Non amava sentirsi in trappola, e tanto meno apprezzava quel temporeggiare.

"Pronti?" chiese Bianca dalla soglia, dove stava parlando sottovoce con Seamus. Torin aveva fatto una colazione abbondante, ma sembrava muoversi ancora un po' lentamente, forse era solo un po' assonnato. Si rese conto di non sapere se lui fosse una persona mattiniera oppure no, e si ripeté che anche per quel motivo non avrebbe dovuto provare nulla per un uomo che non conosceva più di tanto. Era possibile innamorarsi di qualcuno in un minuto? In un giorno? In una settimana? Qual era la tempistica dell'amore? Tutto ciò era incredibilmente surreale, come se stesse per svegliarsi da un sogno prima di dirigersi verso il luogo della sua prossima esibizione a bordo della fidata Betty Blue.

Pensare alla sua carriera la rese di nuovo triste, se non altro immaginava che le sue sorelle avessero cercato di contattarla. Sapeva che Mary ascoltava religiosamente la radio mentre preparava da mangiare.

"Aedine?" la chiamò Bianca, riportandola bruscamente alla realtà.

"Sì, scusa. Andiamo."

Le speranze di Aedine di lasciare il castello si infransero quando attraversarono una serie di corridoi tortuosi finché non perse il senso dell'orientamento. Non sarebbe mai riuscita a trovare la strada del ritorno da sola. Era stato progettato in quella maniera per impedire agli intrusi di muoversi senza difficoltà nell'edificio? Se sì, come facevano le guardie a ricordare dove stavano andando? Aedine era completamente confusa quando raggiunsero un'altra porta senza maniglia.

Una volta che Torin ebbe aperto la porta con la stessa magia arcana usata dalla regina, il gruppo attraversò frettolosamente un tunnel roccioso fino a un falò che Aedine aveva ormai capito fosse un portale. Quel fuoco bruciava costantemente, oppure era stato acceso perché doveva essere utilizzato come portale quel giorno? Aveva così tante domande da fare, ma non era quello il momento giusto. Aedine si costrinse a respirare malgrado la paura innata che accompagnava l'entrare nel fuoco e seguì gli altri tra le fiamme.

L'aria salmastra la colpì dall'altra parte del portale e Aedine inspirò profondamente come se si stesse scolando una pinta di birra, gustando il sapore dell'Irlanda, di casa. La calmava in modi che non riusciva a spiegare. Sentiva di essere nel posto giusto, e avere nuovamente un minimo di controllo sulle proprie azioni aiutava a ridurre la sua ansia. Torin la raggiunse mentre camminavano sulla spiaggia della baia, e avanzarono fianco a fianco. Nessuno avrebbe mai detto che lì si era svolta una battaglia solo il giorno prima, pensò Aedine osservando la sabbia cristallina. Due gabbiani si contendevano un pesciolino, altri tre garrivano nel cielo. L'acqua lambiva dolcemente la riva e le alte scogliere circondavano la spiaggia come se stessero abbracciando l'acqua. Si sentì abbaiare dall'alto e Aedine alzò la testa: Rosie stava correndo lungo il crinale.

"Possiamo salire?" chiese a Torin. "Vorrei vedere Rosie."

"Certo, però dovremo camminare. Voglio limitare l'uso della magia arcana per non creare troppi squilibri nell'universo."

"Cosa diavolo vuol dire?" domandò la donna, poi si fermò e prese Torin per mano senza pensarci. La sua pelle era calda e ruvida, e un'ondata di piacere si irradiò dentro di lei. "Guarda!"

L'acqua della baia emanava una brillante luce azzurra proprio com'era successo la prima volta che era stata lì e Aedine rimase nuovamente sconvolta per tutte le caratteristiche di quel mondo che non riusciva affatto a capire. Bianca si voltò con un sorriso zuccheroso sulle labbra e le lanciò un'occhiata maliziosa. Cosa le era preso?

"Sicuro e certo, la cala è incantevole, vero?" Torin sorrise e allontanò una ciocca di capelli dal viso di Aedine. Prima ancora che lei potesse indietreggiare, l'uomo si chinò e la baciò leggermente sulle labbra, facendo battere all'impazzata il suo cuore. "Ti ho sognata la scorsa notte."

"Aspetta..." esclamò Aedine. Torin si era già avviato verso il sentiero. "Cosa... Era per caso..." Era distratta dalla luce nell'acqua e corse dietro il gruppo, non voleva essere lasciata indietro. Le venne la pelle d'oca nel ricordare il sogno e non era sicura di poterne parlare con lui alla luce del giorno.

Torin si voltò alla base della scogliera. Il vento gli spettinava i capelli dorati e la fissava intensamente. Un'espressione sorniona si dipinse sul suo bel viso facendola sciogliere, e per poco Aedine non mugolò per il desiderio.

Torin si sporse su di lei sfiorando la pelle sensibile del suo orecchio con le labbra.

"Stamattina sento ancora il sapore della tua bocca. Mi è piaciuta la notte che abbiamo passato insieme. Grazie per avermi fatto compagnia in sogno, è la cosa più bella dopo lo stare con te."

"Oh..." sussurrò Aedine, e sentì il cuore fremerle nel petto. "Quindi... abbiamo fatto lo stesso..."

"Sì, mia splendida e deliziosa Aedine. Ti ho fatto compagnia in sogno." Torin le mordicchiò la pelle del collo facendola rabbrividire e Aedine deglutì. E va bene, i suoi sogni dopotutto non erano così privati, quindi per tutto quel tempo... avevano sognato insieme? Scosse la testa per schiarirsi le idee e si incamminò sul sentiero, seguita da Torin.

"Vuoi dire che in questi mesi quando ti sognavo... eri davvero tu? Facevamo... *quella cosa* in sogno?" Aedine cercò le parole giuste, ma non le importava di essere articolata. Si rese conto di sapere molto di più su quell'uomo di quanto immaginasse.

"Sì, stavamo facendo *quella cosa* nei nostri sogni condivisi." Torin si lasciò andare a una risata bassa che la fece eccitare.

"Però non abbiamo fatto davvero... *quella cosa*... nei nostri sogni."

"Sesso," esclamò Bianca da alcuni metri più avanti. "Si chiama 'sesso', ragazzi. Potete usare quella parola, siamo tutti adulti qui."

"Perfetto, davvero perfetto," disse Aedine a denti stretti arrossendo violentemente.

"È un passatempo stimolante, vero, amore mio?"

Seamus afferrò la mano della moglie e la riempì di baci finché lei non scoppiò a ridere, poi la spinse davanti a sé e si voltò sorridendo. "Terrò occupata quest'impicciona."

"Non sono impicciona, però ho gli occhi. Cosa c'è, dovrei fingere di non vedere che si fanno gli occhi dolci?" brontolò Bianca.

"Potresti essere più delicata..." Seamus diede un colpetto scherzoso sulla schiena di Bianca facendola andare avanti.

"Purtroppo non mi è stato concesso quel dono, come sai bene." Le loro voci si affievolirono man mano che si allontanavano, Aedine nel frattempo cercava di ricordare tutte le volte in cui aveva sognato Torin. Certo, aveva fatto molti sogni erotici incentrati su di lui, ma anche di altro tipo, che la facevano svegliare con le lacrime agli occhi e una lieve e dolorosa nostalgia nell'animo. Avevano camminato insieme lungo prati fatati, pieni di fiori che dondolavano nel vento e fatine che saltavano di petalo in petalo. Avevano nuotato con le sirene, circondati da bolle effervescenti e dall'acqua fresca che scivolava sulla loro pelle. Aedine aveva scoperto che Torin era un uomo orgoglioso e allo stesso tempo gentile, che adorava passare da un'attività all'altra proprio come lei. Girovagava spesso, desideroso di fare nuove esperienze, esplorando i loro regni. Avevano danzato insieme così tante volte, mostrandogli le sue nuove routine di ballo oppure una seducente coreografia di salsa in night club semibui in Spagna. Avevano riso di alcuni artisti di strada e Torin l'aveva sorpresa mostrandole le sue abilità di giocoliere.

Avevano pianto insieme guardando film e si erano letti a vicenda brani di libri rilassandosi su un telo steso sull'erba bagnata di rugiada. Aveva un certo talento per la comicità e amava le storie o i film che lo facevano ridere, eppure allo stesso tempo non temeva di lasciarsi sfuggire una lacrima se una melodia struggente lo commuoveva. Il Torin dei suoi sogni era volubile, intelligente e innamorato della vita, e Aedine faceva fatica a conciliarlo con l'uomo che oggi aveva davanti.

Non era affatto perfetto, ma del resto chi lo era davvero? Aedine continuò a percorrere il sentiero mordicchiandosi il labbro inferiore mentre rifletteva su ciò che aveva appena scoperto. Il Torin dei suoi sogni era come l'inizio di una relazione, quando tutto sembra perfetto e privo di difetti. In quel periodo non si mostra mai il proprio vero volto, si è solo un'idea, una versione abbellita di sé stessi, come un vaso antico girato verso il muro per nascondere una scheggiatura. Quel Torin non l'avrebbe mai abbandonata dopo aver fatto l'amore, né lasciata sola ad affrontare il suo nuovo potere.

L'aveva fatto davvero, però?

Aedine si bloccò. Torin per poco non urtò contro di lei e le afferrò le spalle.

"Stai bene?"

"Ehm... sì, sto solo pensando." Aedine aveva la mente nel caos per il tentativo di conciliare quelle riflessioni con ciò che provava.

"Posso aiutarti?"

"Forse. Ho bisogno di un momento."

Continuarono a camminare lungo il viottolo e Aedine nel frattempo rimuginava su ciò che la stava turbando. Il Torin dei suoi sogni le aveva mostrato come usare il fuoco. Gliel'aveva insegnato. Si erano esercitati a lungo e lei aveva continuato a farlo anche da sveglia. Non l'aveva mai lasciata. Torin l'aveva corteggiata nei suoi sogni per tutti quei mesi, guidandola nel mondo della magia arcana, benché lei non la capisse appieno. Non l'aveva mai abbandonata, dopotutto, il che probabilmente spiegava come fosse riuscita a diventare così sicura nell'uso del suo nuovo potere in pochissimo tempo. Certo, continuava a nutrire dei dubbi quando era sola durante il giorno, spesso chiedendosi se stesse impazzendo. Era il suo piccolo segreto: poteva condividerlo solo con Torin di notte, nei suoi sogni.

Quell'uomo le aveva dato un dono e lei l'aveva trattato male dal momento in cui era riapparso al suo fianco. Certo, gli ultimi giorni erano stati abbastanza caotici, quindi chi avrebbe potuto biasimarla per quelle reazioni così contrastanti? Stava imparando in fretta le caratteristiche del mondo dei Fae, ma ciò non voleva dire che Torin non avesse cercato di aiutarla per tutto il tempo.

"Non mi hai mai abbandonata, vero?" Aedine si fermò in cima alla scogliera e si voltò a guardare Torin dall'alto. Per una volta era più in basso di lei e sollevò la testa per guardarla negli occhi. "Sei sempre stato con me in tutti quei sogni. Agli appuntamenti. Ballando con me. Durante le nostre lunghe passeggiate. Eri davvero tu, o mi sbaglio? So che odi bagnarti, eppure nuoti con me. So che leggi davvero velocemente, però non ti piace ascoltare dei discorsi lunghi. So che ami danzare, ma preferisci camminare piuttosto che correre. È vero?"

"Aedine, cuore mio..." Torin le prese la mano e la premette contro il suo petto. "Non ti ho mai abbandonata. Non sono perfetto. Ho provato a farlo. Desideravo dimenticarti, tuttavia non ero pronto, capisci? Non potevo semplicemente *lasciarti*. Ti facevo visita di notte perché non volevo che ti sentissi spaventata o sola. Cercavo di capire perché ti avevo reclamata e il significato del nostro legame, e nel frattempo volevo che sentissi di avere qualcuno con te."

"Non ne ho bisogno." Aedine scosse la testa. "Le persone come me non hanno paura di stare da sole, ma di sentirsi abbandonate. Nessuno ha mai scelto me, capisci? Non davvero. Nessuno ha mai messo me al primo posto, né la mia famiglia, né i miei amici, né gli uomini con cui sono andata a letto. Sono sempre stata un errore. La donna selvaggia. La pecora nera. L'artista. L'anima della festa. Oppure... un peso. Ma è solo una messinscena, capito? Vorrei... Vorrei aver capito prima che non mi hai abbando-nata davvero. Avrebbe reso tutto più semplice."

"E per questo mi scuserò con te per il resto della mia vita, Aedine. Sono stati i miei errori a spingermi a fare delle scelte sbagliate. Avrei dovuto venire da te prima, tuttavia in qualche modo ero bloccato. Riuscivo a trovarti così facil-mente nei miei sogni, però non durante il giorno. Era come se il segnale fosse spento."

Aedine sollevò lo sguardo verso l'orizzonte, dove delle grandi nuvole sovrastavano l'acqua cristallina.

"Perché non ti ho reclamato?" gli chiese.

"Forse. Non saprei dirtelo. La magia arcana dei Fae è complessa persino nei giorni buoni."

"Però hai continuato a cercarmi?" Riprese a guardarlo negli occhi.

"Sì. Non all'inizio. Non volevo accettare la fine delle mie avventure con le donne. Vedi... l'idea di avere una compagna era come se... beh, come se mi stessero mettendo in gabbia, e non è una sensazione positiva. Non mi ero reso conto che trovare la mia compagna predestinata in realtà mi avrebbe dato la libertà che ho sempre bramato."

A Aedine venne da piangere nel sentire le parole di Torin. Si rivedeva molto in ciò che aveva detto, e aveva espresso le proprie emozioni contrastanti sulle relazioni alla perfezione. Era vero? Ci poteva essere libertà nel trovare l'amore e avere qualcuno al proprio fianco? Aveva fatto compromessi per tutta la vita fino a un certo punto e adesso si chiedeva come sarebbe stato condividere il proprio futuro con un'altra persona. Gli altri dicevano sempre che, una volta trovato l'amore, era tutto rose e fiori, ma Aedine non ci aveva mai creduto. Una vera relazione riguardava l'equilibrio, la fiducia e parecchi compromessi. Come sarebbe stato avere un rapporto del genere con Torin?

Un cane abbaiò rumorosamente riportandola bruscamente alla realtà e la donna si voltò: Rosie stava correndo nel prato con le orecchie al vento. Aedine si inginocchiò sull'erba mentre Torin raggiungeva la sommità della scogliera. La cagnolina le leccò il viso riempiendola di saliva e Aedine ridacchiò.

"Rosie! Che schifo!"

L'animale cadde ai suoi piedi sdraiandosi sulla schiena e scodinzolando allegramente e Aedine le accarezzò il ventre. Nonostante tutto, un enorme sorriso si allargò sulle labbra della donna.

"Ti vuole bene."

Aedine sollevò lo sguardo: Gracie era in piedi di fronte a lei con un uomo incredibilmente attraente al suo fianco. Aveva l'aspetto di una persona abituata a essere ricca, tuttavia i suoi jeans comodi e gli stivali sporchi sembravano quelli di un lavoratore qualunque.

"E io voglio bene a lei. Non ho mai avuto un cane da piccola. Mio padre diceva sempre che c'erano troppe bocche da sfamare, ma amo tantissimo i cani."

"Grazie per averla salvata. Sarebbe stata la fine per me se le fosse successo qualcosa."

"Ho avuto un piccolo aiuto..." Aedine non sapeva cosa poteva dire di fronte all'uomo accanto a Gracie.

"Lui è Dylan, l'amore di molte delle mie vite. Puoi parlare liberamente con lui." Gracie si strinse tra le sue braccia.

"Io mi chiamo Aedine e lui è Torin," disse. Era ancora in ginocchio e accarezzava il pelo soffice di Rosie, che calmava le emozioni in subbuglio dentro di lei. "Sono stata aiutata... da una tua parente, credo. Si chiama Fiona..."

"Ah, sì. Non le piace essere esclusa, vero?" rise Gracie. "Sicuro e certo, siamo felici che ci abbia aiutato."

"Mi ha sollevata in aria... come se non fosse chissà cosa..." Aedine rise e Rosie saltò su per riempirla di nuovo di bava.

"Quell'incantesimo arcano non è semplice, dato che è passata a un altro regno, ma lo usa se necessario."

"I Fae sono in debito con te," intervenne Torin. Chinò il capo guardando Gracie, che ricambiò il gesto. "Se mai verrà il momento..."

"Ve lo farò sapere. Grazie. Detto ciò, hanno lasciato questo. Immagino che sia per voi..." Gracie tirò fuori una pergamena e Torin la prese prima di aprirla.

"*Banphrionsa. Quando il sole bacia l'orizzonte, è al cerchio di pietra che ci troveremo,*" lesse Torin con le mani tremanti, poi sollevò lo sguardo verso Aedine. "Credo che questo sia per te."

# CAPITOLO SEDICI

A Torin non piaceva l'idea di avere dei punti d'incontro prestabiliti, o almeno non in tempo di guerra. E sì, erano *davvero* in guerra, che la regina volesse ammetterlo apertamente oppure no. I Domnua, che si credeva fossero stati esiliati nel loro regno alcuni decenni prima, avevano segretamente pianificato la loro vendetta, a giudicare dal tradimento di Donal.

"Perché non ci vado io, invece?" chiese Bianca con le mani posate sui fianchi. Erano tornati al cottage e Aedine si era sentita subito sollevata nel vedere Betty Blue intatta. Avevano passato il pomeriggio a fare incantesimi e insegnarle le caratteristiche del regno dei Fae e soprattutto della fazione governata da Torin. Se aveva interpretato bene quel messaggio, allora probabilmente Aedine era una parte della profezia.

Torin scosse la testa rimproverandosi mentalmente mentre si strofinava delicatamente il petto; quel dolore freddo che si faceva sempre più intenso. Riusciva a sentire la magia arcana irradiarsi senza controllo nel suo corpo e si chiese quanta energia gli restasse prima che fosse costretto a fare una scelta. C'era un problema, però: adesso aveva bisogno dei propri poteri per proteggere Aedine. Le sue forze diminuivano, eppure la sua energia era ancora forte. Se avesse rinunciato al loro legame, sarebbe rimasto senza difese. Proprio come lei.

Quella situazione non gli piaceva. E ora che i Fae del fuoco stavano probabilmente reclamando Aedine come loro principessa, lei aveva ancora più bisogno di protezione. Torin non sapeva cosa fare e tornò a concentrarsi sulla conversazione.

"No, amore mio. Perché dovremmo rischiare di farli arrabbiare?" Seamus accarezzò dolcemente la nuca di Bianca.

"In quel caso sapremmo se si tratta di una trappola, vero? Mi attaccherebbero e avremmo comunque protetto Aedine."

"Mettendoti in pericolo? Non credo proprio." Aedine incrociò le braccia sul petto. Indossava dei jeans stretti, una maglia a maniche lunghe blu aderente e degli stivali resistenti. "Se quel messaggio è per me, devo andarci io." Un'espressione strana si dipinse per un attimo sul viso di Aedine, che aprì la bocca e la richiuse senza emettere alcun suono. Cosa avrebbe voluto dire?

"Ci andremo tutti," intervenne Torin e mostrò ciò che aveva creato tempo prima. "Aedine, devi indossare questa."

"Cos'è?" Aedine attraversò la stanza e lo sollevò. Era un corpetto, una sorta di cotta di maglia infusa con diversi incantesimi arcani e formata da intricati cerchi dorati uniti tra loro. Se qualcuno avesse attaccato Aedine, sarebbe stata ben protetta. Avrebbe dovuto darglielo prima, ma non si erano fermati nemmeno per un attimo da quando l'aveva ritrovata alla festa di nozze. Torin si alzò e l'aiutò a indossarlo: le andava alla perfezione e sembrava anche elegante.

"Wow, che bello. Adoro quest'oro." Bianca li raggiunse e la sfiorò con un dito.

"Ne ho uno anche per te," disse Torin sollevando un secondo corpetto. Lui e Seamus non avevano bisogno di protezioni come gli umani, e non avrebbe mai lasciato che Bianca affrontasse un'altra potenziale battaglia senza alcuna difesa. Vide Seamus più sollevato e riconobbe il suo cenno di ringraziamento.

"La indosserò anch'io? Che figo! Ho sempre amato gli incantesimi dei Fae!" esclamò Bianca allegramente, come se non stessero andando incontro al pericolo, e Seamus l'aiutò a infilarlo. "Come sto?"

"Sembri aguerrita," rispose Aedine, inclinando la testa verso Bianca. "Adoro anche questo stile a catena. Ha un aspetto fantastico, immaginalo indossato sopra una maglietta! Un giorno potrei incorporarlo in un costume..." Un'ombra di tristezza attraversò per un momento il viso di Aedine e serrò le labbra.

"Mi sento davvero fantastica. Posso esserlo anche se sono sulla cinquantina, vero?" Bianca sfilò per la stanza, la luce scintillava sull'oro del corpetto.

"Non c'è mai stata una cinquantenne più fantastica di te," dichiarò Aedine riprendendo a sorridere. "Voglio dire, sei scesa in battaglia senza esitare e hai fatto fuori un bel po' di Fae oscuri. Non credo che molte persone, a qualsiasi età, possano vantarsi di una cosa del genere."

"Hai ragione," convenne Bianca ridendo.

"È il momento di andare," disse Torin osservando il

cielo dalla finestra del cottage, e l'umore del gruppo si fece subito serio. Gracie aveva dato loro le indicazioni per il cerchio di pietra più vicino. L'Irlanda era piena di strutture simili, e avevano deciso di dirigersi verso una delle più grandi, nei pressi della baia, dove i Fae sembravano radunarsi più spesso. Non ci sarebbe voluto molto per raggiungerla in macchina, viaggiando con Betty Blue. Torin e Seamus avevano trascorso parte del pomeriggio a lanciare incantesimi di protezione sul furgone ed erano certi che avrebbe resistito a qualunque attacco. Una volta messo al sicuro il loro fidato mezzo, avevano incantato i pugnali delle donne e le proprie armi con nuovi strati di magia, poi avevano mangiato in fretta della zuppa di verdure con del pane integrale. Era il massimo che Torin potesse fare per proteggere se stesso e il suo gruppetto prima che andassero incontro a... qualsiasi cosa li aspettasse. Sperava davvero che si sarebbe trattato di una semplice riunione con il capo dei Fae del fuoco e che avrebbe potuto convincerli ad allontanarsi dai Domnua.

Torin conosceva Bran, il rappresentante dei Fae del fuoco, da anni ormai, e in passato il loro rapporto era stato abbastanza sereno. Si vedevano ogni tre mesi per discutere di eventuali problemi o preoccupazioni della loro fazione. Ogni tanto aveva dovuto imporre delle sanzioni o nuove regole quando diventavano troppo turbolenti, ma in generale aveva sempre apprezzato i loro incontri. Erano un popolo vivace, come si confaceva al loro elemento, e spesso le riunioni si concludevano con delle feste che andavano avanti fino al mattino, quando Torin si lasciava andare alle attenzioni delle loro donne. Ma quei giorni erano finiti:

ormai vedeva solo Aedine, e il cuore gli doleva come una ferita aperta mentre aspettava che lei si accorgesse di lui.

Che si rendesse conto che erano destinati a stare insieme.

In un certo senso, si sentiva come il cucciolo incontrato quella mattina, che si rotolava mostrando il proprio ventre a Aedine nel tentativo disperato di ricevere le sue attenzioni. La cosa non lo faceva sentire a proprio agio, e non gli piaceva particolarmente sapere che lei lo riteneva vulnerabile. Allo stesso tempo, però, Torin si rifiutava di aspettare che Aedine si accorgesse di ciò che avrebbero potuto avere, anzi, che avevano *già* insieme. Qualche ora prima, nella baia, c'era stato un momento in cui sembrava che avesse fatto dei veri progressi, che lei si stesse finalmente rendendo conto della forza del loro legame. Non avevano avuto il tempo di riprendere quella conversazione, ma Aedine gli aveva lanciato delle occhiate particolari durante tutto il pomeriggio.

"Sei sicuro che il messaggio sia stato inviato dai Fae del fuoco?" gli chiese ancora una volta Aedine mentre si dirigevano verso il cerchio di pietra.

"Sì," rispose lui. Riusciva a sentire la loro magia arcana sulla pergamena, accompagnata dal lieve odore del fumo che si attaccava a qualunque cosa i membri di quella fazione toccassero. Torin continuò a osservare davanti a loro in cerca di qualcosa che fosse fuori posto sulla strada stretta e tortuosa lungo il lato della scogliera. Sulla sinistra c'era il precipizio: Torin non voleva caderci dentro e sperava davvero che i Domnua non li avrebbero attaccati in quel momento. Tirò un sospiro di sollievo quando finalmente lasciarono la strada asfaltata e presero un sentiero di ghiaia verso un campo deserto.

"Proprio lì..." Bianca si sporse tra i sedili anteriori e indicò un punto.

"Oh, sicuro e certo, è un cerchio bello grande!" disse Aedine guidando per altri dieci metri per poi fermarsi. "Devo avvicinarmi un altro po'? Oppure allontanarmi? Non vedo nessuno nei paraggi."

"Qui va bene. Fammi scendere prima." Torin si stava già togliendo la cintura di sicurezza prima di aprire la portiera. "Mi guarderò un po' intorno." Aveva già spiegato al gruppo gli incantesimi di protezione che avevano lanciato sul furgone, quindi il posto più sicuro era l'interno del veicolo. Una volta a terra, non si mosse oltre e restò accanto al furgone, immobile, attivando i propri sensi per capire se ci fosse della magia arcana in quella zona. Una dolce brezza fece arrivare alle sue narici l'odore dell'oceano misto a quello della terra bagnata e a quello lieve del fumo. I Fae del fuoco erano vicini, benché non avessero ancora rivelato la propria presenza. Forse stavano agendo con cautela proprio come loro, e Torin non li biasimava. Avevano certamente causato dei problemi per il suo popolo e per poco non l'avevano ucciso. Non era insolito che si preoccupassero di come avrebbe reagito.

Torin avanzò verso il cerchio mentre il sole tramontava dietro le pietre. Queste ultime erano alte quasi fino alle sue spalle e piene di muschio tra le crepe in superficie.

"Ci hai provato..." esclamò Aedine, e l'uomo lanciò un'occhiata veloce alle proprie spalle nel sentire il suono delle portiere che si aprivano. "Non entrerai in quel cerchio senza di noi. Siamo una squadra, ricordi?"

"Questa è la fazione che governo," rispose Torin scrutando le colline. "Rappresentarla è il mio dovere e onore, e voi non siete vincolati a queste promesse."

"Sì, certo. È davvero nobile da parte tua," intervenne Bianca raggiungendolo mentre Aedine e Seamus si dividevano. "Però lo faremo insieme o non lo faremo affatto."

"Penso davvero che..." iniziò a dire Torin, ma si fermò quando avvertì un movimento all'altra estremità della struttura. Bran, il rappresentante dei Fae del fuoco, camminò tra le pietre e si fermò nel cerchio. Aveva un aspetto forte e per quell'incontro aveva indossato l'armatura da battaglia completa, con piastre d'oro a forma di fiamme che gli proteggevano le gambe e si estendevano fino alla tunica. Tra i capelli rossi portava un cerchio d'oro con un rubino dai colori accesi incastonato al centro. Gli occhi azzurri e freddi di Bran incrociarono i suoi, chinando leggermente il capo in segno di rispetto per il rango di Torin. A quest'ultimo non sfuggì il momento in cui il suo sguardo si posò anche su Aedine, né il cenno appena percettibile che le rivolse.

"Bran," esordì Torin avanzando tra le pietre. Gli altri lo seguirono affiancandolo immediatamente e alcuni degli uomini di Bran fecero lo stesso.

"Mio signore," disse Bran chinando di nuovo il capo. Torin notò lo sguardo stupito che Aedine gli lanciò di sottecchi, come se avesse appena capito quale posizione occupasse tra i Fae. Represse un sorriso e si concentrò sull'uomo di fronte a lui.

"Hai richiesto un incontro?" chiese Torin seccamente.

"Sì." Bran si bloccò, sembrava pensare a cosa dire, e tornò a guardare Aedine.

"Allora? Avete intenzione di fissarvi per tutta la sera?"

domandò la donna, violando il protocollo reale senza nemmeno rendersene conto, e ancora una volta Torin riuscì a non sorridere, Bran invece sembrava sbigottito.

"Che problemi hanno gli uomini?" disse Bianca. "Con questi sguardi seri, i lunghi silenzi... Ascolta... Bran, giusto?"

L'uomo annuì inarcando le sopracciglia in modo esagerato.

"Non siamo affatto felici di quello che state facendo, sai? I Fae del fuoco ci hanno quasi uccisi, e per quale motivo? Sapete almeno per che cosa state combattendo? Da quello che vedo, Torin è un buon leader. I Domnua, invece, cosa hanno mai fatto per voi? Allora?" Bianca posò le mani sui fianchi mentre Seamus le toccava una spalla e le sussurrava qualcosa all'orecchio.

"Ehm..." disse Bran. Era chiaro che non sapesse cos'altro dire.

"Già, 'ehm' è la risposta giusta. Non hanno fatto niente per voi, vero? Hanno soltanto messo in pericolo le vostre vite rischiando l'ira della regina, per non parlare dell'aver causato uno squilibrio nel mondo naturale. Ripeto... per quale motivo? Credete sia meglio schierarsi dalla parte dei cattivi? Dovreste vergognarvi. Ci dovete delle scuse. Dico sul serio, sono *molto* arrabbiata." Bianca rivolse l'ultima parte del proprio sfogo a Seamus, che stava palesemente cercando di calmarla.

"Non ha tutti i torti, Bran. Se avevate dei problemi con il modo in cui i Danula vi trattano, avreste potuto parlarne con me. Combattere al fianco dei Domnua è una decisione estremamente rischiosa. E adesso perché siete qui? Per scusarvi?"

"Sì," rispose Bran chinando ancora una volta il capo prima di alzarlo e rivolgersi a tutto il gruppo. "Come sapete, i miei Fae del fuoco hanno la testa calda."

Bianca gemette nel sentire quel gioco di parole ma, secondo Torin, Bran non si era nemmeno reso conto di averlo fatto.

"Sì, ne sono consapevole," disse Torin seccamente.

"Il nostro talismano è stato rubato. Ci hanno fatto credere che foste stati voi, e che i Danula volessero imporre altre restrizioni agli Elementali. Abbiamo sentito della rivolta dei Fae dell'acqua e ci hanno detto che insieme saremmo stati più forti contro di voi. Non vogliamo perdere la nostra voce, capite?"

"Perché mai dovrebbe succedere una cosa del genere? Non vi ho sempre ascoltato, Bran? Non ho preso sul serio le vostre preoccupazioni? Persino adesso che i tuoi Fae cercano di ucciderci, mi sono assicurato che non venisse fatto loro del male."

"Lo so." Un'espressione imbarazzata si dipinse per un istante sul viso di Bran, che si passò una mano sulla fronte. "Credimi, lo so. L'ho visto. Avevate tutto il diritto di farci del male per difendervi, eppure nessuno di voi l'ha fatto. Perché? Ci hanno fatto credere..."

"Chi, Bran? Chi vi ha fatto credere queste cose?" domandò Torin in un tono severo.

"I Domnua. Donal, nello specifico. Lui... ci ha parlato della vostra Corte Reale. Come se fosse a conoscenza dei vostri piani segreti."

"E vi ha detto quali sarebbero questi piani?" chiese Torin, esasperato.

"Secondo lui, una volta ottenuto il favore della nostra

principessa, ruberai il nostro talismano e prenderai il potere in tutto e per tutto. Non potremo più decidere per conto nostro e ci priverai delle nostre libertà."

"E voi gli avete creduto?" esclamò Torin alzando le mani. "Perché diavolo dovrei privarvi delle vostre libertà, Bran? Voglio che il tuo popolo sia felice. Il mondo intero, l'universo stesso si basano sull'equilibrio degli elementi. Cosa pensi che succeda quando viene distrutto, quando un elemento diventa troppo potente? Ci sono alluvioni. Incendi. Carestie. Uragani. Il mondo... cade in rovina, non capisci? Si spacca, si spezza, e finisce per implodere. Non ho intenzione di rubare il tuo potere, Bran, ma di consolidarlo. Il fatto che tu non te ne renda conto mi sconvolge."

"Donal è piuttosto convincente, e tu hai fatto esattamente ciò che lui aveva detto."

"Cioè?"

"Hai reclamato la nostra principessa, e adesso il nostro talismano è sparito."

"Un momento... Cosa?!" Aedine sollevò una mano e il cuore di Torin si fermò per un secondo. Sospettava che Aedine fosse la bambina di cui si parlava nella profezia, eppure sentire quelle parole uscire dalla bocca di Bran era tutta un'altra cosa. "Stai parlando di me?"

"Sì, Altezza." Bran chinò il capo in segno di rispetto e la donna lo guardò a bocca aperta.

"Aedine! Sei una principessa!" esclamò Bianca. "Che figata, vero?"

"Di certo ti stai sbagliando," disse Aedine tamburellandosi il petto con un dito. "Non sono... Non..."

"Glielo assicuro, è davvero la nostra principessa. La bambina della profezia, quella che ci restituirà il potere."

"Mi dispiace, devi essere impazzito sul serio. E poi, cosa intendi dicendo che vi restituirò il potere? Perché io ero *lì*, su quella spiaggia. Ho visto voi persone del fuoco saltellare nelle fiamme sull'acqua. Non mi sembravate tanto deboli, anzi, per poco non avete ucciso tutti noi. Non direi che vi manchi il potere, oppure mi sbaglio? Penso siano tutte stupidaggini che vi ripetete per rassicurarvi di non aver fatto danni gravi." Torin vide Bran chiudere gli occhi e abbassare la testa accettando il rimprovero della sua principessa. Aedine forse non se ne rendeva conto, tuttavia Bianca e Seamus erano rimasti immobili nel notare la reazione di Bran al suo sfogo. In qualsiasi altra circostanza, se qualcuno avesse parlato con il rappresentante di una fazione di Fae come aveva fatto lei, probabilmente sarebbe morto.

"Mi dispiace, *banphrionsa*," disse Bran. Un lampo di... qualcosa... attraversò nuovamente il volto di Aedine, che si girò verso Torin.

"Cosa dovrei fare qui?"

"Credo stia dicendo la verità, Aedine." Torin parlò in un tono gentile, non sapeva come avrebbe reagito a quella notizia. Ne aveva passate tante negli ultimi giorni, e scoprire di essere la principessa perduta dei Fae del fuoco avrebbe potuto farla crollare.

"Sì, certo. Come no." Aedine allungò l'ultima parola. "Sono una principessa perduta. Una principessa che per tutto questo tempo ha vissuto in un paesino, condividendo la camera da letto con le sue sei sorelle prima di iniziare a girare l'Irlanda a bordo di un furgone usato. Oh sì, è così che vengono trattate le principesse."

Bran non era abituato ad avere davanti qualcuno che gli

parlasse in quel modo e si schiarì la gola prima di guardare Torin in cerca di aiuto.

"La profezia parla di bambini nati dall'unione del mondo umano con quello dei Fae," spiegò Torin. "Non ti hanno trovata prima perché, pur essendo utile, il testo non cita periodi precisi come una data o un anno di nascita della principessa. Questi vaticini durano secoli, Aedine, e per questo è un po' difficile determinare la venuta di una principessa. In ogni caso, una volta che si sono verificati alcuni eventi, per i Fae è più semplice interpretarne il significato."

"E vi siete resi conto solo adesso che si tratta di me?" domandò la donna a Torin.

"Avevo i miei sospetti," rispose lui. Non capiva perché avrebbe dovuto mentire, tuttavia vedere lo sguardo ferito di Aedine lo fece dubitare delle sue azioni.

"Pensavi che fossi una principessa e non mi hai detto niente? Per tutto questo tempo?" gli chiese Aedine.

"Lo sospettavo, ma non potevo esserne certo. A dire il vero, l'ho capito oggi quando ho ricevuto il messaggio di Bran."

Bianca fischiò scuotendo la testa. "Pessima mossa da parte tua, amico."

"Penso che avrei dovuto saperlo lo stesso, non credi?" gli domandò Aedine, e il dolore nel suo petto si irradiò ancora di più quando si accorse di aver fatto un errore madornale.

"Abbiamo avuto da fare negli ultimi giorni e non credevo valesse la pena parlarne prima di sapere cosa ci aspettava."

"Anche oggi? Avresti potuto prendermi da parte per fare una piccola chiacchierata! 'Ehi, Aedine, forse stasera incontrerai il tuo popolo! Oh, tra l'altro, sei la principessa di un regno magico!'" Aedine si sistemò i capelli rosso fuoco dietro la spalla: quel gesto altezzoso e la cotta di maglia dorata la facevano sembrare in tutto e per tutto regale.

"Adesso so di aver sbagliato," disse Torin.

"Anch'io," intervenne Bran, consapevole del fatto che quell'incontro stesse per finire male.

"Allora, abbiamo due uomini che si scusano... Sicuramente è la prima volta che succede," sbottò Aedine.

"Ahi," sussurrò Seamus, e Bianca gli diede una gomitata nel ventre.

"E adesso cosa facciamo? Perché siete venuti qui oggi?" Aedine si voltò verso Bran.

"Siamo venuti a chiedere il vostro perdono e il vostro aiuto," rispose lui allungando le mani davanti a sé. "Abbiamo permesso ai Domnua di avvicinarsi troppo e solo ora ci rendiamo conto di aver sbagliato. A differenza vostra, per loro fare del male al nostro popolo non è un problema. Hanno già ucciso troppe persone. Una volta che li abbiamo lasciati entrare, si sono infiltrati ovunque. Siamo sotto assedio e il nostro potere si riduce di giorno in giorno senza il talismano."

Torin riusciva a capirlo, e in quel momento il punto del petto che gli faceva male iniziò a pulsare leggermente.

"Come possiamo esservi utili?" chiese a Bran.

"Oh, adesso vogliamo aiutarli?" esclamò Aedine. Era ancora furiosa all'idea di essere stata tenuta all'oscuro di tutto. Torin immaginò che avrebbe passato una lunga notte a cercare di calmarla, il che lo rendeva un po' felice. Non disdegnava le donne irascibili, dato che spesso la loro rabbia poteva essere trasformata in passione, ma non gli piaceva sapere di aver ferito i suoi sentimenti.

"Vi aiuteremo anche noi come potremo. Vi prometto che vi contatterò ogni giorno e sarete i primi a sapere se i Domnua si faranno sfuggire qualcosa," disse Bran.

"Avvertirò la regina," rispose Torin, e Bran tirò un sospiro di sollievo. "Manderà un esercito. Tuttavia, non dovrete più fare del male al nostro popolo. Avete quasi ucciso la vostra principessa. Se ci foste riusciti, i Domnua avrebbero preso il controllo totale dei Fae del fuoco. Pensate a cosa ne sarebbe stato di tutti noi in quel caso."

"Capisco." Bran abbassò la testa.

"Troveremo il vostro talismano. Credi che sia nelle mani di Donal?" gli chiese Torin.

"Sì. È molto più cauto di quanto immaginassi."

"Cos'ha di speciale questo talismano?" chiese Aedine sollevando le mani.

"Chiunque lo indossi può controllare i Fae del fuoco. Persino te, Aedine."

"Fantastico, davvero fantastico. E avete lasciato che ve lo rubassero?" La donna lanciò un'occhiata torva a Bran.

"Ce l'hanno sottratto in battaglia," spiegò l'uomo.

"Detesto i Domnua," sospirò Bianca. "Sono come dei maledetti scarafaggi. Non importa quante volte li fai fuori, riescono sempre a tornare."

Torin fissò Bran negli occhi e annuì in silenzio. Scoprire che Aedine era la loro principessa era solo una parte della profezia. Se l'avessero uccisa e il talismano fosse davvero in mano ai Fae oscuri, questi ultimi avrebbero avuto la meglio.

E probabilmente avrebbero dato fuoco a tutta l'Irlanda.

# CAPITOLO DICIASSETTE

"Stupidi uomini. Stupidi Fae," borbottò Aedine. Una volta tornati al cottage, aveva afferrato una bottiglia di whiskey e si era diretta a grandi falcate verso Betty Blue dopo aver lanciato un'occhiata torva di avvertimento a Torin. Lì, aveva aperto il materasso, si era sfilata gli stivali e si era riempita un bicchiere di alcol. Torin le aveva già detto che una specie di incantesimo proteggeva il suo furgone, quindi si sentiva abbastanza tranquilla da rifugiarsi lì.

Aedine bevve diversi sorsi di whiskey mormorando qualcosa e godendosi la bevanda che le bruciava la gola, alleviando la rabbia che rischiava di trasformarsi in una crisi isterica. Aedine fissò il quadro appeso al soffitto del furgone senza vederlo davvero, mentre la sua mente cercava di dare un senso a quella novità.

*Nata da Fae e mortale.*

Quella parte... era assurda. Quindi uno dei suoi genitori non era umano? Aedine pensò a suo padre, un omone alto e dall'aria minacciosa, e a sua madre, bassa, cicciottella e stanca. Era sempre stanca. Un ricordo affiorò dagli angoli più remoti della sua mente.

*"Sei stata scambiata alla nascita,"* urlò Mary punzecchiandola con un bastoncino. *Aedine strillò, cercando invano di prenderlo, poi rincorse le sorelle, ma essendo la più piccola non riusciva a raggiungerle. Le altre corsero nel campo dietro la loro casa ridendo e cantando, e Mary fu l'unica a tornare indietro per deridere Aedine.* *"Stupida Aedine, sarai sempre una changeling. Non sarai mai veloce o intelligente o amata come noiiiiii."* *Canticchiò quell'ultima frase, con il luccichio negli occhi tipico dei fratelli che si provocano a vicenda.*

*"Non mi hanno scambiata!"* gridò Aedine, *che all'epoca aveva quattro anni. Non sapeva cosa significasse quella parola, ma capiva che non indicava una caratteristica positiva.*

*"Sì, invece. Papà ti ha trovata nel bosco, l'ho visto,"* urlò *Mary punzecchiandola nuovamente con il bastoncino, e Aedine iniziò a piangere.* *"La mamma non ti vuole, dice che non possiamo darti da mangiare, quindi tornerai nel bosco."*

*"Ma... ma..."* *Il labbro di Aedine tremò. Non voleva tornare in quel posto, era buio e spaventoso.*

*"Bambine, tornate dentro! Sta per piovere."* *La voce severa di sua madre risuonò dall'altra estremità del prato e Aedine si voltò, correndo il più velocemente possibile lontano dalla foresta, lontano dalle parole di sua sorella.*

*"Mamma,"* ansimò Aedine *fermandosi ai piedi della madre.* *"Mary dice che sono una... una..."*

*"Bambina scambiata,"* canticchiò Mary *dietro di lei. Sua madre allungò una mano e diede uno schiaffo sul viso a Mary, che impallidì. Un'impronta rossa comparve sulla sua guancia.*

*"Non parlarne mai più,"* sibilò la donna, e gli occhi di Mary si riempirono di lacrime.

*"Ma..."* La schiaffeggiò di nuovo, e Mary scappò dentro casa. Aedine non ebbe il coraggio di parlare. Non aveva mai visto sua madre alzare le mani su una di loro. Suo padre l'aveva fatto eccome, lei invece no, mai.

*"Lavati le mani. Tra poco sarà pronto il tè."*

Aedine finì di bere il whiskey mentre il ricordo svaniva, poi si riempì un altro bicchiere prima di rovistare in un cassetto e tirare fuori una foto della sua famiglia. Era stata scattata diversi anni prima al matrimonio di sua sorella maggiore ed era una delle poche fotografie che la donna possedeva in cui c'erano tutti. Per la prima volta guardò davvero le sue sorelle. Erano alte e snelle, a differenza di Aedine che era minuta. Le altre avevano dei visi rotondi, lei uno spigoloso. I loro capelli erano lisci, i suoi ricci e selvaggi. Le si chiuse lo stomaco, e una sensazione di terrore si impadronì della sua mente. Quella storia poteva quindi essere vera?

*Banphrionsa.* Aveva già sentito quella parola, no? Nel suo mercatino dell'usato preferito a Cork. Il suo cuore saltò un battito quando ricordò l'uomo che l'aveva chiamata 'principessa' prima di darle un bastone. Un bastone che non era stato registrato. Le aveva detto che era un regalo. E se... il bastone fosse il suo talismano? Aveva immaginato una piccola pietra oppure una specie di amuleto. E adesso si chiedeva...

Aedine trasalì nel sentire qualcuno bussare alla portiera del furgone.

*"Vattene!"* Aedine sarebbe dovuta uscire dal mezzo e salire fino ad arrivare alla cassetta di sicurezza in alto per

esaminare il bastone. L'aveva conservato lì per tenerlo al sicuro, e adesso era ancora più felice di aver insistito per andare a recuperare Betty Blue.

"No." La voce di Torin era ovattata dietro la portiera. "Ti avverto, posso aprire le porte chiuse a chiave, quindi..."

"Ugh, e va bene." Aedine si girò sul fianco e raggiunse la portiera prima di aprirla. Indietreggiò e si sedette sul materasso mentre Torin torreggiava su di lei, massiccio com'era, spalancando gli occhi quando chiuse a chiave la portiera alle proprie spalle. Si sentiva turbata, tuttavia non riuscì a fare a meno di ricordare l'ultima volta che erano stati insieme in quel posto. Avevano condiviso degli istanti di passione già due volte, proprio lì.

Il materasso sprofondò appena Torin si sistemò accanto a lei. Era così enorme che la sua presenza sembrava riempire tutto lo spazio. L'atmosfera tra i due si fece subito elettrica.

"Ti va un po' di whiskey?" Aedine sollevò il bicchiere e Torin lo prese prima di scolarsi la bevanda in un solo sorso e posarlo altrove.

"Non sono abituato a spiegare qualcosa a un'altra persona," disse l'uomo guardandosi le mani. Aedine si rese conto che Torin si stava aprendo con lei e represse la battuta pungente che stava per fare.

"Okay," disse.

"Non ti ho detto che sei una principessa perché non sapevo come avresti reagito e avevo bisogno che anche Bran lo vedesse. Avevo il sospetto che i Domnua ti stessero usando contro di me, e avevo ragione. Se l'avessi scoperto prima, Bran se ne sarebbe accorto e avrebbe pensato che fossimo in combutta contro di lui. La tua sorpresa... e la tua rabbia... gli hanno dimostrato che non stiamo lavorando insieme per sottrarre il potere ai Fae del fuoco."

"Quindi mi hai usata."

"Solo per il bene superiore, Aedine. E non ne ero nemmeno certo fino a oggi. Poi, però, ero troppo impegnato a proteggerti da un'eventuale imboscata. Mi dispiace, dico sul serio." Torin si voltò, i suoi occhi dorati erano pieni di tristezza e qualcos'altro. "Sei l'ultima persona che vorrei ferire."

Aedine capì che era sincero, e si prese un attimo per rifletterci su prima di rispondere. Cos'era più importante, aggrapparsi alla rabbia che provava nei confronti di Torin oppure capire come andare avanti? In gioco c'era qualcosa di più dei suoi sentimenti e il peso delle responsabilità gravava sulle spalle di Torin, opprimendolo. Aveva fatto bene a ordinare di non fare del male ai Fae del fuoco. Adesso che erano a conoscenza dei mali di cui erano capaci i Domnua, Aedine si rese conto che essere un leader come lui era un compito delicato, basato sul mantenimento di un certo equilibrio. Al di là del dolore nei suoi occhi, riusciva anche a comprendere quanto fosse stanco. E in quel momento, quando smise di concentrarsi sulle proprie emozioni, ogni cosa scomparve, rimpiazzata soltanto dal desiderio.

Aedine sollevò le mani verso il viso di Torin, attirandolo verso di sé per baciarlo. Aveva avuto fame del suo tocco per mesi, e adesso era lì con lei. Non aveva idea di cosa sarebbe successo l'indomani, né come sarebbe stato il suo futuro, tuttavia sapeva di poter controllare solo quel momento. Una dolce ondata di desiderio si irradiò dentro di lei e sorrise contro le labbra di Torin, che accettò il suo invito e inclinò la testa per esplorare meglio la sua bocca, lasciando che la sua lingua si intrecciasse con quella di Aedine.

La lussuria della donna si accese come un fiammifero e si girò facendo finire Torin sopra. Aveva bisogno di sentire il suo peso sopra di lei. L'uomo continuò a toccarla, baciandola con passione, facendola impazzire sempre di più mentre il suo corpo urlava per il piacere suscitato da quel contatto. Torin si rese conto di quanto fosse prossima all'apice e fece scivolare una mano sul suo fianco, accarezzandola tra le gambe attraverso i jeans. Aedine si inarcò contro la sua mano. Aveva bisogno di muoversi, l'attrito la stava portando sul bordo del precipizio. Le sfuggì un lieve mugolio mentre spingeva contro di lui, voleva che la toccasse ovunque nello stesso momento. Quando Torin rise interrompendo il bacio e concentrandosi per sfiorare la sua intimità fino a farla godere, lei giunse all'orgasmo dopo un'unica lunga esplorazione e le tremarono le gambe per l'estasi.

"Mi sei mancata," disse Torin, sorridendo. Un luccichio malizioso gli attraversò lo sguardo mentre si chinava ancora una volta su di lei per baciarla, sfiorando i bordi della sua bocca. Aedine restò ferma, con il cuore che le batteva all'impazzata nel petto e piccole scariche di piacere che le scorrevano ancora nelle vene.

L'uomo fece scivolare lievemente la lingua sul suo collo, mordicchiandole il punto tenero sulla clavicola. Soffiò sulla pelle che aveva appena leccato facendo rabbrividire Aedine, che inarcò la schiena quando la mano di lui si posò sul suo ventre vellutato.

"Ti ho mai detto che ti trovo bella in modo inebriante?" le chiese Torin. Il suo respiro era caldo, le sue dita salivano lungo l'addome fino a infilarsi sotto la maglia, seguite da scie di calore. I capezzoli di Aedine si indurirono e sentì i seni più pesanti per il desiderio. Le sollevò l'indumento così lentamente che Aedine iniziò a protestare mentre lui sfilava le maniche, ma non del tutto.

"Cosa stai facendo?" esclamò Aedine quando Torin si chinò su di lei, e sentì qualcosa tirarle i polsi.

"Sembri un po' impaziente, e vorrei assaporare questo momento," rispose lui con lo sguardo acceso per il desiderio.

"Mi hai appena legato le mani?" Aedine allungò il collo nel tentativo di vedere a cosa l'avesse attaccata, poi trasalì quando Torin le pizzicò leggermente un capezzolo.

"Sì, mia meravigliosa e impudente Aedine. Questa notte... mi delizierò del tuo corpo."

La donna spalancò la bocca nel momento in cui Torin le strappò il reggiseno dal centro, rivelando i suoi seni piccoli e i capezzoli inturgiditi. Li accarezzò immediatamente, massaggiando gentilmente la pelle sensibile, e un'ondata di piacere iniziò a scorrere nelle vene di Aedine.

"Togliti... i vestiti," disse, smettendo all'improvviso di pensare quando lui iniziò a succhiare dolcemente un seno, facendo partire una scarica di pura lussuria. Un istante dopo, Torin era completamente nudo e Aedine lo guardò dal basso sbattendo le palpebre.

"Che incantesimo conveniente," osservò, e lui rise. Il suo tono roco le provocò un formicolio sulla pelle. Era pieno di muscoli, alto e possente, con le braccia massicce che risaltarono ancora di più quando si spostò sul materasso per posizionarsi sopra di lei.

"Innanzitutto, assaggerò ogni centimetro del tuo corpo, poi tornerò per la portata principale," disse Torin. Aedine si contorse. Essere legata la faceva sentire allo stesso tempo nervosa ed eccitata. Rendeva il tutto ancora più sensuale, pensò, mentre Torin prendeva il controllo completo del suo corpo... e del suo piacere. Mantenne la parola data e assaggiò ogni singola parte del suo corpo, leccandole le cosce, mordicchiandole la pancia, baciando la pelle delicata sul suo gomito. La baciò ovunque, tranne dove lei voleva che la toccasse di più, e il suo corpo si accese di una furiosa e rovente fiamma di desiderio.

"Sembri agitata, tesoro. Ti ho già detto quanto amo il modo in cui la tua pelle diafana arrossisce sotto il mio tocco?" Torin lasciò scivolare un dito su un seno e poi sul ventre di Aedine.

"Lo ami tanto, ne sono certa."

"Ehi, non c'è bisogno di fare il broncio. Apri le gambe per me, amore mio." Torin rise, e Aedine obbedì, smettendo di pensare in modo coerente quando la bocca dell'uomo trovò il punto in cui lo desiderava di più. Arrivò all'apice quasi subito, con un'esplosione di piacere che la colpì fino al profondo della sua anima. Lui continuò lo stesso, benché lei fosse ormai troppo sensibile al suo tocco, causandole un'altra ondata di estasi. La liberò solo dopo essersi saziato, quando la testa di Aedine si inclinò di lato per la stanchezza. Prima ancora che lei potesse anche solo capire di essere libera, il suo membro duro scivolò dentro l'intimità calda e morbida di Aedine con una sola, lunga spinta.

"Torin..." Aedine si risollevò, avvolgendo le braccia intorno al suo collo e baciandolo in modo famelico. Lui spinse dentro di lei più e più volte, il suo bisogno era impossibile da negare, e Aedine iniziò a sudare per il desiderio. "Che bello..."

Era come se Torin fosse stato creato appositamente per lei, poi, muovendo i fianchi con maestria e tenendola ferma, la portò nuovamente all'apice, in modo più selvaggio e frenetico, fino a farla gridare contro la sua bocca mentre tremava intorno a lui. Gemette spingendo con forza e si abbandonò al proprio piacere.

Rimasero immobili per un istante, i loro corpi pulsavano all'unisono, e Aedine cercò di respirare in modo regolare. Torin continuò a mordicchiarle le labbra restando dentro di lei, poi iniziò lentamente a baciarla in modo più appassionato, facendoli girare senza mai uscire dal suo corpo. Aedine sgranò gli occhi quando si accorse che il suo membro era di nuovo duro.

"Oh..."

"Ho dei tempi di recupero più veloci, amore mio. È una caratteristica dei Fae." Fletté i fianchi muovendosi contro di lei e Aedine strillò quando toccò ancora una volta il suo punto debole.

Alcune ore dopo, quando ebbero consumato metà della bottiglia di whiskey e a Aedine tremavano le gambe per lo sforzo, alzò una mano per fermare Torin.

"Devo andare in bagno. E bere un po' d'acqua. E mangiare... sei pizze."

"Ogni tuo desiderio è un ordine. Per il primo, torniamo al cottage. Penserò io al resto." Torin le porse una maglia. Il piacere aveva reso il suo volto più dolce e rilassato, o perlomeno non aveva più quelle rughette profonde dovute al nervosismo sulla fronte, pensò la donna vestendosi.

Si sentì il rumore di una notifica, e Aedine sollevò lo sguardo. Aveva dimenticato di aver messo in carica il tablet nella cassetta di sicurezza ed era appena arrivato un messaggio seguito da un altro. Si costrinse ad alzarsi dal letto e si accovacciò di fronte alla piccola cassaforte, digitò il codice e prese il tablet. Deglutì quando vide il numero dei messaggi in arrivo e lesse le notifiche più recenti che continuavano ad aumentare.

"Cosa succede?" le domandò Torin con voce assonnata.

"Oh, è solo mia sorella Mary. Dice di essere preoccupata per me. Dovrei risponderle per farle sapere che sto bene." Aedine aprì l'app di messaggistica e digitò un messaggio veloce a Mary.

*Beh, meno male, anche se sarebbe stato meglio se ti fossi fatta sentire prima. Tutta l'Irlanda parla della Focosa Aedine e la sua stessa famiglia non sa nemmeno se è viva. Avresti potuto scriverci.*

*Ho perso il telefono nell'incendio,* rispose Aedine.

*Ah, allora ha senso. A un certo punto dovrai chiamare la mamma, è stanca di evitare le domande su di te. Noi siamo solo infastidite, a dire il vero. Ancora una volta crei problemi con le tue stupidaggini. Perché per una volta non ti puoi comportare normalmente?*

*Perché? Essere unici è più divertente.* Aedine serrò le labbra.

*Ugh, fingi ancora di non essere quella strana. Non mi hai nemmeno chiesto come sto. Sei la solita egocentrica, Aedine.*

Alzò gli occhi al cielo, scacciando l'irritazione.

*E va bene, Mary, come stai?*

*Benissimo, a essere sincera, a parte le attenzioni negative che hai attirato su di noi. Ho un nuovo uomo adesso, e credo che me lo terrò stretto.*

*Ah sì? Ne sono felice.*

*Donal è davvero dolcissimo. Mi ha portata fuori a cena diverse volte e il prossimo fine settimana faremo persino un'uscita speciale a Dublino. Credo che me lo porterò a letto, è troppo bello, non riesco a resistere.*

Aedine sollevò la testa di scatto e Torin acchiappò il tablet prima che cadesse a terra.

"Cosa c'è?"

"Donal. Sta frequentando mia sorella."

# CAPITOLO DICIOTTO

Torin si strofinò il petto: il dolore si era diffuso ancora più in profondità nel suo corpo, rallentando i suoi movimenti quella mattina. Dopo la notte passata insieme, aveva voluto parlare con Aedine della necessità che accettasse di essere reclamata, ma era cambiato tutto quando avevano scoperto la nuova strategia di Donal. Da allora erano a malapena riusciti a dormire per qualche ora, e solo grazie all'incantesimo che aveva lanciato su Aedine facendole chiudere gli occhi per un po'. Non sarebbe stata d'aiuto a nessuno se fosse stata esausta.

Aedine non aveva ancora un'idea chiara di come affrontare l'ipotesi di non avere legami di sangue con la sua famiglia. La donna tamburellava nervosamente con un dito sul volante e Torin la osservava cercando di capire quale fosse il momento più appropriato per parlarne. Dopo la terza volta che si era schiarito la gola, Aedine gli lanciò un'occhiata esasperata.

"Dillo e basta."

"Hai un aspetto fantastico stamattina," le disse sorridendo.

"Oooh," sospirò Bianca dal sedile posteriore.

"Ti ringrazio, ma non è per quello che continui a schiarirti la gola. Dillo e basta."

"Mi fai un po' paura oggi, Aedine. Pensavo che saresti stata un po' meno tesa dopo..." Bianca non finì la frase che l'altra donna le mostrò il dito medio. "Ehm, Torin... mi aspettavo di meglio da te."

Aedine sospirò, emettendo un suono simile a quello di un bollitore sul punto di emanare vapore, e Torin represse saggiamente una risatina.

"Immagino che Aedine sia un po' tesa per la sua situazione familiare. E perché è una principessa. E per la questione della... famiglia." Torin si schiarì nuovamente la gola.

"È questo che ti turba? Dover incontrare la mia famiglia?" Aedine gli lanciò un'occhiata veloce prima di tornare a guardare la strada. Stavano seguendo un sentiero di campagna tortuoso, costeggiato su entrambi i lati da colline e pascoli pieni di pecore con i fianchi dipinti con la vernice.

"Cosa? Certo che no. I genitori mi adorano," rispose Torin senza pensarci, poi strinse i denti quando Aedine lo fissò di nuovo torva. Forse avrebbe fatto meglio a non parlare delle famiglie delle altre donne con cui era andato a letto. "Volevo dire che... beh, dato che sei la principessa... ehm, hai pensato che potresti non avere... legami di sangue con loro?" Torin aspettò, imbarazzato, con il cuore che gli martellava nel petto.

"Oooh," disse Bianca. Si sporse in avanti, accovacciandosi tra i due sedili anteriori e posando una mano sulla spalla di Aedine. "Tesoro, non ci avevo pensato. Oh, sicuro e certo dev'essere sconvolgente per te, vero? Non mi meraviglia che tu sia tesa. Anch'io mi sentirei così. Sei legata alla tua famiglia?"

"Non proprio," rispose Aedine, alzando le spalle e stringendo le dita intorno al volante. "Però tengo comunque a loro."

"Ti va di parlarne con noi?" le domandò Bianca, e Torin le fu grato del suo aiuto nella conversazione. Cercava di mettersi nei panni di Aedine, di immaginare come sarebbe stato scoprire all'improvviso di non essere chi credeva o che i suoi cari non avevano legami di sangue con lei, e si rese conto di quanto tutto ciò l'avrebbe fatto sentire vulnerabile. Incerto. Probabilmente non si sarebbe fidato del suo istinto per un po'. Avrebbe dovuto ricordarlo, perché Aedine avrebbe potuto prendere delle decisioni affrettate a causa della propria insicurezza, ed era esattamente quello che i Domnua volevano. Se l'avessero uccisa, beh, sarebbero stati ancora più vicini a prendere il potere. Una sensazione di paura lo assalì e abbassò lo sguardo sul corpetto dorato che brillava fiocamente sul petto della donna. Perlomeno quella mattina non aveva protestato quando lui le aveva suggerito di indossarlo.

"Mio padre era severo e mai felice, gridava sempre. Mia madre era stanca. Ho sei sorelle e non ho mai avuto uno spazio per respirare, o crescere, o imparare... o fare qualsiasi altra cosa, in realtà." Aedine si ingobbì mentre raccontava la propria storia. "La verità è che... è stato un vero sollievo quando me ne sono andata. E se dovessi essere completamente onesta con tutti voi... forse lo è un po' anche capire perché non mi sono mai integrata tra loro. Almeno c'è una spiegazione, o almeno una migliore dell'idea che semplicemente non mi amassero."

"Beh, se può farti stare meglio..." iniziò a dire Bianca baciando velocemente la guancia di Aedine. "Secondo me sei incredibilmente amabile."

"È vero, Aedine. Sei il top!" esclamò Seamus dal sedile posteriore e Aedine scoppiò a ridere.

"Scusa, ci prova..." Bianca fece schioccare la lingua e tornò al proprio posto.

"Cosa c'è? Non usate questa espressione? *Pensavo* fosse un modo di dire normale tra voi umani."

"Lo è, Seamus. Ti ringrazio." Un sorriso si allargò per un secondo sulle labbra di Aedine e Torin era sollevato di vederla più rilassata. Forse aveva soltanto bisogno che qualcuno le ricordasse che avrebbe potuto trovare una famiglia ovunque. Avrebbe dovuto fare anche quello, pensò Torin contorcendosi leggermente sul sedile mentre il dolore dentro di lui diventava più intenso. Presto avrebbe dovuto parlare seriamente con lei, e aveva bisogno di capirla come mai aveva fatto prima.

Ci andava di mezzo la sua vita.

E probabilmente anche quella di Aedine.

"Cosa vuol dire 'essere il top'?" chiese Torin, e Aedine rise di nuovo. Bene, forse, se fosse riuscito a farle di nuovo quell'effetto, l'incontro con la sua famiglia sarebbe andato bene. Era improbabile, dal momento che conosceva Donal e il suo modo di ragionare. Temeva che stessero per affrontare una catastrofe, ma fino ad allora avrebbe fatto del proprio meglio per mantenere il sorriso sulle labbra di Aedine e ricordarle che, pur non avendo legami di sangue con i suoi parenti, meritavano comunque gentilezza e comprensione. Anzi, non era detto: l'avrebbe deciso solo dopo averli incontrati.

"Siamo quasi arrivati." Aedine indicò un cartello con le indicazioni per Abbeyfeale. "La nostra casa è fuori dal paese, a una ventina di minuti di distanza."

Torin rimase a guardare mentre attraversavano la cittadina, passando in mezzo a edifici colorati che abbracciavano la strada principale, prima di proseguire verso la campagna.

"È un paese piccolo," commentò l'uomo.

"Già, però andarci era sempre un'esperienza elettrizzante," rise Aedine scuotendo la testa, e i capelli le ricaddero a ventaglio sulle spalle. "O almeno lo era all'epoca. Le grandi serate in paese erano così diverse da quelle tranquille in campagna."

"Ci andavate spesso?" le chiese Torin.

"No, solo per occasioni speciali. Mio padre non voleva pagare per tutti noi al ristorante, era davvero troppo costoso," rispose alzando nuovamente le spalle, imbarazzata.

"Immagino fosse difficile sostenere una famiglia numerosa," disse l'uomo. A dire il vero, non capiva bene la situazione, dato che i Fae non usavano il denaro come facevano gli umani e condividevano tutto tra loro, soddisfacendo i propri bisogni prima di pensare ai guadagni materiali.

"Ci divertivamo a modo nostro quando potevamo. Organizzavamo degli spettacoli... nel cortile. Ovviamente la star ero io, essendo la più brava nel canto e nel ballo. Le mie sorelle erano le coriste. Era uno svago stupido, a essere sincera. Ballavamo le ultime hit... oppure fingevamo di innamorarci e poi un giorno farci salvare da un principe." Aedine non finì la frase e lanciò un'occhiata veloce a Torin.

"Credo che l'abbiamo fatto tutti, no?" si intromise

Bianca. "Siamo cresciute con le fiabe, vero? Fingere è divertente."

"Sì, fino a quando non si finge più. Ce ne dimentichiamo, no?" La voce di Aedine si spezzò. "Dimentichiamo che molte fiabe non sono... beh, non tutte hanno un lieto fine, giusto?"

Torin guardò per un attimo Bianca, non sapeva cosa fare. Non conosceva le storie del mondo umano e non aveva idea di cosa Aedine stesse parlando.

"Sicuro e certo, i bambini sono assetati di sangue, vero?" ridacchiò Bianca, sembrava avvertire il bisogno di risollevare l'umore di Aedine. "Io, per dire, adoravo le storie di pirati che attaccavano le navi e uccidevano tutti. Non è proprio reale quando si è piccoli, vero?"

"Hai ragione," convenne Aedine. "E adesso... beh, eccoci qui."

"Non desidererei altro." La voce di Bianca spezzò la malinconia nelle parole dell'altra donna. "Questa situazione fa paura, Aedine, è vero, ma sai un'altra cosa? È anche piuttosto incredibile. Sei una dei pochi umani... anzi, forse mezzi umani che sono a conoscenza dell'esistenza della grande magia arcana di questo mondo. *E* del prossimo. Voglio dire, non è una figata? Certo, saperlo ha un costo. La magia arcana non viene concessa alla leggera, Aedine. E sì, dobbiamo lottare dalla parte del bene. In ogni caso, non è meraviglioso scoprire che c'è dell'altra bellezza, dell'altro potere in questo mondo? Avere questa consapevolezza potrebbe non essere facile, però non è affatto una vita noiosa. E non è questo che hai sempre desiderato? Lasciare il tuo minuscolo paesino e vivere la vita con gli occhi ben aperti?"

Aedine rimase in silenzio, ma il tamburellare incessante delle sue dita sul volante si placò.

"Siamo arrivati," disse svoltando in un vialetto di ghiaia che si vedeva appena dalla strada.

Torin non era sicuro di cosa avrebbe dovuto aspettarsi, tuttavia non era di certo quella casa a un solo piano con due annessi fatiscenti. L'edera si arrampicava sulla parete della casa principale e uno degli edifici secondari era completamente privo di tetto. Nel cortile laterale, davanti a quella che sembrava un'officina, c'erano delle automobili abbandonate, varie parti meccaniche, porte e altri oggetti a caso. Invece delle sei sorelle di cui Aedine aveva parlato, una donna anziana dalle spalle curve, con indosso un maglione beige e dei jeans impolverati, si raddrizzò nel vederli arrivare. La sua fronte era solcata da rughe profonde e un'espressione rassegnata, tutt'altro che felice, si dipinse sul suo viso nel vedere Aedine dietro il volante. Torin trasalì. Era tutto così diverso quando andava a trovare i suoi genitori. Non sapeva cosa dire e prese la mano di Aedine, stringendola più volte come aveva fatto lei mentre era ferito a letto. Alla fine la donna ricambiò il gesto, riconoscendo il conforto che le stava dando.

"Bene. È una vecchia strega, vero?" chiese Bianca e Aedine scoppiò a ridere, sorpresa.

"Oddio," disse Aedine, voltandosi a guardarla sorridendo. "Hai ragione, ma ti odierebbe per questo commento."

"Allora quella è tua madre?"

"Sì. Anzi, forse no. Non lo so." Aedine sembrò confusa per un secondo, poi scosse la testa. "In ogni caso, sì. Proprio lei."

"Beh, sembra *adorabile*." Bianca inarcò un sopracciglio e Aedine rise di nuovo.

"Sii comprensiva con lei, ha dovuto sopportare mio padre per tutti questi anni."

Detto ciò, Aedine aprì la portiera e Torin fece lo stesso, assicurandosi di restare al suo fianco per mandare un messaggio a sua madre.

"Madre..." disse Aedine fermandosi di fronte alla donna.

"Aedine. È gentile da parte tua passare di qui dopo tutti i problemi che ci hai causato questa settimana. Si parla soltanto di noi in paese." La madre di Aedine si voltò e guardò Torin dalla testa ai piedi. "Perché questo qui è così elegante?"

"È ricco, madre. I ricchi si vestono meglio di noi." Aedine sorrise leggermente mentre la madre osservava l'abbigliamento di Torin. Lui abbassò lo sguardo sui propri abiti, non capiva quale fosse il problema. Indossava jeans scuri, stivali di cuoio e una giacca di pelle scura. Forse la fibbia della cintura era troppo particolare? Era stata incisa con lo stemma della sua famiglia, lo proteggeva dagli attacchi e conteneva della magia arcana. In un'altra occasione, avrebbe considerato quel look piuttosto banale rispetto a ciò che indossava di solito nel regno dei Fae.

"Ah sì?" Sentire la figlia parlare di soldi fece brillare gli occhi della madre, che porse la mano a Torin. Quando lui l'avvicinò alle labbra per baciarla, come era sua abitudine da tempo, l'anziana sorrise e sbatté le ciglia.

"Per san Patrizio..." mormorò Aedine sottovoce.

"Puoi chiamarmi Aileen. Entrate, entrate. Vi preparo un tè." Aileen lo trascinò dentro e Torin lanciò un'occhiata perplessa a Aedine, che si limitò a scuotere la testa e sospirare. L'uomo si accorse che Aileen non si era neanche degnata di salutare Bianca e Seamus, che seguirono Aedine entrando in casa.

"Allora, come ti chiami?" gli domandò Aileen. Si era fermata accanto a un telefono poggiato su un piccolo vassoio da tè posto vicino a una poltrona logora. La porta da cui erano entrati dava direttamente su un soggiorno con due divani consunti, una poltrona e un tavolino basso. Un tappeto liso copriva il pavimento in laminato, delle tende grigie e flosce pendevano alla finestra. Era una stanza scarsamente decorata e con poco di allegro, rifletté Torin guardandosi intorno. Com'era stato per una bambina vivace e fantasiosa come Aedine crescere in un ambiente così spartano?

"Si chiama Torin," intervenne Aedine, poi indicò gli altri due presenti. "E loro sono i miei amici Bianca e Seamus."

"E questo qui... è anche lui un amico?" Aileen fece un cenno del capo in direzione di Torin, stringendo il telefono tra la spalla e l'orecchio.

"Sto cercando di convincere sua figlia a uscire con me," disse Torin prima ancora che Aedine potesse rispondere.

"Non riusciresti a trovare di meglio, Aedine," dichiarò Aileen stringendo le labbra e componendo un numero. "Smettila di fare la difficile e accetta quello che ti sta offrendo."

Torin sgranò gli occhi e si chiese se anche gli altri avessero sentito ciò che l'anziana aveva mormorato sottovoce. *Prima che capisca il suo errore.* Stava iniziando a capire il motivo dei sentimenti combattuti di Aedine nei confronti della sua famiglia.

"Shannon, chiama le ragazze. Aedine ha finalmente portato un uomo a casa. Un uomo elegante," disse la donna al telefono, guardandolo dalla testa ai piedi. "E porta anche da mangiare. Sicuro e certo, non potete aspettarvi che vi sfami tutti quando quella si presenta qui senza nemmeno avvisare. Adesso non ho il tempo di correre a comprare qualcosa."

"Madre... Non ce n'è bisogno, sul serio..." protestò Aedine, ma Aileen si limitò a lanciarle un'occhiata veloce.

"Sì, quei biscotti che mi piacciono erano in sconto all'inizio della settimana. Porta anche quelli." Aileen riagganciò il telefono e agitò le mani indicando il soggiorno. "Siediti. Siediti. Preparo il tè."

Torin aspettò che sparisse dietro una porta, probabilmente quella della cucina, dove sentì il rumore delle ante della credenza e dei piatti. Raggiunse Aedine e le posò le mani sulle spalle, costringendola a sollevare lo sguardo verso il suo viso.

"Non ti merita, Aedine. Che siate parenti o no, non far dipendere il tuo valore da ciò che pensa lei." Torin la baciò dolcemente sulla fronte e gioì quando la donna si lasciò andare contro di lui. Fuori, delle gomme scricchiolarono sulla ghiaia e delle portiere si chiusero con un tonfo secco. Aedine sospirò prima di staccarsi da lui.

"Preparati. Faremmo meglio ad andare in giardino, ci sono dei tavoli da picnic e il tempo non è male. Non ci sarà spazio per tutti qui dentro."

"Cosa c'è di male nello stare dentro?" chiese Aileen dalla soglia della cucina. Stringeva uno strofinaccio tra le dita.

"Sei troppo importante per noi adesso, Aedine? In questa casa c'era spazio per te, per le tue sorelle e per tutti i tuoi amici quando eri piccola. E adesso non è abbastanza per te?"

"Non ho mai detto niente di tutto ciò..." Aedine si pizzicò il naso. "Stavo solo proponendo di sederci fuori perché le temperature si stanno alzando e sarebbe bello stare un po' all'aria aperta dato che non piove."

"Beh, allora dovrò stancarmi a portare il tè là fuori."

"Sarei più che felice di aiutarla," si offrì subito Torin, ed Aileen gli sorrise di nuovo raggiante. Non l'aveva mai vista farlo con Aedine e gli si strinse il cuore. Non lo meravigliava che avesse dovuto lasciare quella casa, era un ambiente piuttosto spento per una persona luminosa come lei.

"Allora faccio strada agli altri," disse Aedine con un'espressione indecifrabile sul viso. Aveva sbagliato a offrirsi di aiutare sua madre? In quel momento, gli era sembrata la cosa più educata da fare. Era come se stesse cercando di camminare su una fune tesa mantenendo l'equilibrio sopra una fossa piena di alligatori affamati: un solo passo falso l'avrebbe portato alla morte.

"Allora, dove ti ha trovato?" gli domandò Aileen prendendo delle tazze diverse tra loro dalla credenza. Delle voci filtravano dal vetro sottile della finestra davanti al lavandino della cucina e Torin intravide alcune donne passare davanti a loro con delle buste in mano.

"Sono stato io a trovarla, in realtà. A un festival," rispose Torin restando sul vago.

"A un festival..." Aileen emise una risata nasale, come se fosse un'idea ridicola. "Chi ha tempo per queste cose? Stava lavorando lì? Indossava uno di quei costumi imbarazzanti?

Si faceva vedere mezza nuda da tutti quanti? Sicuro e certo, so quello che vuoi, bello."

"Ehm, no. Era lì, si stava godendo la musica, incontrando gente nuova... completamente vestita..." Beh, almeno per una parte della serata, pensò Torin prendendo il vassoio carico di tazze.

"Quindi lavori?" Aileen lo scrutò ancora una volta. "Aedine ha detto che sei ricco."

"Sono ricco di esperienze di vita," rispose lui tranquillamente. Si rifiutava di parlare di soldi con quella donna che stava chiaramente cercando di sfuggire alla propria vita deprimente. Se solo si fosse resa conto di aver potuto fare delle scelte diverse, non sarebbe rimasta bloccata in quell'esistenza monotona.

"Ah, beh. 'Ricco di esperienze di vita', dice," rise Aileen e sbatté lo strofinaccio sul bancone della cucina. "Dev'essere bello permettersi di fare nuove esperienze. Beh, forse d'ora in poi saremo fortunati. Lo spero, dopo tutto quello che abbiamo fatto per Aedine. È in debito con noi, sai?"

"No, non lo so. Perché una figlia dovrebbe essere in debito con i propri genitori?" Gli avrebbe dato altre informazioni sulle origini di Aedine?

"Le abbiamo dato da mangiare e degli abiti da indossare, no? L'abbiamo portata dal dottore quando era malata. Forse non ha avuto un'infanzia agiata, però è sopravvissuta. Ci deve ripagare per quello."

"Non credo che i rapporti tra genitori e figli si basino su una transazione," disse Torin, e un'espressione confusa si dipinse sul volto di Aileen.

"Non so cosa tu intenda, ma è in debito con noi. Non è come le altre."

"In che senso?" le domandò Torin appoggiandosi al telaio della porta. Aileen si bloccò, sembrava essersi resa conto di stare rivelando più di quanto volesse, e agitò le mani in aria.

"Oh, lascia perdere. Era solo una bambina difficile. Non mi ascoltava mai. Quella lì mi ha dato soltanto problemi da quando l'ho incontrata. Bene, allora, portiamo queste tazze fuori e speriamo che le mie figlie siano state abbastanza sveglie da ricordare di portare i miei biscotti." Aileen fece un cenno del capo verso la porta.

Torin si voltò e la seguì lungo un corridoio. Le parole della donna riecheggiavano nella sua mente.

*Da quando l'ho incontrata...*

"Guardate un po' chi c'è! La Focosa Aedine!" disse Shannon, la sorella maggiore, strascicando le sillabe mentre spuntava da dietro l'angolo della casa, seguita da due sorelle, cinque dei loro figli e un cucciolo cicciottello. Uno dei bambini prese in braccio il cagnolino e corsero tutti nel campo salutando a malapena Aedine prima di allontanarsi schiamazzando.

"Smettila, Shannon. Non è stata colpa mia," disse Aedine, sempre più irritata. Le si strinse lo stomaco e quel vecchio, familiare bruciore di risentimento la pervase. Quelle persone non l'avevano mai capita, né si erano mai degnate di provarci. Aveva sempre finto insieme a loro, essendo determinata a mantenere la pace, ma adesso... adesso non aveva più bisogno di farlo. C'era un problema, però: una parte di lei desiderava ancora disperatamente la loro approvazione. Perché? Che senso aveva volerla da persone che, oltre a non comprenderla, non avevano mai nemmeno provato a farlo? La loro visione del mondo era così ristretta che non avevano nemmeno gli strumenti per capire la vera identità di Aedine.

Era una principessa dei Fae.

Raddrizzò le spalle e sollevò il mento, cercando di sentire la stessa sicurezza che provava nell'esibirsi. Stare con la sua famiglia, del resto, era soltanto uno di quei momenti, una messinscena. Quando voleva andare d'accordo con loro restava zitta e sottomessa, facendosi mettere i piedi in testa. Se, invece, non era dell'umore giusto per farlo, rispondeva a tono ed era in quel momento che iniziavano le liti. In ogni caso, non aveva mai portato un uomo lì, il che la faceva sentire a disagio. La dinamica tra loro era cambiata a causa della presenza di Torin, e se Aedine aveva pensato che l'avrebbero trattata meglio ora che aveva un partner come loro, adesso si sentiva ancora più isolata nel vederle circondare Torin.

"Alla radio hanno detto che eri appena scesa dal palco dopo uno spettacolo con il fuoco quando è scoppiato l'incendio nella sala. Andiamo, Aedine... Non vorrai certo insinuare che la causa sia stata un'altra?" Shannon lasciò cadere la busta della spesa sul tavolo prima di iniziare a svuotarla, e annuì velocemente quando Bianca presentò se stessa e Seamus.

"Non sono stata io, Shannon. Prendo tutte le precauzioni del caso, sono una professionista. Ho ricevuto una formazione," ribatté Aedine.

"Da chi?" Aileen posò una brocca d'acqua e il bollitore sul tavolo. "C'è una scuola che dà certificati su queste cose?"

"A dire il vero..." cominciò a dire Aedine, ma le sue sorelle avevano iniziato a ridere e parlarle sopra mentre altre tre donne giravano l'angolo della casa. Mancava soltanto

Mary. Presto il chiacchiericcio si fece così rumoroso che Aedine si ingobbì e sedette in disparte, senza nemmeno perdere tempo a dire qualcosa. Se volevano credere a ciò che i notiziari avevano riportato sull'incendio, beh, era un problema loro. Sarebbe stato bello se una di loro l'avesse difesa o almeno le avesse chiesto cosa fosse successo davvero, ma non capiva perché continuasse a sperarci. Era come una bambina che rifiutava di imparare la lezione continuando a toccare un fornello caldo e aspettandosi che questo non la bruciasse.

"Wow, sei davvero bello!" Shannon si voltò. Era una donna di mezza età con ciocche grigie tra i capelli biondi, e il peso delle ultime due gravidanze che le ammorbidiva i fianchi. "Non riesco a immaginare perché ti sei interessato alla nostra piccola Aedine. Che lavoro fai?"

"Sono un consulente," rispose Torin con un'espressione severa. "E mi sono interessato a Aedine perché è la perfezione fatta persona. Brilla come una singola, cristallina goccia di rugiada su un petalo di rosa baciato dal sole del mattino."

Tutte le donne della sua famiglia si ammutolirono guardando prima Torin, poi Aedine e di nuovo lui. Alla fine Shannon spezzò il silenzio scoppiando in una risata fragorosa.

"Sei anche un poeta, allora! Sicuro e certo, Aedine è fortunata ad aver attirato la tua attenzione. Non dubito che ci sia una fila di donne desiderose di uscire con te, dato il tuo talento con le parole."

"Ugh," borbottò Aedine. Si era lasciata cadere sulla panca in un angolo del tavolo da picnic e Bianca si sedette accanto a lei prima di darle un colpetto leggero alla spalla.

"Le famiglie possono essere difficili," disse Bianca.

"C'è dell'alcol in giro?" chiese Aedine lanciando un'occhiata speranzosa alle buste della spesa. Una brezza gentile fece arrivare alle sue narici l'odore dei cavalli e della terra bagnata dei campi mentre il sole le riscaldava la schiena. In qualsiasi altra situazione si sarebbe goduta un bel picnic, e invece era costretta a guardare le sue sorelle provarci con Torin. Per tutti i cieli d'Irlanda, la maggior parte di loro erano sposate, e Shannon stava addirittura arrossendo per qualcosa che l'uomo aveva detto. Aedine distolse lo sguardo quando la sorella maggiore si sporse in avanti e colpì scherzosamente Torin al braccio lanciandogli delle occhiate maliziose sotto le ciglia.

"Non ho visto alcolici. Non hai niente a bordo di Betty Blue? Posso andare a prenderti una bottiglia," si offrì Bianca emettendo un fischio basso. Seamus, che a quanto pareva non era abbastanza bello da avere donne che gli sbavavano dietro, si sedette accanto a Bianca, poi si chinò in avanti e sorrise gentilmente a Aedine.

"Non lasciare che ti buttino giù. Sei una principessa, ricordi?"

"Non lo crederebbero mai. Per loro sono sempre stata soltanto un peso o un errore," rispose lei.

"Beh, che vadano al diavolo," dichiarò Bianca, facendo trasalire Aedine. "Perché vuoi integrarti con loro? Sono chiaramente infelici. Guarda... quella tua sorella con la fede al dito? Sembra che stia per saltare addosso a Torin. Persino tua madre ci sta provando con lui. Le persone che conducono vite felici non cercano di rubare il fidanzato della sorella."

"Non saprei, non ho mai portato a casa un uomo,"

disse Aedine, e all'improvviso si rese conto che non conosceva davvero quelle donne. Le bambine con cui aveva condiviso la camera da letto erano diventate donne severe. I loro volti erano diventati più spigolosi, le loro speranze e i loro sogni erano stati rimpiazzati dal risentimento e dal pregiudizio. Non guardavano più al futuro, ma andavano avanti giorno dopo giorno con difficoltà. Aedine avrebbe potuto rimuginare quanto voleva sul fatto che non si degnassero di capirla, tuttavia lo stesso si poteva dire di lei. Le aveva abbandonate molto tempo prima per una buona ragione, ma non era rimasta davvero nelle loro vite. All'apparenza, aveva fatto il suo dovere: ogni tanto telefonava, si faceva raccontare come stessero i bambini... Aveva mai chiesto, però, cosa rendesse felice Shannon? Le aveva mai domandato se stesse lavorando a qualcosa di nuovo o se avesse trovato un nuovo hobby? Forse anche lei, come loro, aveva fatto uno sforzo minimo nel loro rapporto.

Probabilmente era più semplice così.

Oppure era la cosa migliore da fare.

Le persone crescevano e cambiavano. Le famiglie si dividevano, i nuovi membri non si integravano mai del tutto e gli amici andavano avanti con le proprie vite. Forse non era destino che rimanessero tutti nelle vite dei familiari per sempre. Alcuni restavano, altri lo facevano fino a un certo punto fino a completare il loro dovere. Aedine osservò la sua famiglia da questa nuova prospettiva. Sarebbe mai riuscita a lasciar andare il risentimento che provava nei loro confronti?

"Ehi, Shannon!" domandò attirando l'attenzione di sua sorella lontano da Torin. Le altre sorelle ne approfittarono immediatamente avvicinandosi a lui.

"Cosa c'è?" rispose Shannon aprendo un barattolo di biscotti e scrutando automaticamente i prati in cerca dei suoi figli.

"Cosa ti rende felice?" le chiese Aedine, domandandosi se avrebbe potuto superare il muro che la sorella maggiore aveva eretto intorno al proprio cuore.

"Cosa?" disse Shannon aggrottando la fronte, confusa, e guardò Aedine dall'alto. "Cosa vuoi dire?"

"Sono solo curiosa. Ultimamente abbiamo parlato solo dei bambini. Mi stavo solo chiedendo se tu avessi qualcosa che ti piace fare oppure un sogno per il futuro che ti rallegra." Aedine permise a un sorriso caloroso di allargarsi sulle sue labbra, nella speranza di instaurare una connessione sincera con la sorella.

"Oh, Aedine, non è bello avere il tempo per sognare? Per avere un hobby? Secondo te quando potrei avere un momento per me durante la giornata, o per sognare il futuro? Riesco a malapena a farcela così, con poco tempo per dare da mangiare a tutti. Il futuro... Il futuro è cosa preparo per cena, e sono fortunata se lo faccio in orario. Lo fai sempre: vieni e ti vanti di poter andare dove vuoi e avere tutti questi sogni e aspirazioni. Beh, sai una cosa, Aedine? Io non posso farlo. Sono bloccata qui, come sono sempre stata e sempre sarò. E non mi piace che tu me lo ricordi con il tuo fidanzato elegante e i tuoi stupidi viaggi. Continua ad andare in giro con il circo o i nomadi o qualunque cosa tu stia facendo in questi giorni. Non importa davvero a nessuna di noi, a dire il vero. Devi soltanto fare in modo che il nostro cognome non finisca sui giornali, perché non abbiamo le energie per diventare gli zimbelli del paese. Di nuovo." Shannon sbatté il tappo del barattolo di biscotti e si precipitò in casa.

"Beh, non è adorabile?" chiese Bianca voltandosi verso Aedine. "Poverina, non mi meraviglia che tu sia scappata da qui. Continua a correre, tesoro. Il tuo affetto è sprecato qui."

"Ho solo bisogno di un minuto..." disse Aedine con voce roca. Fece un cenno in direzione delle altre sorelle, che avevano portato via Torin per mostrargli i loro seni o qualcosa di altrettanto imbarazzante o ridicolo. "Puoi tenerlo d'occhio?"

"Non ti allontanare, eh?" si raccomandò Seamus, preoccupato. "Se Donal è nei paraggi... beh, potremmo avere un problema."

"Vado solo da Betty Blue. Ho semplicemente bisogno di un minuto per stare da sola." Aedine si alzò e sgattaiolò dietro la casa mentre Torin era girato dall'altra parte. Le bruciavano gli occhi per le lacrime e superò il furgone barcollando verso il bosco che costeggiava la proprietà. I polmoni le facevano male e faticava a respirare, stava per avere un attacco di panico. Non aveva mai parlato alla famiglia dei suoi problemi d'ansia, né aveva detto loro che a volte doveva affrontare delle crisi debilitanti. Perché avrebbe dovuto farlo? Non l'avrebbero capita, e non aveva bisogno di rivelare loro un'altra delle sue debolezze.

Perché non potevano provare a essere gentili, anche solo per un momento? Era stata quasi tentata di lanciare una palla di fuoco in aria e rivelare loro chi e cosa fosse. Sarebbe stato uno spettacolo meraviglioso. Probabilmente avrebbe dovuto davvero far vedere alle sue sorelle quanto fosse diventata potente. Il solo pensiero la rallegrò, alleviando un po' la sua ansia, e si concesse di fantasticare su come sarebbe stato mostrarsi come una principessa guerriera. Avrebbero sicuramente perso la testa, e vederle scappare sarebbe stato divertente. Poteva forse costringerle a inchinarsi? Era questo che le principesse pretendevano dai loro sudditi? Aedine continuò a pensare di tornare indietro e costringere la sua famiglia a prostrarsi di fronte al suo potere, quando si fermò di colpo nei pressi di un ruscello gorgogliante. Aveva dimenticato quel posto e tornò alla realtà smettendo di sognare a occhi aperti.

Aedine si sedette su un tronco caduto accanto al torrente allungando le gambe davanti a sé. Lasciò che la quiete del bosco la calmasse. A eccezione dello scroscio dell'acqua, la foresta era silenziosa: nessun uccello cinguettava, nessun animale si muoveva tra i cespugli, nessuna brezza agitava le foglie sopra la sua testa. Che strano, pensò Aedine, e si bloccò. I boschi *non* erano posti silenziosi, ma tranquilli. Scrutò la radura accanto al torrente e il ricordo della sera precedente riaffiorò nella sua mente senza che lo volesse.

*Sei una bambina scambiata, ti hanno trovata nel bosco...*

Proveniva da quella foresta. In qualche modo, l'avevano trovata lì. La verità la colpì bruscamente e si alzò, girandosi in tondo per controllare se ci fosse qualcosa di strano o fuori posto. Fece un passo in avanti con il cuore che le martellava nel petto e abbassò lo sguardo sul ruscello gorgogliante, sull'acqua che scorreva tra le pietruzze brillando leggermente sotto la luce del sole. A un certo punto l'acqua sprofondava come se scorresse su una sporgenza, e Aedine inclinò la testa.

Il torrente avrebbe dovuto proseguire nella stessa direzione del resto del flusso, lì invece scorreva in senso circolare, antiorario. L'acqua si muoveva così velocemente che era impossibile vedere il letto del ruscello. Chissà se...

"Finalmente hai trovato il portale."

Una donna era in piedi sull'altra riva del torrente, aveva capelli scuri e selvaggi e gli occhi che somigliavano a pezzi di ghiaccio. Era bella come può esserlo un grande squalo bianco, dall'aspetto meraviglioso e una forza letale sotto la superficie. Aedine non poteva esserne sicura, ma credeva di trovarsi al cospetto di una dea. Sollevò lentamente le mani di fronte al petto, non sapeva cosa fare. Si concentrò sulla sconosciuta, felice di aver indossato nuovamente la cotta di maglia dorata quella mattina, e si sforzò di ascoltare degli eventuali passi alle proprie spalle.

La foresta era ancora silenziosa.

La cosa aveva senso, adesso che Aedine vedeva questa donna. La sopravvivenza del più forte era un concetto intrinseco alla natura, quindi il fatto che tutti gli animali fossero fuggiti non la sorprendeva.

"Questo è un portale?" domandò Aedine, rendendosi conto che l'altra donna stava aspettando che parlasse.

"Sì. Uno dei tanti, ovviamente, però per noi è speciale. Vedi, i Danula non hanno ancora trovato questo portale, inoltre permette di entrare sia nel loro mondo che nel vostro. È uno dei pochi, ultimi segreti del mio popolo. Lo proteggeremo a tutti i costi."

"Il tuo popolo? Sei... una regina, allora?" Aedine sapeva bene che quella donna era la dea Domnu di cui le aveva parlato Bianca, tuttavia voleva sminuirla intenzionalmente per capire se fosse una persona vanitosa. In tal caso, avrebbe potuto usare quella debolezza contro di lei. Aedine aveva passato la maggior parte della propria vita a osservare gli altri, a interpretare le loro intenzioni, e adesso avrebbe dovuto usare tutta la sua abilità in quel campo per sopravvivere a quell'incontro. Al momento, non aveva chissà quali alternative: attaccare, fuggire, oppure saltare nel portale.

"'Una regina'? Ma fammi il piacere," rise la donna, sistemandosi una ciocca di capelli dietro la spalla. "Quel titolo non è degno di me. Sono la dea Domnu. Hai sicuramente sentito parlare di me."

Aedine serrò le labbra e osservò il cielo come se si stesse sforzando di ricordare una conversazione incentrata sulla divinità.

"No, non direi, ma ho scoperto da poco il mondo dei Fae. Allora non sei una regina? Il tuo vestito è carino."

Un lampo di rabbia attraversò lo sguardo della dea.

*Ti prego, non uccidermi. Ti prego, non uccidermi. Ti prego, non uccidermi.*

Aedine continuò ad avere un'espressione perplessa e allo stesso tempo interessata. Sperava che farle un complimento alla fine avrebbe indorato la pillola.

"Il mio vestito è fatto con le lacrime di coloro che mi hanno tradita. Il loro dolore è stato cucito formando fili scintillanti di rimorso e intrecciato in un tessuto che solo una dea può indossare." Domnu passò le mani sulla gonna dell'abito. Aedine non aveva affatto mentito, l'abito era mozzafiato, di un blu mezzanotte con bagliori cristallini, e adesso capiva meglio cosa lo rendesse così particolare.

"Che cosa... intensa," rispose Aedine.

"Le emozioni forti portano al cambiamento, sciocca umana."

"È per questo che sei qui? Cosa stai cercando di cambiare?" Aedine voleva soltanto tenerla occupata parlando, così non l'avrebbe uccisa, e sperava con tutta se stessa di non essere destinata a morire quel giorno.

"Il mio popolo merita di regnare. Siamo più forti, più intelligenti e migliori di quegli esseri deboli. Dicono di averci esiliati nell'oscurità... Ah!" La dea Domnu agitò un dito in aria. "La vita è molto più bella quassù. Gli umani sono dei meravigliosi giocattolini per noi Fae, lo sapevi?"

"Sei una regina... Non puoi semplicemente fare in modo che succeda?" le domandò Aedine, provocandola.

Un lampo di irritazione attraversò lo sguardo della dea e i suoi capelli si rizzarono attorno alla testa sibilando. Aedine sgranò gli occhi, non si era resa conto che quei riccioli in realtà erano vivi, e la cosa le fece venire la nausea.

"Non sono una regina!" strillò la dea Domnu e in qualche modo il bosco diventò ancora più silenzioso.

"No, non lo sei, ma io sì."

Aedine si abbassò istintivamente voltandosi e sollevando le braccia a protezione del viso quando la regina Aurelia avanzò e scagliò un'ondata di magia arcana contro Domnu, facendola volare all'indietro fino a cadere su un cespuglio. Aedine trattenne il fiato: la dea non l'avrebbe presa bene.

"Resta indietro, Aedine. È te che vuole." La regina, che finora le era parsa buona ma severa, adesso si rivelava una vera combattente. Al posto di un vestito indossava dei pantaloni in metallo e un top aderente: osservandolo più da vicino, si rese conto che era dello stesso materiale del suo corpetto di cotta di maglia. Aedine si girò e corse verso un gruppetto di cespugli dietro i quali si nascose. I rametti le punzecchiavano i fianchi mentre si accovacciava e spiava da dietro le foglie. Forse non era un granché, tuttavia Aedine non aveva molto tempo per fare una scelta e voleva allontanarsi dalla battaglia per non distrarre la regina. Eppure, moriva dalla voglia di correre al suo fianco.

La dea si alzò lanciando degli incantesimi e la sovrana li evitò tutti. Aedine non capiva nemmeno quale magia stessero usando, riusciva soltanto a vedere dei fili sottili e luccicanti attraversare l'aria tra le due donne. Una sensazione di nausea la pervase quando la regina inciampò dopo essere stata colpita di nuovo e la divinità rise.

"Credi di essere più forte di me?" La dea Domnu inclinò la testa all'indietro e rise, divertita. "Sono una dea, stupida!"

"E io discendo da tua sorella," ansimò la regina Aurelia avanzando a fatica lungo il ruscello.

"Mia sorella è debole." La dea Domnu lanciò un'altra ondata di magia contro la regina, facendola cadere a terra. Senza nemmeno fermarsi a pensare, Aedine rispose con un lampo di fuoco che colpì la divinità alla testa, accendendo delle piccole fiammelle tra i suoi capelli. Un'espressione letale e furiosa si dipinse sul suo volto e la donna si concentrò su di lei.

"Hai osato attaccarmi?" sibilò Domnu. Le sue ciocche urlavano, consumate dalle fiamme, poi la dea si avvicinò ad Aurelia. Aedine non l'aveva nemmeno vista muoversi. "Sciocca ragazza. Mi piaceva questa chioma."

Detto ciò, Domnu sollevò le braccia nello stesso momento in cui lo fece la regina e i loro incantesimi si scontrarono a metà strada, facendo volare entrambe lontano in un'esplosione di dimensioni disastrose. Domnu sparì alla sua vista stringendosi il ventre e Aedine afferrò dei rami del cespuglio, cercando di proteggere la testa, mentre alcune pietre e la terra volavano nell'aria. Quando tornò il silenzio si voltò, spaventata all'idea di ciò che avrebbe potuto vedere. Il sudore le solcava la fronte e Aedine lo asciugò prima che le gocce entrassero nei suoi occhi. Fu una macchia rossa ad attirare la sua attenzione e si rese conto che non era sudore, ma sangue che le colava lungo il viso. Aedine si toccò il volto e trovò la ferita, poi ci premette una mano sopra per cercare di fermare l'emorragia.

Si alzò dal cespuglio cautamente, premendosi la mano contro la fronte, poi avanzò lentamente. Non riusciva a vedere la dea Domnu. Un gemito tremante si levò dal sottobosco e Aedine corse verso il punto in cui la regina giaceva per terra, sotto tre alberi alti che avevano apparentemente rallentato la sua caduta. La donna giaceva inerte e respirava a malapena.

"Altezza... cosa posso fare?" Aedine si inginocchiò e prese la sua mano. Un'ombra gelida di paura si insinuò dentro di lei quando la regina espirò di nuovo rabbrividendo e cercando di respirare.

"Non puoi... morire," ansimò la sovrana.

"Io... la prego, cosa posso fare? Come posso aiutarla?" Aedine sbatté le palpebre per scacciare le lacrime, terrorizzata per il colorito pallido del viso della regina Aurelia.

"Forse è... troppo tardi. Mio figlio... ti prego, digli..." La sovrana strinse dolcemente la mano di Aedine. "Che gli voglio tanto bene. Parla anche al mio popolo dell'amore che provo per loro."

"Un momento... No, sarà *lei* a farlo. Non può..." Aedine trasalì quando la presa della regina si allentò e inclinò la testa all'indietro. "No, no, no. Aurelia, mi ascolti..."

"Indossa questo..." La regina si sfilò il cerchio d'oro dai capelli. Aedine si fece prendere dal panico quando la donna smise di respirare e cadde all'indietro, e senza pensarci iniziò a farle dei massaggi cardiaci per rianimarla. Li contò tutti come le avevano insegnato e nel frattempo cercò di capire cosa avrebbe dovuto fare dopo.

L'urlo di un bambino squarciò l'aria.

Aedine sollevò il capo e si rese conto che la sua famiglia era sotto attacco. Esitò, combattuta, volgendo lo sguardo verso la casa da cui provenivano altre grida, poi tornò a fissare la sovrana e infine il portale.

Aedine prese una decisione: si alzò e si issò sulle spalle il corpo senza vita della regina Aurelia. Ancora una volta fu grata dei muscoli scolpiti da ore e ore di allenamenti e barcollò fino al portale. Lì, senza nemmeno un attimo di esitazione, saltò nel torrente insieme alla sovrana.

"La regina!" Aedine ebbe a malapena il tempo di aprire gli occhi prima di sentire delle urla. Non aveva idea di dove si trovasse, ma era circondata da alcune guardie.

"Prendetela. Devo tornare indietro. La dea Domnu..." ansimò Aedine supplicando una guardia. "Ha usato la magia oscura."

"Ci occuperemo noi di lei, principessa." Le tolsero il corpo della donna dalle spalle e Aedine si prese un momento per assicurarsi che le guardie circondassero la sovrana prima di voltarsi e saltare nuovamente nel portale. La regina era morta, tuttavia una principessa era ancora viva.

Era giunto il momento di salvare il *suo* popolo.

# CAPITOLO VENTI

Il portale la risputò nel torrente, e Aedine sussultò mentre nuotava nell'acqua fredda e raggiungeva l'argine. Lì si fermò e osservò attentamente il bosco. Tirò un sospiro di sollievo quando un uccello volò sopra di lei. Aedine seguì il sentiero correndo verso la casa in cui era cresciuta, combattuta tra la preoccupazione per la regina e l'ansia per gli altri.

Torin...

Aveva a malapena avuto il tempo di pensare alla passione della notte precedente e a quanto i suoi sentimenti per lui stessero cambiando. Il passato non contava più adesso, soprattutto ora che le loro vite erano in pericolo. Aveva davvero bisogno di aggrapparsi a quella volta che l'aveva abbandonata? L'aveva ritrovata, no? E da allora c'era sempre stato per lei. Ora toccava a lei esserci per lui, pensò fermandosi davanti alla casa.

Era tutto silenzioso, il che non le piaceva affatto. Non succedeva mai nelle famiglie numerose come la sua.

Sembrava non ci fosse nulla di strano, che nessuno l'avesse vista. Aedine si girò verso il punto in cui aveva parcheggiato Betty Blue. *Il suo deposito...*

Il bastone...

Salì sulla piccola scala sul retro del furgone maledicendosi per non averci pensato prima e girò la combinazione del lucchetto che proteggeva alcuni oggetti personali. Aveva conservato quel magnifico bastone proprio lì dentro, lo stesso giorno in cui l'aveva preso, perché non era ancora pronta a inserirlo nelle sue coreografie. Adesso, pregava che ci fosse ancora.

"Oh, meno male..." Aedine sussultò nel vederlo avvolto nel suo cappotto lungo. Un'ondata di magia si diffuse dentro di lei appena le sue dita si strinsero intorno all'oggetto di legno. Si trattava certamente del talismano perduto dei Fae del fuoco.

Le due cose che stavano impedendo ai Domnua di controllare in tutto e per tutto quella fazione erano lì, almeno in base a ciò che Bianca le aveva spiegato. I Domnua avevano bisogno del bastone e che lei non li ostacolasse. Aedine si accorse di essere in una posizione pericolosa, tuttavia, non sentì arrivare l'attacco di panico, anzi, era tranquilla e i suoi sensi si acuirono permettendole di pensare lucidamente. Prese il cerchio d'oro che si era infilata al braccio quando aveva salvato la regina e se lo mise in testa. Sperava non si trattasse di una grave violazione del protocollo reale, ma si sentì molto più coraggiosa appena indossò quella corona.

Aedine scese lentamente dal furgone con il bastone in mano e raddrizzò le spalle. *Adesso* sì che si sentiva pronta a prendere il proprio posto e combattere per il suo popolo, iniziando da coloro che erano spariti dal giardino di casa sua. Fece velocemente il giro dell'abitazione mentre le sue scarpe facevano rumore sulla ghiaia e si bloccò nel vedere sua madre piangere silenziosamente seduta al tavolo da picnic. Aileen sollevò lo sguardo sentendola arrivare e strinse gli occhi.

"Piccola bastarda," disse velenosamente. Quel tono di voce era il frutto di anni di interazioni tese arrivate ormai al limite. Quella donna l'aveva sempre detestata, proprio come pensava.

"Cos'è successo?" Non aveva il tempo di approfondire il perché della rabbia di Aileen. "Dove sono gli altri?"

"Non avrei mai dovuto permettere a tuo padre... di..." L'anziana singhiozzò e si passò sul viso una mano rossa a causa dei tanti anni di lavoro manuale.

"Di fare cosa?" Aedine serrò le labbra continuando a passare in rassegna i campi dietro la casa in cerca di qualsiasi movimento.

"Di tenere te... la figlia della sua amante..." sibilò Aileen. Aedine sgranò gli occhi. Suo padre aveva avuto una relazione con un'altra donna?

"Stai dicendo che..." Aedine cercava di capire come suo padre potesse aver avuto dei rapporti con qualcuna, e soprattutto con una persona che non fosse Aileen. Era un uomo rozzo e sarcastico, prepotente e irascibile, per nulla affascinante. Era un miracolo che una donna avesse scelto di stare con lui. Era una notizia davvero sconcertante.

"Sì. Sei la figlia del demonio." Aileen si fece il segno della croce prima di toccare la collana da cui pendeva un crocifisso d'argento. Il gesto sembrò calmarla e sollevò il viso verso Aedine. "Avrei dovuto annegarti nel torrente da cui sei venuta."

"Wow, forse stai esagerando un po'!" Aedine ignorò le sue parole astiose, rifiutandosi di lasciare che quella donna la distraesse dal trovare i suoi amici, la sua vera famiglia. "Non ti credevo capace di uccidere una neonata."

"Mi rispondevi sempre male. Non eri come le altre ragazze, le mie bambine, i miei angeli. Il giorno migliore della mia vita è stato quando te ne sei finalmente andata. Sarei stata felice di non vederti mai più, ma insistevi ancora nel tornare."

"Credimi, lo facevo solo per un senso del dovere. Adesso non lo provo più, quindi non ti darò più tanto fastidio in futuro. Dimmi cosa è successo." Aedine sbatté la mano sul tavolo, facendo trasalire la donna. "Non ho tempo da perdere. Dove sono gli altri?"

"Li ha presi quell'uomo e portati verso i campi." Aileen si cinse il corpo con le braccia iniziando a piangere. "Le mie bambine. Sapevo che un giorno ci avresti causato problemi. Eri soltanto una bomba a orologeria."

Aedine inspirò e osservò la donna devastata di fronte a lei. Non era colpa sua se l'avevano cresciuta in quella casa, e allo stesso tempo non era colpa di Aileen se non era stata in grado di volerle bene. Aggrapparsi alla rabbia non l'avrebbe portata da nessuna parte, quindi si sporse in avanti e la costrinse a guardarla negli occhi.

"Ti perdono. Hai fatto del tuo meglio con la sorte che ti è toccata. Riporterò la tua famiglia da te, capito?"

"Me lo prometti?" sussurrò Aileen asciugandosi gli occhi.

"Farò tutto ciò che è in mio potere per portarli a casa sani e salvi. Non posso offrirti di meglio."

Per la prima volta, Aileen la guardò con un'espressione rispettosa. Le due donne si osservarono attentamente, sembravano capire che ogni cosa era cambiata, e ognuna di loro aveva tratto le proprie conclusioni. Aileen scrutò il bastone che Aedine aveva ancora in mano e la coroncina dorata che brillava leggermente tra i suoi capelli.

"Sei sempre stata la più forte di tutto il gruppo."

"Stai attenta," disse Aedine chinando leggermente il capo per accettare il complimento, poi si voltò e corse verso il punto in cui iniziava il campo seguendo un muretto di pietra lungo un viottolo che portava al primo degli edifici annessi. Aedine sentì un lieve mugolio all'orecchio e si fermò quando il cucciolo dei suoi nipotini girò l'angolo. La scrutò guardingo prima di alzarsi sulle zampe posteriori e guaire rumorosamente. Il poveretto sembrava sfinito, pensò la donna prendendolo in braccio. Si assicurò che non fosse ferito mentre stringeva al petto il corpo caldo e morbido del cagnolino, che nel frattempo le leccava il viso con una gratitudine disperata. Tornò da Aileen, che era ancora seduta al tavolo da picnic.

"Questo qui ha bisogno di te. Dagli da bere e fagli le coccole. Proteggilo." Aedine mise il cucciolo tra le braccia dell'anziana donna, che iniziò subito a cullarlo canticchiando una melodia improvvisata. Contenta di avergli trovato una sistemazione, Aedine si voltò e corse nella direzione da cui il cane era venuto. Una volta raggiunto il primo edificio, la donna appoggiò la schiena contro la parete esterna e il legno umido pieno di schegge le strappò leggermente la maglia. Cercò di respirare in modo regolare e di percepire eventuali rumori strani guardandosi intorno, poi sentì uno starnuto provenire dall'annesso vicino. Era più vecchio, senza un tetto, e suo padre aveva deciso da tempo di non ripararlo più. Da piccola aveva passato molti giorni lì, nascondendosi negli anfratti bui e immaginando una vita diversa.

Aedine camminò senza fare rumore verso un angolo dell'edificio, poi si girò, affacciandosi da un'apertura nel muro dove in passato si trovavano due porte.

Tutte le sue sorelle e i loro figli erano seduti sul pavimento con le braccia legate. La sorella che mancava alla riunione, Mary, torreggiava su di loro e aveva una pistola in mano. Dove l'aveva presa? Era praticamente impossibile detenere delle armi in Irlanda. Per qualche motivo, fu quello il primo pensiero di Aedine, ancor prima che la realtà del tradimento la colpisse. Perché Mary stava puntando la pistola contro la propria famiglia? Donal era forse riuscito a farle il lavaggio del cervello? Oppure Mary era stata una Fae oscura per tutto quel tempo?

"Entra pure, Aedine. Riesco a vederti con la coda dell'occhio," disse Mary tenendo la mano ferma. Era molto più alta di Aedine, con i capelli biondi e sottili e le spalle ingobbite. Era sempre stata la sorella con cui aveva avuto il rapporto più complicato. Per un po' Aedine aveva pensato che fossero sul punto di diventare amiche, ma poi Mary era andata all'università e aveva iniziato a criticare le scelte di vita di Aedine; ora si chiedeva se altri fattori avessero contribuito alla disapprovazione della sorella nei suoi confronti.

"Mary, abbassa la pistola. Non devi farlo," disse Aedine entrando lentamente nella stanza semidiroccata. Sopra di loro c'era solo il cielo, e in lontananza si sentiva il brontolio di un temporale imminente che avrebbe preceduto di molto la pioggia.

"Ne sono pienamente consapevole, Aedine. L'unica cosa che *devo* fare davvero è... catturarti." Mary puntò l'arma contro di lei. "Non immaginavo che sarebbe stato così semplice, eppure eccoci qui."

"Sì, eccoci qui," ripeté Aedine. I bambini piagnucolavano e le sue sorelle provavano a calmarli, tuttavia era quasi impossibile farli tacere. Forse Aedine avrebbe potuto usare quella situazione a proprio vantaggio. Il bastone magico pulsava di energia tra le sue mani. "Perché lo stai facendo, Mary? Perché siamo qui? Siamo le tue sorelle!"

"Le mie sorelle che non hanno fatto niente per me. Niente!" rispose Mary, e un lampo di rabbia attraversò il suo sguardo. La pistola tremò nelle sue mani. "Sono stata l'unica ad andare all'università. A qualcuno è importato? Qualcuno si è presentato alla mia cerimonia di laurea?"

"Io c'ero," rispose dolcemente Aedine.

"Certo, l'unica sorella che non è nemmeno imparentata con noi," ribatté Mary guardandola torva. Shannon spalancò la bocca e sollevò lo sguardo verso Aedine, che scosse leggermente la testa.

"Come l'hai scoperto? Io l'ho appena saputo," disse Aedine spostando appena il peso da un piede all'altro. Se fosse riuscita a farla continuare a parlare e nello stesso tempo a muoversi un po' verso sinistra, avrebbe potuto lanciare un incantesimo arcano contro di lei.

"L'ho sempre saputo. Un giorno avevo sentito mamma e papà mentre ne parlavano. È difficile mantenere dei segreti in una casa così piccola," rispose Mary.

"Ci hai nascosto quel segreto," intervenne Shannon, e

lo sguardo di Mary si posò su di lei. Aedine ne approfittò per spostarsi di qualche metro a sinistra.

"Oh, sta' zitta, Shannon. A nessuno importa cosa pensi. Solo perché sei la maggiore, credi di essere la più saggia, vero? Voglio dire, guardati... Somigli sempre di più alla mamma, non trovi? Un bel po' di figli, un marito che non ti piace, vivi da sempre nello stesso paesino..." Mary arricciò il labbro.

"Come sei cattiva," disse Aedine. Voleva distogliere l'attenzione di Mary da Shannon e attirarla su di sé. Almeno lei poteva difendersi. "Non tutti hanno la stessa visione della vita, Mary. Lascia stare Shannon. È me che vuoi, no? E poi, perché devi essere tu a catturarmi?"

"Non è colpa mia se sono la più bella tra voi." Mary si sistemò i capelli dietro la spalla e serrò le labbra. La pistola le tremava sempre di più in mano, segno che Aedine stava riuscendo a turbarla. Mary non era certamente preparata ad affrontare una situazione del genere, il che la rendeva ancora più imprevedibile.

"E questo cosa c'entra?" le chiese Aedine spostandosi leggermente a sinistra ancora una volta. Si sentì di nuovo quel brontolio basso e la donna si domandò se stesse per arrivare il temporale.

"È il motivo per cui sono stata scelta... da Donal. Sono destinata a essere una principessa," si vantò Mary.

"È questo che ti ha raccontato, allora?" Aedine rise, e Mary strinse gli occhi prima di sollevare la pistola, questa volta contro la sua testa.

"Conosci Donal?"

"Sicuro e certo che lo conosco. È un traditore e non conta quasi niente. Non sarai una principessa come credi e vuoi sapere il perché?" le domandò Aedine alzando il bastone davanti a sé.

"Perché?" sibilò Mary sfiorando il grilletto con un dito.

"Vedi questa corona? Sono la principessa dei Fae del fuoco, cara. Quella posizione è già occupata."

Mary trattenne il fiato e due cose accaddero nello stesso momento: Shannon le diede un calcio dietro il ginocchio, facendola cadere all'indietro con la pistola puntata verso il cielo, mentre il lampo di fuoco lanciato da Aedine la colpiva. Non aveva intenzione di ferirla, ma in una situazione simile non c'erano molte alternative. A volte le persone erano semplicemente cattive dentro, e sua sorella era una di loro. Era sempre stata egoista, antipatica e difficile, e lo dimostrava il fatto che si fosse rivoltata contro i suoi stessi nipoti. L'incantesimo arcano colpì la pistola gettandola a terra, e il fuoco bruciò le mani di Mary.

Aedine si precipitò in avanti prima ancora che la sorella potesse reagire e allontanò l'arma con un calcio prima di piegarsi su di lei. Quando Mary la guardò in cagnesco e cercò di saltare in piedi, Aedine usò la vecchia tattica del tirarla per i capelli. Mary fece un verso simile a quello di un gatto lanciato in una vasca da bagno e cercò di colpirla in testa, ma Aedine l'aveva già costretta a girarsi e stava premendo un ginocchio contro la sua schiena.

"Shannon, riesci a muoverti? Ho bisogno di qualcosa con cui legarla."

"Riesco ad alzarmi." Shannon lo fece, attraversò la stanza con le mani legate e avvicinò qualcosa a Aedine con un calcio. Del nastro isolante giaceva sul pavimento sporco.

"Mettiti in ginocchio su di lei," le ordinò Aedine. Non le importava che la sorella stesse mugolando stesa a terra e le lacrime le rigassero il viso impolverato. Non aveva alcuna compassione per i traditori, soprattutto per quelli che non comprendevano le conseguenze delle loro azioni. Shannon si sedette allegramente su Mary mentre Aedine le legava velocemente e per bene le braccia e le gambe.

"Adesso ti libero," disse una volta finito e tagliò il nastro isolante intorno ai polsi di Shannon. La sorella maggiore si alzò immediatamente e raggiunse i figli, che avevano iniziato a piangere più rumorosamente.

"Devo andare." Anche Aedine si rimise in piedi. Le altre la guardavano con espressioni allo stesso tempo sconvolte e cariche di ammirazione.

"Va'. Mi assicurerò che Mary non si liberi."

"Sai cos'è successo agli altri?" le chiese Aedine.

"Sono andati da quella parte, non so altro. Sono scappati." Shannon indicò un punto dall'altra parte del campo, dove si sentì un altro brontolio basso, questa volta molto più vicino. Cinse la vita della figlia con un braccio e l'attirò più vicina. "Fai attenzione, Aedine. Non ti sei mai integrata, ma ciò non vuol dire che ci sia qualcosa di sbagliato in te. Non lasciarti distrarre dalla cattiveria di Mary. Lei non è nessuno. Tu, invece, sei una principessa, a quanto pare. Dimostralo."

"Grazie," disse Aedine sorridendo leggermente per un secondo. Chinò il capo guardando Shannon e le altre sorelle convennero. No, non sarebbero mai state unite, tuttavia in quel momento il loro rapporto cambiò, divenne più comprensivo. "Tornerò appena possibile. La mamma è con il cucciolo, e sta piangendo disperata in giardino. Non lasciate che si avvicini troppo a Mary o finirà per convincerla a liberarla."

"Ha sempre avuto un debole per Mary." Shannon scosse la testa. "Forse perché non piaci a entrambe."

Aedine si voltò sulla soglia, sconvolta. "Te ne sei accorta?"

"Era difficile non notarlo, Aedine. È stata dura per te, però non avevo molto da darti e non ce l'ho nemmeno adesso. Prometto di impegnarmi di più in futuro."

"Ti ringrazio," rispose Aedine, poi uscì dall'edificio e attraversò di corsa il campo in direzione del rumore che aveva sentito prima. Non era un temporale come aveva immaginato, dal momento che il cielo era ancora soleggiato e sereno. No, qualcosa di molto più sinistro era in agguato, e il bastone si riscaldò tra le sue dita. Sembrava che la stesse avvisando del pericolo imminente e Aedine lanciò un'occhiata veloce sulla punta che brillava dolcemente: era un cuore dal disegno intricato. La donna si inerpicò su una collina con il cuore che le martellava nel petto e poi si fermò.

"Per tutti i cieli d'Irlanda," disse, e le si chiuse lo stomaco.

Un enorme esercito di Domnua guidato da Donal si riversava sul campo sotto di lei. Il rumore che aveva sentito era causato dai loro passi e la terra tremava sotto i loro piedi man mano che avanzavano. Un brivido gelido le strinse il cuore. Davanti all'armata si trovava Bianca, che appariva minuscola e inerme contro l'orda di Fae oscuri, e Seamus e Torin erano ai suoi lati. Sembravano impavidi e sconsiderati, pensò Aedine, e decise di reagire. Corse giù per la collina nel tentativo di avvicinarsi, ma i Domnua erano più avanti rispetto a lei. Non poteva fare altro che guardare mentre iniziavano a lanciare incantesimi arcani. Le cose si stavano mettendo male, rifletté Aedine con un sussulto, quasi paralizzata dalla paura. Non sarebbe riuscita ad arrivare da loro in tempo.

Tuttavia, era lei che i Fae oscuri volevano, no?

Aedine si lanciò verso i nemici senza pensarci un altro secondo.

# CAPITOLO VENTUNO

"Ehi!" urlò Aedine a pieni polmoni. "Ehi, idioti! Sono qui! E ho anche il talismano!" La donna sollevò il bastone in alto nel cielo.

Era come se un disco di vinile si fosse fermato all'improvviso e tutti i Domnua si bloccarono voltandosi all'unisono. Sembravano delle strane bambole meccaniche controllate da un telecomando. Aedine intravide il panico negli occhi di Torin quando anche Donal cambiò direzione e puntò dritto verso di lei.

E va bene, forse avrebbe dovuto pensare a un piano vero e proprio che andasse oltre la semplice distrazione. Il bastone si riscaldò: le scanalature del legno consumato per poco non le bruciarono il palmo della mano e Aedine lo guardò.

Ma certo!

Era il talismano del suo popolo e le stava dicendo di guidarli. Di chiamarli a sé e combattere. Del resto, era la principessa, no? Non avrebbe dovuto godere di benefici come la possibilità di convocare il proprio esercito di Fae quando voleva? Aedine affondò il bastone nella terra e chiuse gli occhi, concentrandosi sulla piccola palla di luce dentro di lei. Attinse a essa e permise a quell'energia di scorrere nel suo corpo, aprendo il suo cuore e la sua anima, dopodiché inclinò leggermente la testa all'indietro e gridò verso il cielo: "Fae del fuoco! Vi ordino di combattere questa battaglia. Abbiamo bisogno di voi. Adesso!"

Scoppiò il caos.

Delle fiamme eruppero dalla sommità del talismano, creando una linea di fuoco che volò dritta in cielo, e il terreno sussultò sotto i suoi piedi. Aedine cadde in ginocchio barcollando, tanto era concentrata sul bastone di legno che ora sembrava una specie di lanciafiamme.

"Okay, posso fare qualcosa con questo," disse Aedine colpendo il primo gruppo di Domnua che stava per saltarle addosso. In un certo, strano senso, fu grata del fatto che il sangue dei Fae oscuri non fosse rosso. Ucciderli sarebbe stato più difficile, pensò abbattendo un'altra fila di nemici che esplosero in una poltiglia argentea. Nonostante tutto, le sembrava ancora così surreale trovarsi lì, nel giardino di casa sua, a lottare contro degli esseri magici.

I Domnua del gruppo successivo si fermarono sgranando gli occhi e Aedine si guardò rapidamente alle spalle per capire cosa li avesse spaventati. Sollevò il bastone ancora più in alto, felice: il suo popolo era arrivato.

Sembravano un tornado di fiamme in rapido movimento, e il fumo saliva verso il cielo mentre passavano accanto a Aedine per affrontare l'esercito dei Fae oscuri, abbattendoli. Le grida dei nemici si levarono man mano che venivano consumati dal fuoco, incapaci di resistere alla potenza devastante dei Fae del fuoco. Aedine esultò e si mise a correre dietro di loro, determinata a ritrovare i suoi amici.

"Bianca!" urlò Aedine quando trovò la bionda. Aveva le guance sporche di terra e stava pugnalando un Domnua.

"Sicuro e certo, è bello vederti!" trasalì Bianca. "Per un attimo abbiamo temuto di averti persa."

"Mi dispiace," disse Aedine voltandosi e colpendo con il bastone un Fae oscuro che si stava avvicinando. "Non avrei dovuto allontanarmi dalla casa. Non sono nemmeno sicura del motivo per cui l'ho fatto."

"I Fae sono complessi quando vogliono. Probabilmente ti hanno spinto a farlo," intervenne Seamus alle sue spalle e Aedine gli sorrise.

"Sono felice di vederti tutto intero."

"Vale anche per te. Tua sorella è pericolosa..." disse Seamus decapitando senza problemi un Domnua accanto a Aedine.

"Me ne sono accorta. Dov'è Torin?" domandò Aedine abbattendo un gruppo di Domnua nelle vicinanze con il suo nuovo bastone lanciafiamme.

"È uno strumento utile, vero?" Bianca le rivolse un cenno di approvazione.

"A quanto pare, sì. Ce l'ho avuto per tutto questo tempo... Non lo sapevo," rispose Aedine osservando la battaglia e cercando di trovare Torin. I Fae del fuoco erano incredibilmente forti e i Domnua si stavano già ritirando, schiacciati dal loro instancabile attacco. Aedine non li biasi-mava: il fuoco non era certo uno scherzo, e i Fae oscuri avevano davanti un vero e proprio muro rovente. Riuscì a vedere Torin tra le fiamme tremolanti, Donal gli stava bloc-cando la testa tra le braccia.

"Oh no..." ansimò Aedine. "Devo andare da lui."

"Va'. Ce la caveremo. Il peggio è passato, i tuoi Fae li stanno stracciando!" Bianca si lanciò contro un altro Domnua, il suo sguardo acceso dall'adrenalina.

Aedine si stava già muovendo, sentiva il sapore acre del fumo sulla lingua e il calore del fuoco sulla pelle. Sarebbe riuscita a raggiungere Torin? Essere la principessa dei Fae del fuoco non voleva dire poter camminare tra le fiamme, no? Non aveva avuto il tempo di chiedere quali fossero le regole che i reali nel mondo dei Fae dovevano seguire. Si fece coraggio, cercando di non lasciare che la paura avesse la meglio su di lei, e si lanciò nel muro di fuoco.

Uscì barcollando dall'altra parte con il volto bagnato di sudore e, usando il bastone per non finire a terra, sbatté le palpebre nonostante il fumo che le bruciava gli occhi.

"Oh, perfetto!" disse Donal al suo fianco prima di bloc-carla con un braccio intorno al collo. Il fumo l'aveva temporaneamente accecata, facendola finire nella trappola dell'uomo. "Ti sono mancato, principessa?"

"Va' al diavolo," rispose lei inclinando bruscamente il capo all'indietro, ma, data la sua bassa statura, riuscì soltanto a dargli una testata sul petto.

"Non sei simpatica come tua sorella," dichiarò Donal tenendola ferma di fronte a sé. "Lei è stata molto più gentile con me. Non posso dire di aver apprezzato molto le sue grazie, tuttavia non ho dovuto faticare molto per convincerla a stare dalla mia parte. Quella lì è come un cane affamato in cerca di avanzi."

"Ti sei approfittato di lei," disse Aedine, furiosa.

"È dura approfittarsi di qualcosa che ti è stato dato spontaneamente. Le donne non sono così difficili da interpretare, sai? Ad alcune piace fare le preziose, altre semplicemente desiderano disperatamente di essere corteggiate. Mary ha scelto di venire da me."

Aedine divaricò le gambe e spinse improvvisamente il bastone all'indietro, colpendo Donal direttamente all'inguine. Lui allentò subito la presa sulla sua gola e la donna si allontanò mentre l'uomo cadeva in ginocchio.

"Stupidi uomini... siete tutti uguali," lo provocò. Provò una soddisfazione feroce nel vederlo piegato a cercare fiato, con il muro di fuoco che cresceva sempre più alle sue spalle. "Credi che il tuo uccello sia la parte più forte del tuo corpo quando invece finisce per essere la tua più grande rovina."

Donal inclinò la testa all'indietro e sollevò una mano, lanciando il pugnale prima ancora che Aedine potesse reagire. Un lieve gemito si levò alle sue spalle, la donna si voltò e vide Torin crollare a terra con l'arma conficcata nel collo e gli occhi dorati pieni di dolore.

"No," trasalì Aedine, percependo la sua sofferenza. Il loro legame era ancora forte. "Torin! No..."

Perché aveva perso tempo a provocare Donal? Avrebbe dovuto ucciderlo immediatamente. Non aveva visto ciò che avevano fatto alla regina? Accecata dall'ira, si girò nuovamente verso Donal, che rideva in piedi di fronte alle fiamme.

"Ops..." disse l'uomo scrollando le spalle. "Eri tu il mio obiettivo. Beh, ho sbagliato un po' la mira."

Questa volta Aedine non esitò: puntò contro Donal il potentissimo talismano dei Fae del fuoco, infuso con il potere di mille incendi, e scagliò l'incantesimo senza trattenersi, urlando di rabbia e liberando l'energia rovente che aveva dentro. L'uomo si disintegrò immediatamente tra le fiamme. Quell'uomo orrendo e pericoloso era stato annientato.

"Torin..." disse Aedine inginocchiandosi al suo fianco. "Ti prego... Ti prego... Non posso perderti."

La ferita era grave, resa ancora più seria dal senso di colpa che Aedine provava. Accarezzò la guancia di Torin, non sapeva se fosse il caso di togliere il pugnale. Girò la testa, sentendosi impotente.

"Bianca! Seamus! Abbiamo bisogno di aiuto!" urlò, tornando a guardare Torin. "Dimmi come posso aiutarti."

"Mia adorabile Aedine..." le sorrise con un'espressione triste e sofferente. "La mia sorpresa preferita. Non pensavo che ti avrei mai incontrata..."

"Torin, ti prego, risparmia le energie. Stanno arrivando ad aiutarti. Dimmi cosa fare," lo implorò Aedine. Le lacrime le rigavano le guance.

"Ti ho amata dal primo istante in cui ti ho vista," ansimò l'uomo. "Era un po' come questo momento... tra le fiamme che danzavano intorno alla tua testa. Sei la regina del mio cuore, la luce della mia anima." Poi chiuse gli occhi e il cuore di Aedine si fermò per un secondo.

"Torin! No, non puoi morire. Devi resistere." Poi gli sollevò leggermente la camicia, appoggiando le mani sul suo petto per controllare il respiro.

"Dannazione," disse Seamus lasciandosi cadere al suo fianco.

"Fa' qualcosa!" strillò Aedine. "Non so cosa fare. Come posso aiutare?"

"Aspetta solo un momento..." esclamò Seamus infilando la mano in una sacca che portava legata sul fianco. "Ho l'elisir qui da qualche parte."

"Lascialo lavorare adesso," intervenne Bianca afferrando il braccio di Aedine per farla spostare un po' di lato.

"Non posso... Non posso guardarlo... non così..." Stava male per Torin, per la regina, per aver perso tutto ciò che aveva creduto fosse reale nella propria vita. Le lacrime le offuscavano la vista. "Ho bisogno di più tempo con lui."

"Shhh, shhh. Lascia che Seamus gli dia l'elisir. È estremamente potente e fa miracoli. È così forte che i Fae lo possono usare solo una volta nella loro vita."

"Riuscirà a..." Aedine si strofinò gli occhi con una mano, tossendo quando una nuvola di fumo portata dal vento le sferzò il viso. "Funzionerà?"

"Dobbiamo solo dargli un po' di tempo," disse Bianca con voce ferma.

Seamus stappò una fialetta dorata, si sporse in avanti, schiuse le labbra di Torin e gli versò in bocca l'intero contenuto prezioso, facendo attenzione che non si versasse. Proprio come l'ultima volta che era stato ferito, Aedine osservò la gola di Torin per vedere se stava ingoiando il liquido.

"Aspetta, il principe Callum non gli ha già somministrato un elisir? Non è troppo tardi?" domandò Aedine. Stringeva così tanto il bastone che le dita le facevano quasi male, tuttavia non poteva lasciar andare il talismano, non se erano ancora in pericolo. Aveva abbassato la guardia già una volta, e non l'avrebbe più fatto finché non si fosse accertata che tutti fossero al sicuro.

"No, quella era una normale medicina per Fae," disse Seamus avvolgendo le dita intorno all'impugnatura del pugnale conficcato nel collo di Torin. "Distogliete lo sguardo."

Aedine chiuse gli occhi stringendo forte la mano di Bianca, poi sentì un lieve gemito.

"È…" Aedine si chinò su Torin, ignorando la ferita che si rimarginò in un batter d'occhio, e lo baciò dolcemente sulle labbra. "Torin, torna da me."

Lui, però, non lo fece. I suoi occhi rimasero chiusi mentre il petto continuava a sollevarsi in modo irregolare a ogni respiro.

Seamus guardò Aedine, preoccupato.

"C'è qualcosa che non va. Dobbiamo portarlo a casa il prima possibile. Non credo di poter teletrasportare tutti voi fino al portale nella baia. È un viaggio troppo lungo da affrontare con una persona ferita."

"C'è un portale qui." Aedine afferrò il braccio di Seamus scuotendolo. "Nel bosco. Mi trovavo lì quando sono scomparsa."

"Davvero?" Seamus sgranò gli occhi per la sorpresa, ma stava già prendendo Torin in braccio, muovendosi rapidamente. "Quanto è lontano?"

"Dietro il campo… vicino alla casa. Nel bosco."

"Dammi indicazioni più precise," ordinò l'uomo.

"È nel torrente nel bosco. A circa quindici minuti a piedi da casa. Verso nord."

"Signore, aggrappatevi alle mie braccia. Riesco a teletrasportarci fin là. Torin ha bisogno di più aiuto di quello che posso dargli."

Aedine cinse la vita di Seamus con un braccio e Bianca fece lo stesso, sembravano accoccolati tra loro. Alcuni secondi dopo, percepì quella sensazione di risucchio e si lasciò andare, cercando di affrettare il processo di teletrasporto, e in un batter d'occhio si ritrovarono accanto al ruscello. La luce del sole filtrava tra le foglie sopra di loro.

"È proprio qui..." disse la donna. Afferrò il braccio di Bianca e la guidò lungo il sentiero, sempre più terrorizzata. E se il portale fosse scomparso?

"Eccolo, lo vedo," disse Seamus.

"Dove?" chiese Bianca.

"Proprio lì, nell'acqua, dove il torrente gira in senso antiorario. Seguitemi." Seamus si tuffò subito nel portale, senza nemmeno guardarsi un'altra volta alle spalle. Aedine fu grata del fatto che non avesse perso tempo e prese Bianca per mano.

"Andrà tutto bene," le promise la donna.

"Non puoi esserne sicura," disse Aedine. Sentiva l'ansia farsi strada dentro di sé.

"No, ma scelgo di crederlo."

Detto ciò, saltarono insieme.

# CAPITOLO VENTIDUE

Il tempo sembrò allo stesso tempo rallentare e passare più velocemente, e Aedine si ritrovò ancora una volta nella stanza maestosa di marmo prima ancora che potesse capirci qualcosa. Il principe Callum, addolorato, era accanto a Torin.

"Gli è stato somministrato il *beathra*?" domandò l'uomo. Osservava il suo amico con un'espressione severa sul viso. Il petto di Torin si sollevava, ma a fatica, e Aedine sentì una stretta al cuore. C'era già stata così tanta sofferenza in pochissimo tempo che la donna diede le spalle al letto e iniziò a camminare lungo le pareti della camera per ricomporsi. L'ultima cosa di cui i Fae avevano bisogno era che lei piangesse al capezzale di Torin, eppure le sue emozioni la travolsero tutte nello stesso momento.

"Ehi..." disse Bianca, che l'aveva seguita fin lì. Aedine si lasciò cadere a terra e si coprì il viso con le mani, non le importava più di cosa gli altri avrebbero pensato di lei. "Devi solo aspettare."

"È troppo..." ansimò. "Io... È semplicemente troppo. La

mia vita, tutta la mia vita è stata stravolta. Non ho più il lavoro che amo. La mia famiglia in realtà non è la mia famiglia, e non so ancora se sono tutti vivi, o cosa succederà con Mary. La regina...”

“Cosa è successo alla regina?” sussurrò Bianca, lanciando un'occhiata furtiva alle proprie spalle, in direzione di Callum.

“Lei non...” Aedine non riusciva a pronunciare quelle parole, e il viso di Bianca si intristì.

“No, ti prego, dimmelo...”

“Mi dispiace. Ho cercato di salvarla...” rispose Aedine, le lacrime le rigavano il viso. “E adesso... questo. Non posso perderlo. Stavo finalmente iniziando a capire il nostro rapporto. Mi faceva visita in sogno ogni notte, te l'avevo detto? Ho imparato ad aspettare con ansia quei momenti, a ridere con lui, ad amarlo...”

“Lo ami?” le chiese Bianca, concentrandosi sulle parole più importanti.

“Sì, lo amo davvero. È un sogno divenuto realtà, dico sul serio. Un principe delle fiabe. E io l'ho deluso.”

“Non l'hai deluso, ma lo stai facendo adesso comportandoti così,” disse Bianca con voce ferma. “Guardami.”

Aedine sollevò lo sguardo verso il volto sincero dell'altra donna.

“Adesso che hai pianto un po', asciugati le lacrime e torna da lui. Ora ha bisogno di te, rifletterai sulla tua situazione più tardi. Capito?”

Aedine inspirò profondamente un paio di volte, rabbrividendo per il dolore. Era abbastanza forte da guardare Torin morire? Non ne aveva idea, eppure allo stesso tempo sapeva che, al suo posto, non avrebbe voluto stare da sola. Si asciugò le lacrime e attraversò la stanza per raggiungere Callum, che stava mormorando qualcosa a Seamus. Con loro c'era un altro uomo che aveva visto durante la battaglia sulla spiaggia.

"Nolan," lo indicò Bianca con un cenno. "Hai già conosciuto Aedine, la compagna predestinata di Torin."

'Compagna predestinata'...

Quelle parole la colpirono all'improvviso, erano allo stesso tempo una promessa e una minaccia, e Aedine barcollò. E se... Scosse la testa, poi guardò gli uomini radunati intorno al letto. La tristezza era aggrappata a loro come i rovi alla lana.

"Non..." iniziò a chiedere con voce roca e si schiarì la gola quando la guardarono tutti. "Non funziona?"

"Dovrebbe funzionare," rispose Callum, stringendo forte le braccia sul petto. "Non riesco a capire cos'altro lo stia uccidendo. E se i Domnua avessero usato un nuovo incantesimo arcano? È possibile che il pugnale contenesse una tossina che ancora non conosciamo?"

"Può essere," disse Nolan. Era un uomo robusto dai lineamenti minacciosi, e Aedine percepì la sua sicurezza come se fosse una presenza tangibile. "Tuttavia, la nostra esperta di veleni è fantastica. Sicuramente saprà se hanno inventato qualcosa di nuovo."

"Io... ehm..." provò ancora una volta a dire Aedine abbassando lo sguardo su Torin, che rantolava. "E se..."

"Cosa?" le chiese seccamente Callum.

"Non l'ho reclamato," disse la donna. Non aveva idea di come avrebbero reagito. "Non sapevo cosa significasse, né come farlo... e all'inizio avevo dei dubbi. Mi ha detto..."

"È un compagno predestinato a cui è stato negato il

legame. Proprio come sua sorella...” Nolan la guardò con un'aria di assoluto disgusto, spezzandole il cuore.

“Non lo sapevo... Lo giuro, non ci capivo nulla,” li implorò Aedine.

“Avrebbe senso.” Il principe Callum scosse la testa e un'espressione triste si dipinse sul suo bel viso. “Ti senti ancora così? Sei sicura di non volerlo reclamare?”

“Posso ancora reclamarlo?” Un raggio luminoso e puro di speranza si accese nel profondo del suo cuore.

“Certo, fino al suo ultimo respiro,” rispose il principe Callum lanciandole uno sguardo penetrante. “Però non lo reclamare se non lo vuoi davvero. Le menzogne hanno delle conseguenze particolari nel mondo dei Fae.”

“Lo voglio davvero, lo giuro.” Aedine sollevò la mano. “Cosa faccio adesso?”

“Perché Torin non ha rifiutato?” li interruppe Nolan. “Perché non ha lasciato perdere il richiamo?”

“Aveva bisogno dei propri poteri per proteggere Aedine, altrimenti i Domnua sarebbero riusciti a impossessarsi del trono dei Fae del fuoco. Lei è la loro principessa,” intervenne Seamus indicando Aedine con un cenno.

“Ah,” disse Nolan scrutandola con quei suoi occhi tempestosi. “E adesso non riesce a parlare, quindi non può rifiutarti.”

“Non credo che voglia farlo,” si intromise Bianca, stringendo la mano di Aedine. “È innamorato di lei.”

“Se è vero, allora reclamalo,” sbottò Nolan.

“E come?” domandò Aedine. “C'è un rituale da seguire?”

“Devi dirgli che lo reclami e, se puoi, intona il tuo canto del cuore. Aggiunge della magia al legame dei compagni predestinati, e Torin avrà bisogno di tutto ciò che puoi dargli."

"Restate indietro," disse Bianca spingendo via i reali, come se fossero ragazzini fastidiosi intorno a un vassoio pieno di snack. "Dovete darle un po' di spazio, o non riuscirà a pensare lucidamente. Andiamo..."

Aedine le fu grata ancora una volta e aspettò che il gruppo si allontanasse, poi si voltò verso Torin. Non le importava di essere pudica, dunque salì sul letto accanto a lui, accoccolandosi, avvolgendogli un braccio intorno al collo e premendo il corpo contro il suo. Respirava davvero lentamente, e la paura impediva a Aedine di pensare. Non conosceva il loro canto del cuore, vero? Ti prego, aiutami, supplicò in silenzio. La regina apparve nella sua mente, sorridente, con i capelli rosa che brillavano sotto la luce del sole, e allungò una mano verso di lei, come se le stesse lanciando una palla che doveva prendere. Tuttavia, era solo un ricordo, e Aedine ripensò alla prima notte che lei e Torin avevano passato insieme, trovando immediatamente le parole.

*Il fuoco danzerà,*
*le fiamme illumineranno il cielo.*
*All'amore via darà,*
*basta una scintilla, davvero.*

Aedine cantava tremando, avvicinando le labbra a quelle di Torin, riversando tutto il suo amore in quei versi.

"Ti reclamo, Torin dei Fae del fuoco. Ti reclamo adesso, nel futuro, e nel prossimo regno. Sarai sempre mio, dolce Torin. Ti reclamo." Ripeté quelle parole più e più volte, senza essere sicura di averle pronunciate in tempo, finché un brivido improvviso scosse il petto dell'uomo, accompagnato da un ultimo respiro prima che si fermasse.

"Aedine..." Il suo nome sulle labbra di Torin era come un bacio dal cielo.

"Oh, ti ringrazio." Aedine crollò al suo fianco piangendo mentre lui si muoveva leggermente, stringendola forte al petto.

"Mi hai reclamato," disse contro le labbra della donna. Aedine non sentiva altro che il suo amore scorrerle dentro come la lava di un vulcano, riscaldando ogni anfratto buio che incontrava.

Qualcuno si schiarì la gola dietro di loro.

"Dovremmo lasciarvi soli?" chiese Seamus.

"Forse dovremmo controllare che stia bene," disse Nolan.

"O forse è il caso che ce ne andiamo," ordinò Bianca.

Aedine sorrise contro le labbra di Torin, cullando il viso dell'uomo tra le mani e ridendo quando lui si ritrasse per mostrare il pollice in su agli altri per poi tornare a concentrarsi su di lei.

La donna si perse nel suo tocco, nel loro legame nato tra le fiamme e rafforzato dall'amore.

# CAPITOLO VENTITRÉ

Era passata una settimana da quando Aedine aveva salvato Torin dalla morte imminente, e lui aveva trascorso la maggior parte del tempo a ringraziarla in modi sempre più creativi. A Aedine sembrava non dispiacere, soprattutto quando le regalava qualcosa di nuovo e magico. Torin adorava mostrarle il suo mondo, gli piaceva vedere il suo viso illuminarsi a ogni scoperta, e desiderava soltanto tenerla al sicuro in quel nido di felicità che avevano creato.

E durante la notte... beh, a letto Torin era come un uomo che stava morendo di fame. La sua priorità era recuperare il tempo perduto. Erano rimasti nella camera per un giorno intero dopo che lei l'aveva reclamato. Voleva dimostrarle quanto le fosse grato per aver scelto di condividere il suo amore con lui. Non c'era nulla che non volesse imparare, dal modo in cui la pelle di lei arrossiva per i suoi baci, allo sguardo soddisfatto di Aedine dopo l'estasi. Era ebbro di lei, ne era certo, e anche più che felice di soddisfare ogni suo bisogno.

Avevano un legame potente, e il fatto che i compagni

predestinati si reclamassero a vicenda non lo meravigliava affatto. Torin si strofinò il petto: quel dolore sordo era scomparso quando lei gli aveva dichiarato il proprio amore e al suo posto avvertiva una leggerezza e una vivacità che gli facevano venir voglia di saltellare per la stanza. La sua energia sembrava non esaurirsi mai e le sue capacità magiche erano diventate ancora più forti. Gli avevano detto che poteva succedere quando si trovava una compagna predestinata e adesso riusciva a capire perché aspettare di trovare la persona giusta era così importante per il suo popolo.

Per quanto gli sarebbe piaciuto tenere Aedine tutta per sé, a casa sua, lei aveva insistito per fare una breve visita alla sua famiglia.

"Perché vuoi tornare lì, amore mio?" le chiese Torin per la decima volta quel giorno.

"Te l'ho già detto. Non credo che riuscirei a vivere con me stessa se sapessi che stanno male o hanno bisogno di una mano. Dobbiamo come minimo controllare."

"Manderò una guardia da loro," disse Torin, poi si chinò e le mordicchiò la pelle sensibile sotto il lobo dell'orecchio scostandole una ciocca di capelli. Oggi profumava di limone, un'essenza leggera che gli faceva venir voglia di continuare a esplorare il suo corpo. Quando le passò la mano lungo il fianco per accarezzarle delicatamente un seno, lei rise e si allontanò danzando dalle sue braccia.

"Ci penseremo più tardi. Me l'avevi promesso," disse Aedine guardandolo da sotto le ciglia.

Sì, purtroppo gliel'aveva promesso, e lui manteneva sempre la parola data. "Ce ne andremo immediatamente se ci saranno problemi, capito?"

Aedine annuì seguendolo fino al portale. La scoperta di

quel passaggio era stata una notizia sconvolgente per i Danula, che avevano avviato un'indagine per esaminarlo e capire come Donal fosse riuscito a tradirli.

Il giorno dopo avrebbero celebrato la vita della defunta regina.

"Sì, ma li ho lasciati in una situazione così precaria che sarebbe bello vedere cos'è successo." Aedine lo trascinò verso l'ingresso del portale facendo un cenno alle guardie, che si inchinarono fino a terra in segno di rispetto per il suo titolo.

Aedine avrebbe dovuto imparare parecchie cose sul proprio ruolo da principessa dei Fae del fuoco. Avevano deciso subito di restituire il talismano a Bran, che ne fu estremamente grato, ma sorpreso che Aedine non avesse voluto tenere con sé l'oggetto più potente del suo popolo. Avrebbero concesso alla donna il tempo e la libertà di imparare gli usi dei Fae del fuoco, e i suoi sudditi la rispettavano ancora di più perché non aveva preso subito il potere. Adesso, aveva un seguito di Fae a lei fedeli. Aedine non sapeva ancora di quante responsabilità volesse farsi carico, e parlava ancora con malinconia del lavoro che aveva perso. Torin detestava sentire quel tono triste nella sua voce, però non voleva influenzarla, sapeva che sarebbe riuscita a trovare la propria strada. Se c'era una cosa che aveva capito di Aedine, era quanto fosse adattabile e creativa. Avrebbe pensato a qualcosa di nuovo per se stessa.

"Non credo che ci farò mai l'abitudine," disse la donna quando apparvero accanto al torrente vicino alla casa in cui era cresciuta. Piovigginava e in cielo c'erano delle nuvole grigie.

"Beh, sicuramente è un modo comodo per viaggiare,"

disse Torin continuando a tenerla per mano mentre scrutava il bosco. Fece in modo che i suoi sensi si acuissero e cercò eventuali tracce di magia arcana, tuttavia trovò soltanto quella del portale. Bene, pensò. Durante quella settimana si era già tormentato a sufficienza per non essere stato abbastanza veloce ad aiutarla contro Donal. Allora i suoi poteri si erano notevolmente ridotti e aveva stupidamente deciso di non revocare il legame prima della battaglia. La malattia si era diffusa in quasi tutto il suo corpo, rallentando e indebolendo i suoi movimenti, ed era diventato un peso. Il suo orgoglio lo aveva tradito, tuttavia adesso sapeva che la colpa era stata anche del suo cuore. Aveva avuto *bisogno* che lei lo reclamasse quanto aveva bisogno di respirare, e alla fine era esattamente dove aveva desiderato trovarsi, insieme a lei.

Uscirono dal bosco proprio mentre una monovolume impolverata si fermava sul sentiero di ghiaia. Due portiere si chiusero sbattendo e Aedine si bloccò, aspettando di vedere come l'avrebbero accolta. Torin si piazzò dietro di lei posando le mani sulle sue spalle e guardò le due donne che li stavano raggiungendo. Erano la madre e una delle sorelle, pensò, ma faceva fatica a ricordare i loro nomi.

"Shannon..." disse Aedine alla sorella, tremando leggermente sotto il suo tocco. "Non voglio causarvi problemi, lo giuro. Siamo solo venuti a controllare come state." Non si rivolse alla madre, e Torin non la biasimava dopo ciò che Aedine gli aveva raccontato.

"Grazie per essere tornati..." Shannon sollevò lo sguardo verso Torin e poi verso Aedine, i suoi occhi stanchi erano pieni di gentilezza. Il vento leggero le faceva agitare i capelli biondi intorno al viso e Shannon si mosse leggermente tirando la tracolla della sua borsa. "Io... noi eravamo preoccupate per te."

"Stiamo bene," rispose Aedine. "Abbiamo, ehm, eliminato la minaccia, quindi dovreste essere al sicuro, si spera. In ogni caso, ti consiglio di non far giocare i tuoi bambini nel bosco vicino al torrente."

La madre di Aedine inspirò bruscamente posando lo sguardo sugli alberi e poi di nuovo a terra.

"E noi ti ringraziamo per questo suggerimento, vero, madre?" Shannon diede un colpetto alla donna anziana.

"Oh, ehm, sì. Grazie. Tuo... tuo padre ti saluta," disse Aileen seccamente, poi si voltò e tornò alla macchina per iniziare a prendere quelle che sembravano delle buste della spesa. Shannon la seguì con lo sguardo prima di rivolgersi nuovamente a Aedine.

"È il meglio che può darti," spiegò la donna.

"È più di quanto mi aspettassi. Le ricordo qualcosa di doloroso," disse Aedine, e Torin le strinse le spalle. Detestava sapere che una persona così brillante non fosse stata circondata d'amore da piccola. In realtà, aveva intenzione di passare i suoi giorni a colmare quella mancanza.

"Lo capisco. Hai tutto il diritto di pensarla così, però accetterò la tua gentilezza anche per conto suo. Ehm..." Shannon strinse la tracolla tra le dita, preoccupata. "Stai bene, allora?"

"Sì, sto bene, Shannon. Forse d'ora in poi non mi vedrai più tanto spesso, tuttavia qualche volta verrò a farti visita se ti va." Era un'offerta di pace, e si chiese se la sorella l'avrebbe accettata.

"Sarebbe fantastico. Mi preoccuperei se non avessi tue

notizie per un po'. Sei ancora la mia sorellina, Aedine, anche se sei... qualunque cosa tu sia."

"Una Fae. Sono una Fae, Shannon." Era la prima volta che Torin la sentiva pronunciare quelle parole e l'orgoglio nella voce della donna lo riscaldò dentro.

"Oh, wow, che cosa particolare. Immaginavo che ci fosse qualcosa di singolare in te quando hai lanciato quella palla di fuoco contro Mary." Shannon scosse la testa. "Se n'è andata, sai?"

"In effetti avevo intenzione di chiedertelo..."

"Sicuro e certo, è scappata! Ha lasciato tutte le sue cose qui. Anche la sua coinquilina è furiosa. È passata solo una settimana, però. Ti avviso se torna qui e combina guai?"

"Non penso che tornerà a essere pericolosa per gli altri, dato che Donal non c'è più, ma..." Aedine lanciò un'occhiata incerta a Torin.

"Raggiungete il torrente e cercate il punto in cui l'acqua gira in senso antiorario. Verremo se ci getterete dentro una sciarpa rossa," intervenne lui. Aedine si appoggiò al suo petto e Torin avvolse le braccia intorno al suo corpo.

"Spero di non doverlo fare," rispose Shannon, esitante. "So che secondo Mary la mia vita è orribile, ma non c'è niente di sbagliato nel volere delle cose semplici. Ho fatto pace con me stessa, e spero che non cambi nulla." Le sue parole erano allo stesso tempo un avvertimento e un'accettazione del proprio fato, e Aedine annuì.

"La semplicità va bene. Io, invece, desideravo qualcosa di più, e ha senso adesso che so cosa sono. Ho bisogno di consumare... l'arte, i viaggi, le esibizioni. Fa parte della mia identità, e secondo me capire le nostre necessità è il dono più grande che possiamo farci."

"Okay, adesso va' prima che inizi a piangere," disse Shannon agitando la mano in aria. Aedine avanzò liberandosi dalla stretta di Torin e le due donne rimasero in piedi l'una di fronte all'altra, imbarazzate, prima di abbracciarsi velocemente. Aedine fece un passo indietro prendendo la mano di Torin, poi se ne andarono senza dire altro, dando le spalle alla casa in cui la donna era cresciuta e ai ricordi che conteneva.

"Vuoi provare a trovare tuo padre?" le domandò Torin mentre entravano nel bosco.

"A dire il vero, no. Non siamo mai stati uniti, e non otterrei nulla parlando con lui adesso. Gli piace ciò che può capire e io non lo sono. Non è mai stato in grado di controllarmi né di accettarmi. Siamo in un limbo e immagino che saremmo entrambi più felici se lasciassimo le cose come stanno."

"Allora posso portarti a casa, amore mio? A casa nostra, quella a cui appartieni e in cui sei amata tantissimo? Così potrò dimostrarti quanto sei importante per me."

Aedine alzò lo sguardo verso di lui e sorrise. L'amore faceva brillare i suoi occhi.

"Sì, Torin, portami a casa."

Poi saltarono insieme.

"Dalla polvere alle ceneri e di nuovo alla polvere, le nostre anime si riuniscono alla loro casa, la terra da cui sono nate. Non è tanto un addio quanto un invito a tornare, e la nostra terra accoglie la nostra sovrana con grande gioia, serena accettazione e profondo amore, mentre il suo corpo viene deposto ancora una volta perché possa sbocciare insieme ai nostri futuri fratelli."

Aedine era in piedi accanto a Torin su un'altura che sovrastava il castello, circondata da amici e parenti appartenenti alla famiglia reale, per dare l'ultimo saluto alla regina Aurelia. A officiare la cerimonia c'era una donna dalle forme morbide, avvolta in un abito di seta verde che le aderiva al corpo. Tra i capelli castani, raccolti in riccioli che le scendevano fino alla vita, portava un cerchio intrecciato di rami dorati. Emanava un'aria sicura e, a giudicare dal suo modo di parlare, sembrava una persona autoritaria. Aedine si appoggiò a Torin.

"Chi è quella donna?" sussurrò, guardandola mentre versava del liquido sulla tomba della sovrana defunta. Dei cespugli crebbero istantaneamente e su di essi sbocciarono dei luminosi fiori dorati dai grandi petali. Piccole, splendenti fatine vi svolazzavano già intorno. La luce faceva brillare i cespugli dall'interno e Aedine sorrise, benché il suo cuore soffrisse per la perdita di quella donna così potente.

"Si chiama Gea. Occupa la mia stessa posizione, ma per i Fae della terra."

"Come la dea greca della terra..." commentò, lasciandosi andare al calore del suo corpo quando una brezza fresca iniziò a soffiare giù per il pendio. Il principe Callum e la sua amata, Lily, si avvicinarono ai cespugli e chinarono il capo. Aedine era dispiaciuta per loro. Era come se anche lei avesse perso sua madre, sebbene Aileen fosse ancora viva. Era profondamente addolorata, e riusciva solo a immaginare quanto dovesse essere terribile per chi aveva avuto un legame profondo con la persona scomparsa.

"Durante questo periodo gioioso in cui celebriamo il ritorno della regina alla terra..." iniziò a dire l'officiante sorridendo alla folla e ancora una volta Aedine rimase colpita dal suo carisma. "Incoroniamo la nostra nuova guida. Siamo una società matriarcale, dunque un giorno il potere passerà a Lily, la promessa sposa del principe Callum. Tuttavia, devo forse intendere che non sarà così?"

Il diretto interessato si voltò a osservare la folla. Indossava una tunica dorata e teneva la testa alta.

"La mia amata mi ha chiesto di regnare dopo mia madre, dal momento che mio padre ha rinunciato al potere. Quando, a tempo debito, io e Lily celebreremo le nostre nozze, decideremo se lei vorrà salire al trono. Fino ad allora, sarò io il vostro nuovo sovrano."

"Loinnir Rí!" urlò la folla, e Aedine guardò Torin con un'espressione interrogativa.

"Vuol dire, più o meno, 're della luce'," sussurrò l'uomo al suo orecchio. "Usiamo il singolare, 'luce', come una specie di brindisi, in questo caso al nuovo monarca."

"Vi ringrazio, fratelli. Mia madre…" Il re Callum abbassò lo sguardo sul terreno e si ricompose prima di continuare. Lily gli strinse la mano e Aedine apprezzò quella violazione del protocollo. Le persone dovevano sostenersi a vicenda nei momenti dolorosi, le emozioni venivano nascoste troppo spesso. "Era una donna unica, dalla forza straordinaria. Sono stato fortunato ad averla avuta nella mia vita, e ancora di più adesso: è la stella che mi guida. Adesso, com'è nostra tradizione, celebreremo le gioie che ci ha portato durante la sua vita in questo regno."

All'inizio della settimana, Torin aveva spiegato a Aedine che nel mondo dei Fae i funerali non erano affatto eventi tristi, ma dei festeggiamenti che andavano avanti fino al mattino. Per loro la vita era un concetto fluido, con le anime che danzavano tra i vari regni, e credevano che i i percorsi di vita delle persone dovessero essere onorati con grande gioia. Una volta venuta a conoscenza di questo particolare, Aedine aveva pianificato qualcosa di speciale. Non aveva conosciuto la regina a lungo, però, dal momento che era morta difendendo lei e il suo popolo, riteneva fosse l'unico modo per onorarne davvero il sacrificio.

Un uomo era immobile con il capo chino accanto alla tomba, e qualcosa nel suo portamento attirò l'attenzione di Aedine.

"Chi è quello?" domandò. Gli altri si voltarono per

andarsene. Aedine fece un cenno discreto in direzione dello sconosciuto, che indugiava dando le spalle agli altri.

"Lui? È il re. Beh, il padre di Callum," le spiegò Torin, prendendole la mano per trascinarla via. Aedine non riusciva a smettere di guardare il sovrano. Per qualche motivo era attirata dalla sua presenza. Quando l'uomo si voltò e incrociò il suo sguardo in mezzo alla folla, capì all'istante chi aveva davanti.

Era lo sconosciuto al mercatino dell'usato. Era stato il re a darle il bastone magico quella fatidica mattina di alcune settimane prima.

Sconvolta e confusa, non ebbe il tempo di riflettere su quella rivelazione perché si trovò in mezzo alla ressa. Delle trombe suonarono annunciando l'arrivo del gruppo di reali che scendeva lungo il pendio della montagna. I Danula si riversarono fuori dalle mura del palazzo, molti di loro portavano degli strumenti musicali e le prime note di una canzone allegra risuonarono nell'aria. Il cuore di Aedine si risollevò nel vedere quella gente così felice, e ciò le ricordò ancora una volta quanto la vita potesse essere meravigliosa in modo struggente.

"Non ci siamo presentate." Una voce melodiosa attirò la sua attenzione. Gea, la donna che aveva stuzzicato l'interesse di Aedine, camminò verso di lei. Erano quasi della stessa altezza, il che le fece piacere, poiché incontrava raramente persone basse quanto lei. "Sono Gea, consigliera della Corte Reale per i Fae della terra."

"È stata una bella cerimonia, Gea. Io mi chiamo Aedine, e mi sto ancora abituando a dirlo, però sono la principessa dei Fae del fuoco."

"Una bambina della profezia, nata tra le fiamme e

forgiata nella luce," mormorò Gea. Aedine la guardò più da vicino e si rese conto che i suoi occhi a mandorla erano di un'adorabile colore verde con minuscole pagliuzze dorate.

"Più o meno, credo."

"La terra sta piangendo..." disse la donna corrugando la fronte. "I tremori sono iniziati."

"Cosa vuoi dire?" le domandò Aedine.

"Temo che siamo solo riusciti a far infuriare i Domnua. È come se avessimo colpito un nido di vespe con un bastoncino. Per loro la perdita della regina Aurelia sarà una crepa nella nostra corazza."

"Pensi che i loro attacchi si faranno più forti adesso?" chiese Aedine, preoccupata.

"Sì." Gea serrò le labbra. "Questa sera danzeremo, ma domattina scenderemo in battaglia."

"Di già?" Il cuore di Aedine iniziò a battere più forte.

"La guerra è già iniziata, Aedine, tuttavia questa sera celebreremo la nostra regina e rideremo in faccia ai Domnua. La gioia è un'arma potente, principessa. Usala con saggezza." Gea fece un cenno del capo, poi un altro reale la invitò a raggiungerlo. Aedine seguì la donna con lo sguardo: si muoveva in modo fluido e con una grazia che dimostrava una forza profonda.

"Aedine, sono pronta." Bianca arrivò da lei e la prese per il braccio.

"Dove andate?" chiese Torin afferrando l'altro braccio di Aedine, che gli rivolse un sorriso giocoso.

"A fare una chiacchierata tra ragazze," rispose lei, e sentì un formicolio alla mano quando lui l'avvicinò alle labbra e le baciò il palmo.

"Non stare via troppo a lungo. Stasera voglio ballare

con te. Ricordi quando hai danzato per me mentre stavo male? Niente mi illumina come fai tu, amore mio." Un'ondata di calore liquido si diffuse nel basso ventre di Aedine e si fermò a guardarlo, si era persa nei suoi occhi.

"Ci penserete più tardi, piccioncini." Bianca la trascinò via facendola svegliare dal torpore, e Aedine si ripeté che prima aveva delle cose più importanti da fare. Si voltò verso di lui mandandogli un bacio, poi seguì la donna oltre le mura del castello e dietro una fila di tende che portavano a un palco montato nel cortile. Un gruppo stava già suonando e i Fae che possedevano degli strumenti musicali si unirono a loro nel prato. Era una festa sfrenata e chiassosa, con falò che ardevano in ogni angolo, danzatori ovunque e voci che si sollevavano in coro. I Fae non mentivano: amavano davvero far festa. Aedine deglutì nonostante il nervosismo e si concentrò sugli esercizi di respirazione. Doveva quel tributo alla regina.

Salì le scale dietro il palco e indossò velocemente il costume che Bianca le aveva portato. Deglutì di nuovo, poi aspettò dietro il sipario mentre le trombe suonavano di nuovo facendo calare il silenzio sulla folla.

"Aedine..."

Lei si voltò nel sentire quella voce, sopraffatta dalle emozioni, e il vecchio re la raggiunse.

"Io..." Aedine non sapeva nemmeno cosa dire e sollevò il capo per guardarlo.

"Sono re Gregor, anzi, credo che adesso debbano chiamarmi semplicemente 'Gregor'. Ti ringrazio per esserti presa cura di mia moglie nei suoi ultimi attimi di vita. Da allora mi sono connesso telepaticamente con Aurelia, e sa come hai cercato di rianimarla."

"Si è... connesso?" Aedine inarcò le sopracciglia, non sapeva cosa pensare.

"Sì. I Fae possono comunicare con coloro che sono trapassati. Vedi, le loro anime non ci abbandonano mai, entrano semplicemente in un altro regno in cui si rinnovano per un certo periodo di tempo prima della rinascita."

"Perché mi ha dato il bastone?" disse Aedine prima di poterci ripensare. "Sapeva cosa sarebbe successo?"

"Comprendevo le possibilità, sì. Il futuro non è mai interamente scolpito nella pietra, come certamente saprai. Tuttavia, io e la regina eravamo consapevoli di ciò che sarebbe potuto accadere. Abbiamo capito insieme che i pro erano molto più importanti dei contro. Era destino che il bastone arrivasse a te in quel modo, dalle mie mani. Ora che sappiamo del coinvolgimento di Donal, sono ancora più soddisfatto della nostra decisione di dartelo. Era troppo vicino alla corte, e se il bastone fosse finito nelle sue grinfie sarebbe stata una catastrofe per chiunque."

"Oh," disse Aedine, colpita da quella decisione così difficile e obbligata, e le venne da piangere. A quanto pareva, essere potenti andava di pari passo con il dover fare delle scelte strazianti. "Mi dispiace tantissimo per la sua perdita. Non ho conosciuto la regina per molto tempo, ma ha lasciato un segno indelebile dentro di me."

"L'ha fatto con tante persone. È stato un onore essere suo marito. Adesso, mia cara, non essere triste. Oggi è un giorno di festeggiamenti. Va'. Ho sentito che hai intenzione di celebrare la mia amata."

"Sì... Spero di renderla orgogliosa." Aedine sollevò il mento, nervosa.

"L'hai già fatto."

Le trombe squillarono di nuovo e un grido si alzò dalla folla in attesa. Con un ultimo inchino al vecchio re, Aedine scostò le tende ed entrò in scena, irrigidendosi mentre un applauso scrosciante si levò dalle migliaia di Fae raggruppati davanti a lei.

"Un dono per la regina da colei che le è stata accanto nei suoi ultimi istanti di vita."

Aedine si fece coraggio: non aveva mai ballato di fronte a un pubblico così grande o per un'occasione così speciale. Iniziò con un movimento quasi violento, saltando sul palco, e si fermò quando la luce la raggiunse, poi alzò le mani al cielo. La musica cominciò a risuonare con un ritmo forte e frenetico e lei la seguì a ogni complicato passo di danza, tracciando una scia di fuoco sul palco. Continuò a ballare, riversando la sofferenza e la rabbia nei suoi movimenti, rappresentando con il proprio corpo la ferocia della battaglia e la perdita di una vita. Man mano che le fiamme si innalzavano intorno a lei, la melodia cambiò, raggiungendo un crescendo incredibilmente tremante prima di mutare in alcuni secondi di silenzio quando Aedine si lasciò cadere sul palco. La musica riprese a suonare, questa volta più lenta, trasformandosi in un intreccio delicato di luce e risate mentre la donna si alzava, inarcando la schiena ed emanando ondate di gioia e amore. Il ritmo tornava a farsi più incalzante, lei volteggiò in una corsa disperata e gioiosa contro il tempo, il fuoco la seguiva sul palco finché non si lanciò al centro della struttura, consumata dalle fiamme.

Il suono delle percussioni fece vibrare l'aria e il fuoco arrivò al cielo, poi Aedine si raggomitolò strappandosi il costume esterno per rivelare un body semplice fatto d'oro scintillante. Il fuoco si spense e lei rimase in quella posizione prima di inarcare il corpo lentamente e alzarsi ancora una volta con un'aria orgogliosa, sollevando le braccia in aria.

Sembrava una fenice che divampa in fiamme e risorge dalle proprie ceneri.

Così anche l'amore sorgerà di nuovo, pensò Aedine con le lacrime agli occhi, perché la luce sconfiggerà sempre l'oscurità.

# IL CORO DELLE CENERI

"Cos'hai da dire a tua discolpa, Rian?"

"Non sono mai andato a letto con quella donna. State processando la persona sbagliata. Ripeto, sono innocente." Il cuore gli martellava nel petto e strinse gli occhi guardando la folla alla ricerca di qualcosa di insolito. Il vero colpevole si nascondeva forse tra loro? Stava guardando l'Alta Corte dei Fae Danula condannare un uomo che non aveva alcuna colpa?

Il suo stesso popolo gli aveva voltato le spalle.

Rian, il sovrintendente dell'addestramento magico per i Fae della terra, era stato accusato di aver avuto una tresca con la moglie di uno dei reali e adesso lo stavano processando. Non era assolutamente vero, e pensare all'ingiustizia di quella situazione gli provocò un bruciore allo stomaco. Andare a letto con la compagna predestinata di un altro era un reato spesso punibile con la privazione dei poteri, e quando la parte lesa era un reale la punizione era ancora più severa: l'esilio.

Rian avrebbe dovuto lasciare la sua famiglia, la sua terra

e il suo popolo, solo perché qualcuno diceva di averlo visto nei dintorni della casa del membro della famiglia reale quando il crimine era stato scoperto. Le prove contro di lui erano deboli e gli venne voglia di gridare mentre il presunto testimone si alzava per parlare davanti ai giudici.

Il processo si teneva nelle profondità del castello dei Fae Danula, ossia i sovrani delle varie fazioni di Elementali, in modo che il condannato non avesse alcuna possibilità di fuga in caso di una punizione immediata. Le pareti di marmo bianco senza finestre, i soffitti alti e i lampadari d'oro lucente mettevano in risalto l'austerità della sala. I giudici erano seduti su lunghe panche disposte in tre file di fronte a un grande tavolo dorato. Lo sguardo di Rian si soffermò su una donna tra i presenti e gli mancò il fiato.

Era di una bellezza straordinaria e travolgente.

Tanto da poterlo incenerire con lo sguardo.

Portava una coroncina di foglie d'oro battuto tra i riccioli castani e lucenti che le ricadevano sulle spalle e indossava un abito di seta verde che accarezzava le sue curve morbide. I suoi occhi, dello stesso colore del vestito, lo fissavano torvi, e Rian riusciva a sentire la sua rabbia dall'altra estremità della sala. L'aveva già giudicato colpevole, pensò. Per fortuna quella donna non era tra coloro che dovevano decidere della sua sorte, o probabilmente l'avrebbe fatto condannare a morte.

Rian aveva visto Gea, la leader della sua fazione, solo da lontano. Laddove i sovrintendenti degli altri gruppi di Elementali erano una presenza costante nella vita quotidiana del loro popolo, lei aveva un approccio diverso e preferiva governare con benevolenza dalle foreste che circondavano il loro castello. Non amava lo sfarzo e le pomposità. Adesso, a giudicare dal modo in cui lei attirava gli sguardi altrui, anche solo sedendo in silenzio tra il pubblico, Rian si rese conto di aver gravemente sottovalutato la sua influenza. Si chiese quale rapporto Gea avesse con le persone coinvolte.

Un singhiozzo attirò la sua attenzione, provocandogli il voltastomaco. La madre di Rian era seduta con le braccia strette intorno al corpo fragile, mentre fitte lacrime rigavano le sue guance. Gli credeva con tutto il cuore, però sapevano entrambi che i reali ottenevano sempre ciò che desideravano. Le cose sarebbero andate secondo i loro piani segreti, a prescindere da quali fossero, senza alcun riguardo per le vite innocenti. La rabbia si insinuò ancora più in profondità nel suo animo, facendosi sinistra e oscura, quando gli ordinarono di alzarsi.

"Hai qualcosa da dire prima del verdetto, Rian, maestro degli incantesimi?" gli domandò il capo del consiglio di giudici, un uomo che non conosceva. Lo guardava con un'aria tranquilla, come se gli stesse chiedendo che tempo facesse.

"Non ho commesso il reato di cui mi accusate. Sono un uomo onesto, un orgoglioso Fae della terra e la mia è una vita semplice al servizio di mia madre. Non ha nessun altro al mondo, capite? Non farei mai qualcosa che possa impedirmi di prendermi cura di lei." Rian parlò con sincerità, per quanto la rabbia profonda che provava gli facesse venir voglia di urlare. "Camminare per strada di notte non è un crimine. Avete incolpato l'uomo sbagliato. Vi supplico di riconsiderare le vostre accuse, altrimenti..."

"'Altrimenti'... cosa?" Il capo del consiglio sollevò il mento guardandolo con un'aria inquisitoria.

"Vi pentirete di aver mandato in esilio la persona sbagliata." La rabbia ebbe la meglio su di lui e una folata gelida accompagnò le sue parole, diffondendosi in tutta la sala e facendo trasalire i presenti quando una lastra di ghiaccio coprì l'alto tavolo dorato. Rian vide sua madre chiudere gli occhi, e in quel momento si rese conto di aver lasciato che le emozioni decidessero il suo futuro. Forse, se fosse riuscito a nascondere la forza dei suoi poteri o l'intensità della sua ira, avrebbe potuto andarsene da uomo libero.

Tenere a bada il proprio temperamento non era mai stato il suo punto forte.

"Non tolleriamo le minacce." Il capo del consiglio inspirò e si girò verso gli altri, che annuirono. "Rian, Fae della terra e maestro degli incantesimi, questa corte ti ritiene colpevole e ti esilia dalle nostre terre con effetto immediato. Ti è concesso un ultimo momento per dire addio a tua madre."

Delle manette di ferro si strinsero intorno ai suoi polsi, impedendogli di usare la magia e pizzicandogli la pelle. A Rian non importava di quel bruciore: era l'unica cosa che riusciva a sentire mentre la rabbia cresceva dentro di lui e per poco non lo travolgeva. Una guardia lo prese per il braccio, allontanandolo dal banco e spingendolo verso la madre.

"Rian." Aster, una donna snella dal carattere incredibilmente risoluto, lo strinse tra le braccia. Le sue lacrime bagnarono la tunica del figlio e il cuore di Rian si spezzò in migliaia di pezzi prima di ricomporsi in un blocco di ghiaccio. Era malata e sapevano entrambi che non si trattava di un semplice 'arrivederci'.

Non avrebbe più visto sua madre viva.

"Avrò la mia vendetta," sussurrò Rian dandole un bacio sui capelli.

"No, Rian. Perché dovresti farlo? Io sarò..." Aster lo guardò, aveva un'aria stanca. "Promettimi che cercherai di essere felice ovunque andrai. C'è di più in questo mondo oltre i regni dei Fae, e potresti avere una vita serena e appagante altrove. Promettimi che ci proverai."

"Io... Come posso prometterti una cosa del genere? Tutto ciò è sbagliato. Quello che stanno facendo è *sbagliato*," protestò Rian.

"E io continuerò a combattere per te qui, figliolo. Non mi arrenderò. Cercherò di farti tornare a casa, fosse l'ultima cosa che faccio. Nel frattempo, però, non posso... non posso andare avanti sapendo che sei infelice. Sei sempre stato un ragazzo brillante, forte, e hai dato così tanta gioia alla mia vita. Promettimi che ci proverai." Aster si aggrappò a lui quando la guardia lo afferrò per il braccio.

"Io... te lo prometto, madre. Farò del mio meglio per trovare la felicità." *E lo farò vendicandomi*. Si morse la lingua mentre sua madre gli baciava la guancia.

"Che l'amore ti dia la forza," sussurrò Aster.

"Che l'amore ti dia la forza," ripeté Rian e la guardia lo trascinò via.

"Rian..." disse sua madre. Lui si girò a fissarla.

"Dove il sole brilla tra gli alberi baciando la terra con la sua luce, è lì che sarò sempre. Pensami e verrò da te."

Rian annuì, chiudendo gli occhi per scacciare le lacrime. Quella situazione così ingiusta lo sconvolgeva. Aveva sempre pensato che i Danula governassero in modo equo, e adesso non riusciva a rassegnarsi a ciò che gli stava succedendo. La guardia lo spinse via oltre una porta stretta che conduceva a una stanza secondaria dove il consiglio aspettava.

Dove *lei* aspettava.

Rian sollevò il mento con aria di sfida quando il suo sguardo si posò su Gea. La donna ricambiò con un sorriso che lo colpì, sciogliendo in parte il suo cuore di ghiaccio, permettendo alla rabbia di uscire come un fiume in piena.

"Sorridi davanti alla condanna di un innocente," sbottò Rian.

"Giustizia è fatta." Gea alzò una spalla. "Spezzare il legame tra compagni predestinati danneggia gravemente non solo la famiglia immediata, ma anche le regole della nostra società. Non esiste un rapporto più forte."

"E allora perché quella donna è andata a letto con un altro? Non avete mai pensato alla possibilità di processare anche *lei*, invece del suo amante?" ribatté Rian mentre la guardia lo portava via, superando Gea.

"Basta così!" tuonò il capo del consiglio.

"Mi vendicherò di questa ingiustizia, lo giuro," dichiarò Rian a Gea.

Lei sembrò riflettere sulle sue parole, però lo stavano già spingendo lungo un corridoio stretto. L'ultima cosa che vide fu Gea aprire la bocca per parlare, prima che la porta si chiudesse rumorosamente e il suo mondo venisse inghiottito dall'oscurità.

Leggi oggi

# POSTFAZIONE
## NOTA DELL'AUTRICE

Grazie mille per avermi accompagnata in questa nuova avventura attraverso i regni dei Fae in Irlanda! È piuttosto divertente tuffarsi nel mondo degli Elementali, e cerco di infondere parte di ogni elemento nei miei personaggi. Di recente ho passato del tempo con un mio amico irlandese e l'ho sentito parlare con le sue due figliolette, raccomandando loro di avvertire sempre prima di versare il contenuto dei secchi d'acqua che avevano in mano. L'ha detto senza pensarci troppo, però mi ha fatto sorridere: ancora oggi, la mitologia e la storia dei Fae sono molto presenti e sentite nella cultura irlandese. Per chi non lo sapesse, a molti irlandesi si insegna ad avvertire prima di svuotare un secchio d'acqua dalla porta sul retro per non colpire accidentalmente una fata.

Ringrazio l'uomo che adesso è mio *marito*, Alan, per avermi supportata mentre scrivevo questo libro, organizzavo un matrimonio a distanza e cercavo di non farmi prendere dal panico all'idea di dover lasciare il nostro dolce cagnolino per quasi un mese. Sono felice di dire che il matrimonio è stato senza dubbio il momento più bello della mia vita, e Blue è stato felice e in salute anche senza di noi.

Ringrazio i miei fantastici beta reader, la mia prima linea di difesa nel domare questo libro e perfezionarlo. Siete i migliori!

E, come sempre, un grazie immenso va ai miei dolcissimi lettori, che condividono il mio amore per tutto ciò che è magico e mistico. Non smettete mai di brillare!

# ALSO BY

**Serie Wildsong**

1. Il canto del Fae
2. La melodia del fuoco
3. Il coro delle ceneri
4. La sinfonia del vento